「別這麼說。」

「好啦，本來我不會去管這樣的人，不過也對……如果他是我的好朋友或男朋友……我可能會在他背上用力拍個一記吧。」

「啥？拍背？」

「不是這樣嗎？這種時候不就只能什麼都不管，先往前走再說嗎？重要的不是道理吧？」

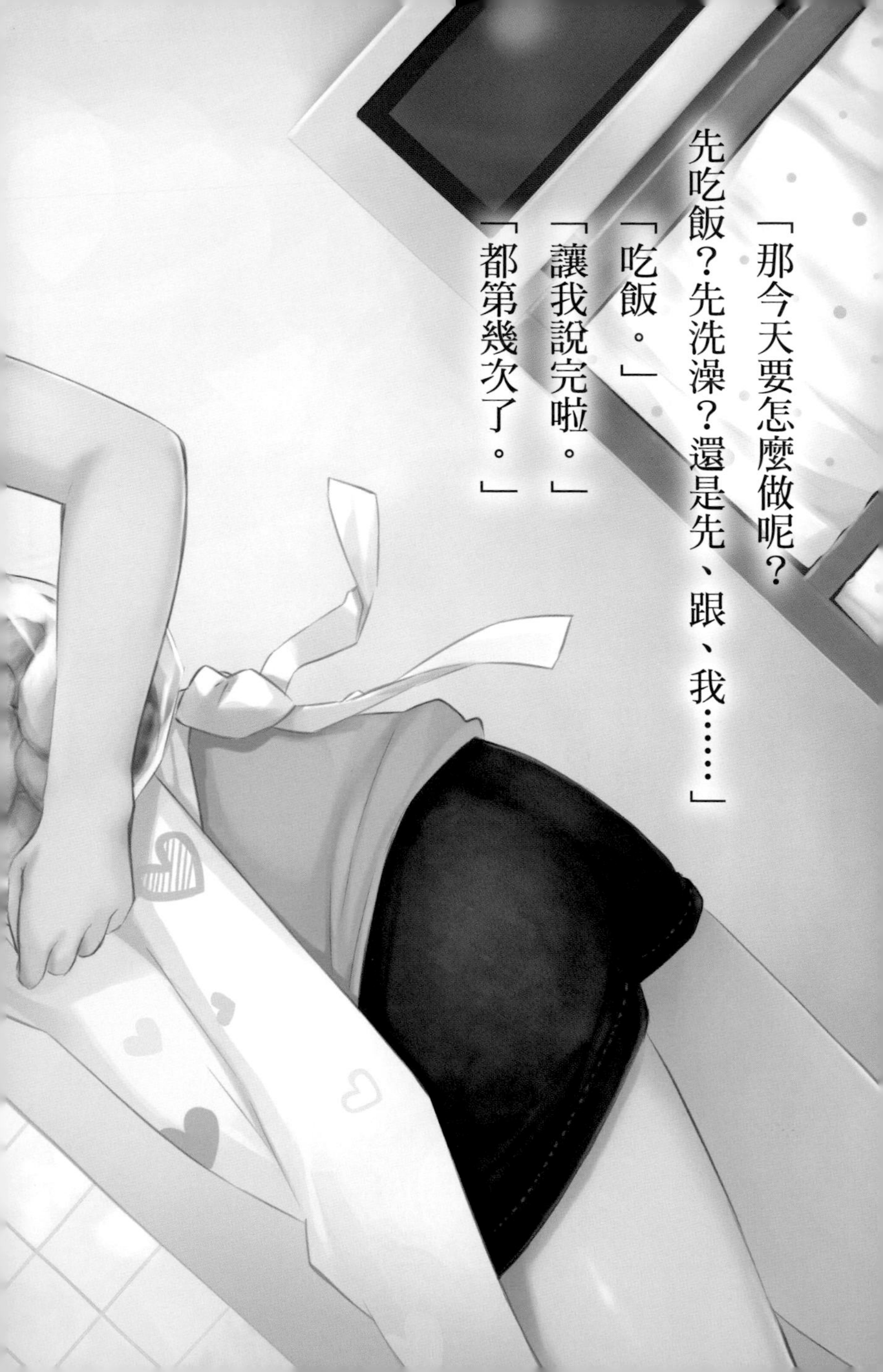
「那今天要怎麼做呢？先吃飯？先洗澡？還是先、跟、我……」
「吃飯。」
「讓我說完啦。」
「都第幾次了。」

在流星雨中逝去的妳 2
She was killed by shooting stars.
Kadokawa Fantastic Novels

即使是夏天，夜晚的氣溫仍然會降低很多。
當開始會覺得冷時，涼介靜靜地開口。

「該怎麼說，我這陣子
一直在想，我啊——」

下一句話令我震驚。

「高中打算輟學。」

「呃，也對，那就這麼假設吧。」我拚命緊咬不放。

「他是個肯做就會成功的傢伙，其實腦筋很好，是那種只要好好念書就會進步很快的類型。可是，現在他有那麼一點失去了自信，這種時候，我該怎麼跟他說？」

「咦～～好麻煩啊。我討厭這種優柔寡斷的類型耶。」

也不知道葉月在開心什麼，
一定要講這句像是新婚妻子迎接丈夫回家時
會說的台詞。
「今天吃馬鈴薯燉肉喔！
就快好了，等一下下喔！」

在流星雨中逝去的妳

She was killed by shooting stars.

The themes of this story are "Space" and "Dream".

CONTENTS

在流星雨中逝去的妳 2

She was killed by shooting stars.

松山剛
［插畫］珈琲貴族

Kadokawa Fantastic Novels

「先踏出第一步。即使看不見整段樓梯，
總之就是要先踏出第一步。」

——金恩牧師

第一章　失聯

1

二〇一七年九月十八日十二點十五分。

今天我也一步步踏著有著粗糙凸起的鐵疙瘩，從常爬的樓梯上去。公寓充分吸收了灼熱的陽光，熱得幾乎隨時都要融解，要是不小心掉顆蛋下去，沒在開玩笑，可能真的可以煎出個太陽蛋。

銀河莊二〇一號室。

『請告知單位及姓名。』

「乘組員平野大地。」

『聲紋比對。已確認是已註冊之乘組員【大地．平野】。』首先是第一關。接著是『指紋比對。已確認是【大地．平野】的註冊指紋。』

最後……

『請將右眼湊到螢幕前。』

我湊過去看對講機，發光的線由下往上掃過，「掃描」我的右眼。這是星乃發明的「Space Writer」——是所謂的時光機，而這世上只有我一個人知道這件事。

『虹膜比對。已確認與【大地・平野】為同一人——開鎖。』

聲紋、指紋、虹膜。通過這三項認證，門鎖才終於解除。這個與笨蛋只有一線之隔的天才所打造出來的森嚴保全系統，今天也雄辯地訴說著當事人有多麼厭世。

總算進到玄關，終於來到最後一關。我朝向這扇仿太空船艙門打造的堅固自動門，再度報出自己的姓名。

『艙門開啟。』

有著幾何學紋路的門滑開。我一踏進室內，冰涼的空氣立刻籠罩全身。與外界氣溫的差異實在太大，讓我打了個寒顫。

「冷氣開太強啦。」

「……」

房間裡頭，黑髮少女默默回頭，視線朝我看過來。

天野河星乃，十七歲。

沒錯，是在這個時代「還活著」的星乃。

一頭長髮蓬蓬鬆鬆又睡得捲翹，顯然沒有梳理。而她就像大海怪，從白色電腦的另一頭探出半張臉。一雙大而長的眼睛，在昏暗的房間裡就像野生的貓亮出光芒，頭上戴的流線型耳機現在看上去倒也像是髮箍。

「我把溫度調高一點喔。」

「……」

我不等她答應就拿起遙控器，調高空調設定的溫度。到了夏天就會把房間弄得很冷是星乃從以前就有的毛病。

我把設定溫度從十八度調回二十二度後。

「……」星乃不吭聲，只聽見嗶嗶嗶嗶連續幾聲操作空調的音效。轉頭一看，設定溫度已經回到十八度。

「喂，這樣會冷吧。」

「所以呢？」星乃就像大海怪探頭冒出海面似的，從電腦桌後面冒出整個上半身。她穿的運動服上印有臉色很差的外星人圖案，脖子上圍著季節不對的圍巾。上半身明明穿得像寒冬，下半身卻穿著短褲，一雙長腿朝著地板形成修長的曲線。而她白嫩的大腿上冒出雞皮疙瘩，更顯得很不搭調。

「不要自己亂搞。」她以低沉而小的聲音對我這麼說。

「別這樣瞪我。」

「我沒瞪你。」她沒剪齊的瀏海底下露出的眼睛還是老樣子，以犀利的目光朝我看過來。從她准我進她房間以來，已經過了兩週以上，但若要問我是否已經跟她混熟，答案是沒有這種事，每天承受少女心情不好的視線已經成了我的常態。

順便說一下，要進這「銀河莊」公寓二〇一號室——星乃所謂的「太空船」，就非得經過「身為」船長的星乃認定為「乘組員」不可。

前幾天，她把我設定為乘組員。當時我心想終於走到這一步而大為高興，但船長說她之所以允許我上船，是為了「每次都要去玄關應門太麻煩」，「而且不管攆走你幾次，你都還會來」這類理由，簡直是在應付腦筋不好的野狗。順便說一下，她說船長不必有理由，隨時都可以解僱乘組員。

「便當，妳要吃吧？」「又沒請你買。」「是特製炸蝦便當。」

我從用橘色文字寫了「更美味亭」的塑膠袋裡拿出兩個便當。炸物的香氣瀰漫整個室內，讓星乃的鼻子動了動。

「吃吧。」

她美麗的睫毛上下擺動後，視線又回到炸蝦便當上。然後就聽到她的運動服底下發出盛大的咕嚕聲。星乃按住肚子，衣服上印的外星人就形成一副不開心而皺眉的模樣。

「四百八十圓。」

「……」

我說出價錢，星乃的肚子又咕嚕叫，而她似乎覺得很難為情，轉身背對我。然後她拉開電腦桌的抽屜，窸窸窣窣地找起東西。似乎是找不到，接著又把手提袋裡的東西全都倒出來，然後開始在倒了滿地的大量布偶與書本中翻找。

過了一會兒，星乃找到掉在桌子底下的錢包，大聲拉開魔鬼氈。大概是從以前就在用，魔鬼氈的部分都起毛了。

「……嗯。」她沉默寡言地「鏘啷」一聲拿了一大堆零錢給我。

「謝謝惠顧。」

我也沒點清就塞進口袋，然後把特製炸蝦便當附上裝了塔塔醬的小袋子交給她。她的一雙大眼睛一瞬間發光，臉上也差點笑開，但似乎注意到我的視線，立刻又換回賭氣的表情，雙手拿著便當撤退到電腦桌前。

我也打開便當盒蓋，大尾的炸蝦以踮得蹺腳似的模樣迎接我。

——記得星乃很喜歡吃這個。

我夾起抹上白色塔塔醬的炸蝦，從頭一口咬下。酥脆的麵衣、彈牙的蝦肉口感，以及在口中瀰漫開來的鮮味。

同時……

「嗯～～！」另一頭也傳來少女咀嚼著喜悅似的低呼。從側面微微瞥見她的臉，看見她瞇起眼睛，一臉幸福的表情。星乃只有吃愛吃的東西時會露出笑容。

我和她一起吃著炸蝦，突然覺得很不可思議。

天野河星乃，因為那場前所未見的人造衛星恐怖行動「大流星雨」而喪命。我失去星乃而自暴自棄，淪為一個要去翻垃圾找東西吃的人生失敗者。然而，透過她留下的發明「Space Writer」，讓我成功穿越到八年前的世界，才能像這樣和她共處一室，度過同一段時間。來到這個時代已經過了兩個月左右，但我仍然會覺得這不是現實。

當然，「問題」並未得到任何解決。「大流星雨」將在距今五年後的二〇二二年奪走她的性命。為了改變這個命運，我該做什麼才好，而那場恐怖行動又到底是怎麼回事，凶手是誰——這一切都才要開始查起。

「——你在看什麼？」

星乃察覺到我的視線，又射了尖銳的視線之箭過來。

「妳嘴上沾到塔塔醬了。」

「……」她默默擦了擦嘴邊。

「唉唉唉，有人用衣襬擦的嗎？笨蛋。」

「我才不是笨蛋。罵人笨蛋的才是笨蛋啦，笨蛋。」

她孩子氣地反駁，一邊瞪著我。她很倔強，但沒有生活能力，如果我不買便當來，她多半會只靠糖果和固態保久食品解決三餐吧。

「來，蔬菜也要吃。」

我站起來走到她身邊，把裝著蔬菜沙拉的杯子放到她的腦門。

「我不買。」「免費招待妳吃。」

我把和風醬也放上去，她就毫不猶豫地把沙拉摔進垃圾桶。

我把沙拉從垃圾桶裡救出來，說不要浪費食物，但這自稱「外星人」的少女根本沒聽進去，一臉正經地這麼說：

「地球的蔬菜很難吃。」

2

翌日。

「哎呀～～大地同學好有興致啊！」

我一走進教室，就有個活像是歌舞伎町男公關硬穿上學生制服的男生靠過來。

山科涼介，算是我的好朋友，現在裝熟地把手繞到我肩膀上。他戴在胸前的銀色項鍊很閃亮，但我知道那是用郵購買來的便宜貨。

「你在說什麼？而且這麼熱，不要往我身上蹭。」

「大地同學你才打得火熱吧～～」涼介像個痞子似的連連在我身上拍打，繼續說：「你最近都泡在那個美少女的房間裡，從早到晚愛怎麼打情罵俏都行吧？」

「我跟她不是那種關係啦。」我成天泡在銀河莊是事實，但她幾乎不跟我說話，實在不是涼介想像的那種關係。

「好好喔，我也想要女朋友耶。」

「伊萬里不好嗎？」

「她身材是很好，可是很凶暴啊——痛死啦！」

下一瞬間，涼介身體往後仰地跳了起來。他按住屁股轉身一看，站在那兒的是個眉毛揚起的金髮少女。她的頭髮還是老樣子，在頭上攏得像是脊樑上的螭吻。

「你說誰凶暴？」她以一雙原原本本體現出尖銳個性的眼睛瞪著涼介。

「好痛啊～～大地同學，我好痛啊～～」

「不要拿我當盾牌。」

我把繞到我背後的涼介攆開，輕輕舉手打招呼。

「伊萬里，妳一大早就這麼有精神啊。」

「啊、嗯……早啊，平野。」

伊萬里用手指把鬢髮捲啊捲的，有點像在窺探神色地看著我。

「怎麼啦？我臉上沾到什麼東西了嗎？」

「沒有，沒事。對了。」伊萬里這才想起似的說。「那個，你弄完了嗎？」
「哪個？」
「志願調查問卷。」
「啊～～」我這才想起有過這麼一回事。
「記得平野是要升學？」
「嗯，哎，大概吧。」
我含糊地回答，一邊覺得很不可思議。對十七歲的我來說，將來的志願應該是很重要的事情，但我滿腦子只想著星乃，完全忘了這件事。
——呃～～記得……
我在書桌抽屜裡找了一會兒，翻出一張皺巴巴的紙。
「真是的，都皺了啦。你又不是涼介。」
「駱駝蹄妳少囉唆。」「不要叫我駱駝蹄。」他們倆說起這段每次都會有的對話，鐘聲就像宣告擂臺開打似的響起。
「嗯……？」這時我發現腳下有個東西。伸手撿起來一看，是一張揉成一團的紙。攤開來看，就看到「志願調查問卷」這幾個字。右上的欄位以潦草的字跡寫著「山科涼介」這個名字。看來是涼介掉的，但這時教室門打開，教古文的老師走了進來。
——算了，晚點再給他也行吧。

我不經意地看了一眼，發現「志願」欄位上有寫過字的痕跡。看來已經被塗得亂七八糟，但還勉強看得出「醫學系」這幾個字。

我看了涼介一眼，他已經趴在桌上。

把這張意願調查問卷翻過來一看，上面有著胸部特大的裸體模特兒塗鴉，讓我嘆了一口氣。

3

「大哥哥！」

門一打開，黑髮的嬌小少女就朝我撲過來。

惑井葉月，十二歲，是個從小就和我像兄妹一樣一起長大的兒時玩伴。八年後留到肩膀的豔麗黑髮，現在是剪成有點中性的短髮，穿著印有動畫人物圖案的襯衫和牛仔短褲，十分休閒，一雙大眼睛骨溜溜地看著我。

「大哥哥大哥哥，今天你會跟我們一起吃晚餐吧？」

「嗯，是可以……真理亞伯母呢？」

我推開像對抱枕那樣黏在我身上的少女，脫下鞋子，沿著走廊前進。我從以前就像一家人似的出入惑井家，所以很清楚他們家的格局。

快走到客廳時，走廊前方的門打了開來。

「嗨。」

出現的是有著漂亮白銀頭髮的女性。她似乎剛洗過澡，穿著寬鬆的睡衣，露出修長的手腳。這樣看去，就覺得她的身材好得像模特兒一樣。

惑井真理亞，是葉月的母親，JAXA的現役職員，星乃的監護人。另外她也是星乃入住的公寓「銀河莊」的房東。

「今天也工作嗎？」

「是啊～～那裡其實挺會使喚人的耶～～」真理亞一邊發著職場的牢騷一邊走向廚房。幾秒鐘後，聽到噗咻一聲，然後是「噗哈～～！」一聲覺得好喝的呼喊。人長得漂亮卻不做作，這點不管是現在還是未來都沒兩樣。

「大哥哥，你等一下下喔！飯馬上就好了！」

葉月穿上圍裙，從母親身旁走過。「媽，啤酒只能喝一罐喔，我們都還沒吃飯呢！」這聲叮嚀真讓人搞不清楚誰才是做媽媽的。

「葉月，下酒菜呢～～？」「大哥哥的飯菜優先。」「母親不重要嗎？」「妳先吃點這個。」葉月從櫃子裡拿出一些乾貨似的東西，朝真理亞一扔。

「喔，明明就有嘛。」

真理亞急忙打開袋子，以熟練的動作撕開魷魚絲。她一手拿著啤酒嚼起魷魚絲的模樣實在是個典型的酒鬼。

「喂？小花？」她叼著魷魚絲，沒規矩地滑手機。「大地他啊～在我們家吃晚飯喔～嗯、嗯，好啊好啊，彼此彼此～不好意思啊，那就這樣嘍～」

我的母親和真理亞是認識多年的朋友，稱彼此為「小花」、「真理」。我和葉月會一起玩，也是因為她們的交情。

「不好意思，突然來打擾。」

「沒關係～葉月開心，而且我也吃得到比平常好的飯菜～」

她說著又喝起啤酒，三兩下就喝完一整罐，凹下去的空罐被隨手一放。

一小時後。

「葉月，再來一罐啤酒～」「沒有了。」「明明就還有存貨吧～」「今天本店已經打烊。」「好無情喔～」「真是的，媽媽喝太多了吧。明天不是還要工作嗎？」「所以今天才要喝啊～」

掃光晚餐後，真理亞開心地一直喝酒。被女兒叮嚀也完全不聽，嘿咻一聲站起來，臉不紅氣不喘地走向冰箱。但似乎真的已經沒有啤酒，只見她轉而拉開櫃子，拿出威士忌酒瓶。

「真理亞伯母，妳真的喝太多了啦。」

「今天我心情好～～自從那件事以來，已經好久沒有像這樣，可以跟你好好聊上幾句了耶～～」

她的「自從那件事以來」這句話裡明顯蘊含了情緒。她所指的，肯定是上個月在JAXA筑波太空中心發生的事件，通稱「第二Europa事件」。也就是一名男子在網際網路上預告殺人，現身攻擊真理亞與星乃的事件。嫌犯遭到逮捕，我和真理亞分別受到輕重傷，星乃毫髮無傷。而這件事讓真理亞與星乃的「母女關係」得到修復，這些我也都記憶猶新。

「妳的傷怎麼樣了？」

「沒事。肩膀附近有點緊繃，但比起她開始願意跟我說話，這點小傷……」

她感慨萬千地看向窗戶。相信她的視線一定是看向星乃所在的銀河莊。

「聽說後來你每天都去見星乃？」

「是啊，算是啦。雖然她還不肯讓我進到超過電腦桌的地方。」

「沒關係，慢慢來就好。真的，謝謝你。對大地真是道謝幾次都不夠耶～～」

「哪裡，沒的事……」我忍不住用力搖頭。我只是做自己想做的事，反而是我才想道謝。那次事件發生時，就是因為真理亞不顧性命保護星乃，現在星乃才會活著，我也才能和她在一起。還不只這樣，星乃能免於受到大眾傳媒與社會輿論的抨擊，也全都是拜惑井真理亞這名女性所賜。

真理亞用指尖輕輕把玩耳垂，她的耳朵上有著星形的耳環亮出光芒。我知道星乃小時候送她的這小小的星形耳環是她的寶貝。她愛惜地撫摸著這寶貝，側臉的表情就和摸星乃頭時的表情非常相似。

「對了，大哥哥！我想起最重要的事情了！」

葉月用圍裙擦乾洗碗盤弄濕的手，來到我面前。

她鼓起臉頰說：

「最近大哥哥都一直跑去那女人的地方吧？」

「那女人？」真理亞露出狐疑的表情。

「就是指星乃。」

「啊啊～」

「大哥哥每天每天都去找那女人，這到底是什麼意思？大哥哥明明已經有我這個未婚妻……」

「那是國小時的約定了吧。」我把葉月推回去，但這名少女硬把屁股擠進這張一人用的沙發，身體緊貼著我。

「那之後你們年輕人自己聊啊～」

真理亞說出這句常說的台詞後匆忙逃走。

我被像幼貓一樣跑來嬉戲的葉月搞得不可開交，自己也咬起魷魚絲，心想該在哪個時間撤退才好。

4

『人造衛星最多的國家是俄羅斯，總數超過一四〇〇具。第二名是美國，約一一〇〇具，可以說這兩個國家就是人造衛星大國雙巨頭。日本和中國則落後一大段差距，在一三〇具左右的數字上，競爭第三的名次。近年來新興國家發射人造衛星的趨勢也逐年高漲——』

我默默閱讀相關書籍。只要稍有令我好奇的描述就會貼上提醒標籤，用筆記型電腦查我不懂的字眼。

銀河莊二〇一號室。今天我也在這冷得徹骨的房間裡繼續「調查」。

我想忘也忘不了的二〇二二年十二月十一日，後來人類稱為「大流星雨」的那場前所未見的人造衛星恐怖行動，讓太空中的幾千具人造衛星全都掉進大氣層，燒個精光。其中也包括了ＩＳＳ（國際太空站），當時留在裡面的太空人天野河星乃化為發光的流星，年僅二十二歲就喪命。而這起事件，正是我之所以來到二〇一七年這個世界的唯一，同時也是最大的理由。

拯救星乃。從那場大流星雨——也從她死亡的命運中拯救她。為了達到這個目的，我必須針對那場大流星雨到底是怎麼一回事，盡可能吸收任何可能有關的知識。不，應該說我尚未掌握到任何一個和這個事件有關的線索，所以能做的也只有這些。雖然連我自己也不確定這種像是為了應考而念書的事情能派上什麼用場，但既然那起恐怖行動是以人造衛星為標的，有基礎知識總是比沒有好。

我在在意的頁面貼上標籤，進行思考。調查時總會浮現於腦海的疑問今天也困擾著我。

除了大流星雨，還有一件事我也很掛心。那就是暑假發生的ＪＡＸＡ職員遇襲事件——通稱「第二Europa事件」。儘管嫌犯遭到逮捕，但考慮到這次攻擊直接危急星乃，的確是一起非常令人震驚的事件。Europa事件至今發生過兩次，在第一次的Europa事件裡，星乃的母親住院時遭到攻擊，第二次的Europa事件裡，則是星乃與真理亞遭到攻擊。雖然完全看不出還會不會有第三次事件，但對於與潛伏在網際網路深淵中的「Europa」這個ＩＤ有關的一連串事件，我就是感受到一種莫名的恐懼。若說圍繞星乃的未來危機是「大流星雨」，那麼現在進行式的危機可說就是Europa事件。

——救、救、我。

我是為了拯救星乃才來到這個世界。所以，無論要危害星乃的人是誰，我都得挺身擋在她身前。因為只有這件事，才是我待在這個世界的存在意義——

事情就發生在這天的傍晚。葉月說「對不起喔，大哥哥，醬油用完了」請我去買東西，於是我前往站前的超市，還被順便拜託買啤酒和魷魚絲，所以回程要提的東西應該會變重。

最近日子過得相對平靜。在學校會見到涼介和伊萬里，放學後前往星乃待的銀河莊，晚餐繞去惑井家叨擾。當然不是每天，但我的日常主要就是以這樣的循環所構成。今天也可說是這種一如往常的一天。

當然我仍在持續調查那場「大流星雨」，但也因為Europa事件的影響，讓我覺得現在能和星乃一起度過的平靜日子非常寶貴。

離我要去的超市只剩一小段路。當我彎過轉角，就要走進商店街時，有東西從眼前掠過。

是一陣紅色的光。我抬頭一看，看見一輛警車停在道路的另一邊。正好這時遊樂場前聚集了小小一群人。

——怎麼了？

我還記得在高中時代很常去站前的遊樂場玩。站前一度有多達四間遊樂場，但後來敵不過手機社交遊戲而逐漸減少，如今這裡就是最後一間。而這最後一間的未來也已經確定，他們將在下個年度的稅務調查中被發現逃漏稅，並因追徵稅款而破產。

「怎麼了怎麼了～～？」「聽說有人打架。」「哪裡哪裡？」「有案子？」

我不經意地聽著行人的談話，一邊注視著遊樂場往前走。等到警察從店門口走出來，就聽見手機的拍照快門音效。

坦白說，我根本不關心遊樂場有人打架，但總覺得內心一陣忐忑，停下了腳步。因為我莫名覺得對這幅光景並非毫不知情。

「開什麼玩笑，放開我！明明是他們不對！」

這時聽到一個像是年輕人發脾氣的粗野吼聲。

被兩名警察架著，從店裡走出來的這個人——

「咦……！」簡直像警匪片裡的一幕。

被警察帶走而大聲呼喊的，是個留著咖啡色長髮，看似男公關的男子。

是涼介。

○

染上夕陽色彩的白色建築物呈銳角切下一片天空。門前有兩名壯碩的警察。月見野警察局。

我跟著被警車載走的涼介一路來到警察局。光這單程的計程車費就讓錢包裡的錢都飛了，但這種時候我也顧不得這麼多了。

涼介遲遲不出來。

我呆呆站在警察局門前，結果警察就覺得我形跡可疑，跑來問我有什麼事。我坦白告知我擔心被帶走的朋友，結果警察似乎同情我，放我進了玄關大廳，還告訴我要等有人來保他，他才能夠離開。以涼介的情形來說，應該就是爸媽當中要有一個來吧。

——那小子到底做了什麼好事……

我坐在大廳硬硬的椅子上，在記憶中摸索當時發生的事情。

涼介、遊樂場、鬧到警局——我串起這幾個關鍵字，順著記憶翻找，但還是想不起來。我依稀記得涼介有一陣子因為志願的事情跟父親鬧得很僵，但我不確定是不是在高中二年級的第二學期。

我覺得時間格外漫長。本來想說要不要打電話給伊萬里，但想到涼介應該不希望被她知道，也就不打了。

過了一會兒，一名穿著西裝的中年男性從玄關出現。

他有著很粗的眉毛，瞳仁很大的眼睛。這張眉目與涼介有幾分神似的臉孔，我並不陌生。我也大概在涼介老家看過兩次。是他的父親，記得是在一家大醫院擔任外科還是內科的部長。

涼介的父親在櫃臺低頭致意，然後在原地等待。他那看起來很貴的皮鞋踩得喀喀作響，看得出很不耐煩。

過了一會兒，涼介被警察帶到大廳。他一看到父親，就鬧彆扭似的撇開臉。

兩人才剛對面就聽到啪的一聲響，涼介整個人倒下。是父親往兒子臉上狠狠賞了一巴掌。聽到一句差不多是在說「不要丟我的臉！」的台詞，涼介在地板上瞪著父親，父親又繼續大吼，然後把一個東西往兒子臉上扔就轉身離開了。反倒是警察嚇了一跳，追上去說：「這、這位先生，等等！」但父親不予理會。

父親從玄關離開後，大廳只剩下涼介。一名警察陪在一旁，但他還趴在地上。

——涼介……

我總覺得在他身上看到了一點自己的影子。Space Write前，被真理亞打的我；又或者是，在同學會被伊萬里打了一巴掌的我。

「你還好嗎？」

我跑過去，他則似乎這個時候才發現我在。「大地同學……？」他睜大了眼睛仰望我。在警察與父親面前裝出的倔強已經垮了，但他臉上有的卻又不是平常那輕浮男的表情，而是寂寞的少年表情。他的模樣好渺小，簡直讓我懷疑將來那個當上醫師，成了傑出社會人士的涼介，其實並不存在。

「嘿嘿，原來你來啦？」

「喂，你都流血啦。」

我用手帕幫他擦了擦臉。

「你是怎麼啦？」

「呃……」

到了這個時候，我才發現掉在腳邊的「那個東西」。

「嗯？」撿起來一看，是一張萬圓鈔。「為什麼地上會有萬圓鈔？」

「是老爸丟下來的，說是給我的計程車錢。」涼介忿忿地說了。這時我才發現，原來涼介的父親臨走之際扔在他身上的就是這張萬圓鈔。

——所以他是只留下錢，把兒子丟在這兒了……

雖然覺得是別人家的家務事，但心中還是湧起一股怒氣。聽說他是大醫院的醫師，讓我擅自覺得他是個傑出的人物，但想像與現實完全不一樣。

只是，不同於生氣的我，當兒子的卻開玩笑說：

「醫師竟然打兒子，你不覺得很過分嗎？」

忽然間，我想起了寫在志願調查問卷上的「醫學系」這幾個字。

我們沒用這計程車錢。

涼介把萬圓鈔遞給我，提議：「大地你就拿這個錢搭車回家吧。」但我實在沒有意願收下。我提議要搭計程車就一起搭，但涼介帶著五味雜陳的表情說：「給大地同學的份就算了，我自己不想用這個錢。」

所以就變成走路回家了。兩人無精打采地走在路燈昏暗的路上。

我們沉默了好一會兒。的確是為了回家而走在路上，但又不想回家。我從涼介的腳步清楚看出他的這種心情；而他那被血弄髒的衣領以及鍊子斷掉的項鍊，也都醞釀出一種荒蕪的氣氛。

也不知道是走近路還是繞遠路，快走到夜晚的公園時，涼介開了口。

「對不起啊。」

「嗯？」突然聽他道歉，我朝身旁看了一眼。

涼介步伐縮得更小，繼續說：

「總覺得，把你牽扯進奇怪的事情。」

「沒關係啦，這又沒什麼。」

雖然是個輕浮男，但又很會跟人客氣，心思也很細膩。浮誇的外表和耿直的內涵不一致，這點讓我覺得和伊萬里有點像。

「你為什麼打架？」

「嗯～～」涼介用像是從喉頭深處擠出的低沉嗓音回答：「連我自己也不懂啊。」

「這是怎樣啦？」

我笑了笑，他也跟著笑了。

「沒有啦，就是我在遊樂場玩格鬥遊戲，結果有個從後面走過的傢伙撞到我，害我手上一個按錯，我的角色就死了。我罵說開什麼玩笑，結果對方也是個有點像不良少年的傢伙，回瞪我。之後該怎麼說，就是你來我往，愈罵愈難聽。我也愈來愈生氣，不知不覺間已經抓起他的衣領，跟他互毆。」

「真不像你啊，平常你根本就不會跟人起這種無謂的爭執吧。應該說，你根本只對女生表示興趣。」

「就是說啊。總覺得，心情很煩悶。」

涼介抓起瀏海，弄得歪七扭八，又覺得很癢似的搔了搔被項鍊勒出痕跡的胸口。他左手一碰到左臉，就很痛似的皺起眉頭。

「你爸那一下，好厲害啊。」

「很過分吧？他按的是重拳啊，重拳。」

「他打的是巴掌啦。不過，你倒下的樣子真的很像格鬥遊戲啊。」

「我的體力計量表用音速在扣啊。」

我們兩個拿遊戲來比喻，一起笑了笑，但涼介很快又露出覺得疼痛的表情。

「家裡出了什麼事嗎？」

「呃～」涼介仰望天空，發出有點像發呆的聲音。月亮格外地亮，可以清楚看到兔子形狀的隕石坑。

「最近老爸很囉唆～一看到我的臉，就只會叫我念書。暑假講習也是老爸擅自幫我報的，還說要是沒考上醫學系就要把我從家裡趕出去。」

「啊～感覺他就會講這樣的話。」我想起涼介父親的表情，表示贊同。他眉毛揚起的模樣，活脫就是個一點都不圓融的頑固老爸。

「不管在醫院還是在家裡，都很了不起似的只會命令人，對我的意見一丁點也聽不進去，而且一反抗又會挨巴掌。」

「我懂。看起來就是個The掌權者的類型。」

「哈哈哈，這句說得好。The掌權者，又或者是The國王。」

「這時候要唸Thi國王吧？」

「大地同學太龜毛了啦。」

我們又一起笑了。鬱悶的氣氛被乾爽的笑中和了一些。

——應該，可以問吧。

我觸及核心。

「是因為志願的事，跟你爸爸吵起來？」

「咦？」涼介露出嚇一跳的表情看著我，然後還用很少女的動作按住胸口說：「大地同學，你讀了我的心？」

「看你的臉也知道。而且，我看到這個。」

我從口袋裡拿出東西，揭曉謎底。

是那張志願調查問卷。就是寫了志願學校「醫學系」又塗掉的那個。

「啊～～原來啊，我就想說是在哪兒弄丟了。」

「掉在教室裡喔，這個羞恥的塗鴉。」

把紙張翻過來一看，上面有一幅畫技無謂地好的裸體模特兒塗鴉。

「幹嘛啊，丟掉就好啦。」

「你不是想去念醫學系嗎？」

「我哪行啊？我腦筋不好，又沒有毅力。而且——」

涼介停下了腳步。

公園出口處有個形狀彎曲的擋車柵欄，他就靠到那上面。

「我就是覺得不喜歡，不喜歡老爸叫我去念醫學系，我就去念。弄得好像連我的未來也全都由老爸決定。」

他仰望著路燈這麼說。很多飛蛾之類的蟲子聚集過去，撞到光源又彈開，連連發出啪啪聲。

該怎麼做才好呢？要怎麼做才能鼓勵他？我看著他紅腫的臉頰，受到一種類似焦慮的心情侵襲。

涼介會當醫師。這是他將來會辦到的已經確定的「未來」——本來應該是這樣。但我從車禍中救了伊萬里，因此改變了這個未來。因為伊萬里並未受傷，涼介也就不會去醫院探望她，也不會陪她復健。結果就是涼介陪著伊萬里拚命復健而立志走上醫學這條路的「決心」也跟著變了。我從汽車前面把伊萬里推開的瞬間，過去產生了分歧，涼介的路線也就從「想當醫師」的路線偏移了。

我覺得有責任，這是我害的。都怪我多管閒事，導致他光明的未來眼看就要改變。怎麼辦？我該怎麼跟他說才好？涼介會考上醫學系，成為傑出的醫師。他有心想做就會成功，這是已經得到保證的。可是，我該怎麼做才能讓「現階段的他」明白這點？涼介不知道自己的可能性，不知道自己有只要真心念書就會提升的學歷，也不知道自己有一旦做出決定就能持之以恆的毅力。涼介認定自己沒有毅力。他參加網球隊，但練習太辛苦，三個月就逃走了。成績也是處在留級邊緣，要不是我幫他考前猜題，教他功課，多半一年級時就會留級了。沒錯，要不是在未來親眼看到他當上醫師，我也根本無法相信。涼介當醫師？想也知道不可能吧？高中時代的我想必一秒鐘都不會猶豫，只會這樣嗤之以鼻。

正因為如此，才會這麼難。要讓「現在」的涼介知道「未來」的可能性，讓他知道自己有著「未知」的才能。要怎麼做才能辦到這種事情呢？這就像是要鼓勵一個偏差值只有三十幾的傢伙：只要你努力，就考得上東大。聽起來一點都不實際。

時間默默地過去。

即使是夏天，夜晚的氣溫仍然會降低很多。當開始會覺得冷時，涼介靜靜地開口。

「該怎麼說，我這陣子一直在想，我啊——」

下一句話令我震驚。

「高中打算輟學。」

5

我們常去的Starlight Cafe，通稱星光咖，還是一樣人滿為患。

我坐下來，一邊靜靜地等人一邊回想起前幾天的事。

——我啊，高中打算輟學。

我嚇了一跳，臉頰抽搐。

涼介要輟學。這種事情我作夢也沒想過。不，換作是以前——換作是「第一輪」的我，八成會以更輕鬆的心情接受這件事。涼介成績很差，落在留級邊緣，不及格是家常便飯，而且常常蹺課。如果說有學生要輟學，我第一個就會想到涼介。

那天晚上，我問涼介為什麼想輟學，他是這樣回答的。「我照這樣下去，不就很可能會留級嗎？一年級的時候靠你幫了我，可是怎麼說，我最近都不知道上高中有什麼意義了。」「你是要自己退學？」「差不多就是這樣。」「大學要怎麼辦？」「大地同學，你在說什麼啊？高中都沒畢業，還想什麼鬼大學？」「呃，可是，也有用同等學力之類的吧。」「同等學力？」「高中畢業同等學歷鑑定考。之前簡稱大學鑑定考，就是即使高中輟學也可以獲得考大學的資格。」「是喔，有這樣的制度啊？可是我討厭念書，而且根本就不會想去念大學。」「可、可是，醫學系——」「我哪可能考上啊，你知不知道我偏差值多少啊？」

——不過，反正也不是現在就要輟學，等確定留級之後再來考慮也行。啊，這件事不要告訴駱駝蹄喔。

涼介看似輕鬆地笑了笑，然而從他臉頰上的紅腫可以窺見他受了傷的心。將來的志願、與父親的爭執、對醫學的意念。我還有很多問題想問他，但當時講到一半就道別了。「愈來愈冷了，還是回家吧。」他的這句話宣告那一天的結束。隔天在學校，涼介已經一如往常，對於臉上貼著的藥膏也打馬虎眼說是「在樓梯上跌倒」。既然他都叫我保密，我也不能在伊萬里面前提起，之後我和涼介都並未再提起這件事。

——是我害的。

我再度湧起自責的念頭。涼介之所以不再以考醫學系為目標，是因為我改變了「過去」。我救了伊萬里免於車禍，結果連他的將來都走樣了。不管是當醫師，還是和伊萬里結婚，全都變了。

不知不覺間，我喉嚨變得很乾渴，拿起冰塊融化變稀的拿鐵咖啡一口氣喝完。溫溫的液體弄得我肚子脹脹的，簡直在體現我不舒服的心情。

「對不起～～搞得花了很多時間！」

金髮少女拿著飲料，在我對面的座位坐下。

伊萬里點的飲料似乎是新作，有著焦糖閃亮瑪奇朵這種唸起來會差點咬到舌頭的名稱，而她就用吸管吸了一口，然後切入正題：「那我就單刀直入說了。」

今天，伊萬里約我放學後一起喝咖啡。我腦海中閃過星乃，但伊萬里很堅持，我便決定陪她。我隱約覺得一對一和她見面似乎對涼介不好意思，所以有種莫名的愧疚。

「就是志願的事情。」

「設計師的事？」

「嗯。」

伊萬里用手指戳著中杯尺寸的杯子，繼續說：

「前陣子，我不是找平野商量過嗎？所以就想說這次也跟你商量商量。」
「妳跟爸媽又吵架了嗎？」
「沒有，不是不是。啊，不過，接下來可能會吵起來啦。」
「妳做了什麼好事？」
「呃……」
萬里說到這裡，在播著西洋民謠吉他輕快音樂的店內若無其事地說了：
「我啊，打算去留學。」
「咦？」
我一瞬間聽不懂她說了什麼。留學？
「留學，妳是指那種去海外的？」
「是啊。不然還有哪種？」
「怎麼這麼突然？」
「我是第一次跟你提起，但其實從之前就稍微在考慮。想說如果要好好當個時裝設計師，就得把海外的學校也納入考量才行。而且我尊敬的設計師也有很多是海外學校出身的。」

伊萬里談起自己的志願，就像在談一些日常的小事，我的內心卻混亂已極。不對勁。伊萬里的確想當設計師，但她之前都沒去什麼海外留學。在我所知道的「第一輪的世界」裡，她是去讀國內的設計相關專科學校，然後一邊在服飾店打工一邊追夢。怎麼會要留學？

——啊！

我總算想起來了。沒錯。留學——的確是這樣，我想起了核心的事實。

伊萬里在第一輪的世界裡也曾經想去海外留學，但因為發生意外，才會放棄留學，決定眼前先專心做好腳的復健。伊萬里原本就希望去留學，是因為「車禍」而改變了志願，決定去讀國內的學校。

也就是說，我將她從汽車前面推開的那一瞬間，她的路線就被變更了。伊萬里沒受傷，結果「照當初的規畫」去留學。我改變了她的未來。

又是我害未來改變了。伊萬里去海外留學會變成什麼情形？她和涼介會分隔兩地？這樣一來，兩人結婚的未來還會實現嗎？搞不好這會變成再也無法挽回的決定性改變？

「我去查過，結果發現海外有好多這樣的學校。像是巴黎的國際時裝藝術學院啦，比利時的安特衛普皇家藝術學院啦，還有倫敦跟紐約，好像也都有很有名的學校。所以我就想說就算沒辦法馬上去留學，還是不要只看國內，得拉大視野來考慮。」

「可、可是，語言怎麼辦？」不知不覺間，我已經在反駁她。「妳連英文都很不拿手吧？」

「嗯，所以我想好好學。」

「這可不是說學就學得會的啊。」

「對啊。」

「去海外，文化和習慣也都不一樣，治安也比日本差喔。」

「我會小心。」

「可、可是，可是啊——」我到底在說什麼？回過神來發現，我說出來的都是負面的話，想讓她打消主意。

想當設計師很好，但要去海外留學？這是為什麼？為什麼會這樣？伊萬里為什麼會做出這種選擇？

「妳為什麼……那麼有自信？」

「咦？」

她瞪大了眼睛。

我說了奇怪的話。這我有自覺，但我就是不能不問。

「伊萬里，妳要去海外留學，然後當上時裝設計師，對吧？如果去了海外留學，卻沒能當上設計師，妳要怎麼辦？妳沒上日本的大學，到時候要就業可就會一下子變得很難耶。」

「也許吧。」

「妳這種『自信』是從哪裡來的？」這是我無論如何都要問的。

我沒有自信。沒有自信去挑戰難以實現的事情，然後突破難關。如果是定期考試，或是去考符合自己偏差值的大學，我就可以有自信，但對於比自己的實力高出兩段甚至三段的事情，我就沒辦法有自信。這是當然的，因為高出我的等級。現階段的涼介也一樣，他覺得自己是個劣等生，根本考不上醫學系。會有這樣的觀感是當然的。伊萬里的成績也不算好，只比涼介好上那麼一點，英文成績每次都是我比較高分。這樣的她，要去海外留學？

聽到我這麼問，她眨了眨眼，說出了我意想不到的答案。

「啊哈哈，平野，你在說什麼啊？」

「咦？」

「我怎麼可能會有什麼鬼自信？畢竟我是個笨蛋耶，雖然沒有涼介那麼嚴重啦。」

「這……」我很想回答不是，但又聽見內心有個聲音輕聲細語地說「沒有錯」。伊萬里並不是腦筋不好，跟她聊天就感覺得出她腦子動得很快，很會臨機應變。是那種只要定下心來認真讀書，成績就會成長的類型。這點跟涼介很像。

我一直想知道。

——我哪行啊？我腦筋不好，又沒有毅力。

涼介無法相信自己的能力，踏不出「第一步」。

伊萬里不一樣，她已經踏出了「第一步」。她朝著夢想，多方調查，連海外留學都已經納入視野。他們之間到底哪裡不一樣？是什麼契機讓她能夠踏出「第一步」？我一直想知道這點。我覺得要鼓勵涼介，無論如何都必須知道這個契機。

「告訴我，是什麼『契機』讓妳想當設計師？」

「契機……契機啊。」我懷著莫大期待，她卻說得很輕鬆。「有過這種東西嗎？」

「咦？有吧？畢竟妳想做的事情，風險可是有夠高的耶。」

「你這是怎樣？威脅我嗎？很不舒服耶。」

「啊，抱歉，我說法不好。對不起。」

「啊哈哈哈，開玩笑啦，開玩笑。平野老是一下子就當真。」

她付諸一笑，讓我稍微鬆了一口氣，但問題並未解決。

「我舉個例子，假設有這樣的情形……某個地方，有個學力很差的少年，在班上成績吊車尾，考試總是不及格。可是少年有個夢想，將來想當學者。然而因為自己成績吊車尾，他就認為辦不到，放棄了。這種時候，該怎麼做才好？」

我指的當然是涼介。除了學者和醫師不同，情形都一樣。

「這樣也只能好好念書了吧？」

伊萬里似乎搞不太清楚我問這個問題的用意，歪了歪頭。然後她用吸管滋滋有聲地吸了幾口飲料。我很正經，但她則像在閒聊，沒有緊張感。
「呃，可是，他本人沒有自信，沒心念書的時候呢？」
「隨他去啊。」她說得冷淡。「不就是他自作自受嗎？」
「呃，也對，那就這麼假設吧。」我拚命緊咬不放。「他是個肯做就會成功的傢伙，其實腦筋很好，是那種只要好好念書就會進步很快的類型。可是，現在他有那麼一點失去了自信，這種時候，我該怎麼跟他說？」
「咦～～好麻煩啊。我討厭這種優柔寡斷的類型耶。」
「別這麼說。」
「好啦，本來我不會去管這樣的人，不過也對……如果他是我的好朋友或男朋友……我可能會在他背上用力拍個一記吧。」
「啥？拍背？」
「不是這樣嗎？這種時候不就只能什麼都不管，先往前走再說嗎？重要的不是道理吧？」
在背上拍一記。這實在太直球，讓我傻了眼。
「呃，那、那麼——」我沒出息地死命抓著不放，關於這種事情，我只有伊萬里可以依靠了。「伊萬里，曾經有人推妳一把嗎？在猶豫的時候，有沒有過這麼一個人推妳一把，給了妳朝夢想踏出『第一步』的契機？」

「咦～～？才沒呢。當然要說我崇拜的設計師或是時裝模特兒，那是有啦。可是我又不認識他們，也沒辦法跟他們說話。雖然我在催特上有自己回他們的文，但他們也沒回應。」

「真的沒有嗎？沒有第一步？沒有人在背上推一把？」

「我知道這是我自己說的，不過還真的沒有什麼在背上拍一記啊。那種事情，只有在電視劇或漫畫的世界才會有吧。例如說，有個世界第一的足球選手，小時候有過一個奇蹟似的邂逅，然後決定要當海賊王之類。」

「這前後可接不起來啊。」

「啊，抱歉抱歉，不過就是這麼回事。我沒有什麼戲劇化的契機，也沒有人在我背上推一把。是我自己崇拜他們，自己決定要走這條路。」

「就這樣？」

「嗯，就這樣。」

「……」我啞口無言。

就這樣？真的？追求夢想，選擇充滿風險的路時，沒有任何戲劇化的故事，連個小插曲都沒有？

咖啡館內播放的背景音樂換了個調調，從小眾的西洋音樂換成比較主流的曲子。

「啊，我好像懂得平野的煩惱了。」

「咦？」

她的吸管像彈射器似的一彈，彷彿在表現出突然想通的感覺。

「平野啊，就是太『邏輯』了。」

「邏輯？」

「有某種『理由』，才會做出『決定』。是會要求自己的『決定』要有『理由』的類型。」

「麻煩說得好懂一點。」

「比方說呢……等等，今天好多比喻啊。呃，是什麼來著？對了，就像要進一家新開的拉麵店時，平野就是會先看店家前面的菜單，查看價錢，最後查看『吃吃log』的評價，然後才決定要不要進這家店的類型，對不對？」

我點點頭。她說得一點也沒錯。我對餐飲店也是用CP值來判斷，要是在新開的拉麵店把僅有的一點零用錢花掉，卻還難吃，那簡直是慘不忍睹。

——我說你啊，喜歡「吃吃log」嗎？

一瞬間，有個場面從腦海中掠過，但隨即被談話沖走。

「我啊，是覺得『管他的！』就走進去的類型。」

「啥？」

「就是說，看到新的拉麵店就覺得『管他那麼多！』然後就進去。」

「等等，這是怎樣？妳都不事先收集情報嗎？」

「嗯～～雖然也可能是因為朋友說好吃或是參考電視上的介紹，不過最後都是靠直覺，或者說看心情。一旦覺得：『啊，這家店看起來會很好吃。』那就不管這麼多，直接衝進去。」

「如果難吃怎麼辦？」

「那有什麼辦法？」

「咦？」

「人生就是免不了失敗啊。」

「可、可是，慢著慢著。那麼，假設整個人生都快要失敗，這種情形怎麼辦？不管是設計師、職業球員還是什麼都好，如果是那種一旦失敗就會把整個人生搞砸的決定，要怎麼辦？妳還是會覺得『管他的！』就衝進去嗎？不可能吧？」

「不，基本上都一樣。當然煩惱是會煩惱啦，但最後都會覺得『管他的！』就衝進去。該怎麼說，就是一種『跳』的感覺。」

「跳……」

「嗯，就是跳。雖然會不安，可是一旦跳進去，之後不就只能努力了？而且到頭來，很多事情不跳進去試試看就不會知道。拉麵店也是一樣，只要走進去，之後也就沒什麼了吧？會覺得門檻高，也只有一開始啦。」

她說得若無其事，然後吸了一口飲料。

「像今天的『這個』，我也是第一次喝，還挺好喝的。」

「……」我拿出智慧型手機搜尋「星光咖」、「新飲料」、「焦糖」這些關鍵字，然後跑出「焦糖閃亮瑪奇朵　評價」的待選搜尋組合，按下去之後就跑出一大串「難喝得要命」、「太甜」、「之前的焦糖飲料比較好」。

「伊萬里，這玩意兒真的好喝？」

「嗯，有點太甜，但還挺對我胃口……怎麼？」

——最後都會覺得「管他的！」就衝進去。該怎麼說，就是一種「跳」的感覺。

如果換作是我，大概不會點吧。我會先查評價，然後避免風險。

「對不起，伊萬里，那個，可以讓我喝一點嗎？」

「咦？嗯、嗯……是可以。」

伊萬里莫名地紅著臉，把杯子遞給我。

我用吸管吸了一口，還聽見伊萬里「啊！」的一聲叫出來。

「……」意外地好喝。的確有那麼點死甜，但不是我討厭的滋味。至少絕對不是評價所說的「難喝得要命」。

我把杯子還回去，伊萬里就莫名忸忸怩怩地動著雙手。

「抱歉，這樣讓妳不舒服嗎？」

「不會，沒事沒事。而且我都先喝過了，沒什麼。」

她看著杯子，誇張地搖搖頭，金髮有點被弄亂。接著她雙手捧起杯子，有點遲疑地就要把嘴湊上吸管。

「啊，抱歉，我全都喝掉了，因為只剩一點點。」

「這、這、這樣啊。」她急忙把嘴從吸管前面移開。

「沒想到這玩意兒還挺好喝的啊。」

「我就說吧。不過有點死甜就是了。」

「是啊。」

我們兩個一起笑了笑。

「呃，剛剛說到哪裡來著……對了，是說到拉麵店嗎？」

「嗯，不對，是說到一個少年想當學者。」

「對了。你說的那個想當學者的忸怩少年也一樣，總之開始做下去就對了。就像點新的瑪其朵那樣，不用想太多。」

「是嗎？」

「是啊——就像我這樣，覺得『管他的！』就衝衝看。」

她做出有點像跳躍的動作，微微一笑。

6

「披薩行星送披薩～～」

中午過後，打開門一看，外送披薩的男店員很陽光地打了聲招呼。

「請問多少錢？」「兩千六百圓。」這樣的對話過後，我付錢，收下披薩。扁平的紙盒還熱熱的，微焦的起司香氣飄散在玄關。買便當來也行，但我今天就是有點嫌麻煩，於是叫了外送。就算是這種東西，應該還是比固態保久食要好一些吧。

三分鐘後。

「哈呼、哈呼、呼～～嗚嗚，好燙、好燙！」

我聽見電腦桌另一頭的星乃發出這樣的聲音。「妳可別燙傷啦～～」我一邊跟她說話一邊也跟著一口咬下義式肉腸披薩，喝了一口飲料。這組合實在不能說有多健康，但偶爾吃就覺得非常好吃。

說到這個，我才想起高中的時候，我是不是常常這樣跟星乃一起吃披薩？她吃有蝦子的海鮮披薩，我吃義式肉腸披薩。我回顧這樣的過往，並且吃掉第一片披薩。

——我啊，高中打算輟學。

我又想起涼介的事。

昨天我若無其事地找伊萬里商量了。「對了，那個，想當學者的優柔寡斷的少年也是，總之先開始就好了啊——像我一樣抱著『管他的！』的心情。」這回答著實很有伊萬里的風格。然而，我無法像她一樣，而涼介感覺也是如此。想著「管他的！」衝進去，如果那樣就有辦法的話事情早就解決了。然後——

——我啊，打算去留學。

不行。我搖搖頭。無論大流星雨的事、Europa的事，還有涼介跟伊萬里的事——一深入去想，心情就只會愈來愈沮喪。我不可以想一次把這些問題全部解決，何況也不可能辦到。

總之現在就做自己能做的事吧。

我想到這裡，總之先動動手再說。因為動著手的時候，就不用去想東想西。網頁接二連三地翻過，資訊的洪流滿出來。我主動跳進裡面，就像被沖著走似的在網路世界漫遊。人造衛星、恐怖行動、航太機構、電腦入侵、前例、Europa事件——我著了迷般不斷收集情報。

過了一會兒。「嗯……？」就在我整理連結已經失效的書籤時，過去的衛星意外相關關鍵字當中顯示出「天野河星乃」這個名字。

我自然而然地點選下去，結果跑出更多相關關鍵字，出現了維基百科的「天野河星乃」項目，手指自然動起，點開網頁，就看到「人物、來歷」、「事件」、「註釋」、「相關項目」、「外部連結」等項目，平淡地記載著星乃的個人資訊。

■天野河星乃（Amanogawa Hoshino，二〇〇〇年（平成十二年）×月×日——）為一名日本女性。她的母親是人類史上首位在宇宙空間懷胎的女子，所以又被稱為「太空寶寶」——

星乃的來歷幾乎都很正確，沒什麼新奇的部分，頂多只有上個月發生的「ＪＡＸＡ職員遇襲事件」（通稱第二Europa事件）的部分是最近追加的項目，但只是記載之前就有過的媒體報導內容。

有別的部分吸引了我的注意力。

——咦？

點開最底下的「外部連結」一看，上面有這樣一個項目。

【天野河星乃（@spacebaby2017）——Tweeter】

「這……」我忍不住湊近畫面凝視。確實是「天野河星乃」的催特帳號。外部連結的部分，經常會收錄當事人自己的部落格或官方網頁，但我萬萬沒想到竟然會有星乃的帳號。

星乃玩社群網站……？我先朝少女瞥了一眼，然後半信半疑地點選進去，畫面切換。畫面跑出了眼熟的那個以藍色鳥為題的Logo，等了一會兒，顯示出我要看的帳號。

■天野河星乃（@spacebaby2017）

幸會，我叫作天野河星乃。父母都是太空人，也有人叫我太空寶寶。夢想是當太空人。

「……真的假的？」我抬起頭。

昏暗的室內，看得見星乃的後腦杓。她蓬鬆的黑髮在電腦前左右搖擺，似乎是在聽什麼音樂，她那形狀獨特的耳機戴到了耳朵上。

我用眼角餘光看著這樣的她，一邊捲動畫面。驚人的是，帳號的註冊日期是大約一個月前，追蹤者人數已經超過三萬。

星乃玩社群網站？太離譜了。

「喂、喂，星乃。」

「……？」她狐疑地抬起頭。

「啊，呃～妳啊……」我遲疑著不知道該怎麼說，但眼前還是得先問清楚事實。「妳，那個……有在玩，社群網站嗎？」「……」「妳也知道，呃，就像臉誌啦、Instantgram啦。」「……」「催特呢？」「……」

她默默看著我。我看不出這是承認還是否認。

「呃，大概一個月前，催特上跑出了一個帳號……」

「假帳號。」

「咦？」

「不是我。」

——原來她知道？

我今天才第一次發現，但她似乎早就發現了。

「妳不去申請刪除嗎？只要跟營運方說一聲，就可以凍結這個帳號喔。」「沒用。」「為什麼啦？」「不管申請幾次，都沒用。」

接著她以一貫的那種冰冷到了極點的眼神說了：

「因為地球人太愚蠢。」

7

幾天後。

「哦～～人號嘿星啊……」

真理亞把魷魚絲當雪茄似的叼在嘴上，喃喃說道。好幾個空啤酒罐倒在桌上，她的臉頰已經泛著微微的櫻花色。今天我也在惑井家，吃葉月親自下廚做的飯菜，餐後過著悠哉的時間。

我聽著葉月洗盤子時哼的歌以及自來水的水聲，和真理亞坐在沙發上談話。議題是我提起的「人造衛星」。

「……那麼，我們拉回正題。」我盡可能裝作在閒聊，但仍然提及了核心。「故意讓人造衛星墜落，或是搶走控制權……這樣的事情真的有可能辦到嗎？」

我腦子裡想到的當然是那場「大流星雨」。距今五年後的未來，那起將人類發射的所有人造衛星都毀去的前所未見的犯罪──還奪走了星乃性命的太空恐怖行動。

「搶走控制權嗎……如果要問可能或不可能，當然是可能啦。」

她撕著魷魚絲說下去。

「大概是十年前吧～～ＮＡＳＡ的科學調查用衛星就曾實際被占用了耶～～呃～～記得是『Landsat-7』跟『Terra』～～」

「這我也聽說過，記得是外國人幹的。」

靠著這陣子查到的知識，我也跟上了話題。

「那是美國方面的調查委員會的說詞吧～實際上要追蹤犯人似乎是有困難，不過不管怎麼說，這兩具衛星被人搶走了控制權幾分鐘。所幸犯人什麼事都沒做，所以沒出事嘍～」

「如果對方有這個意思，也可以做出讓衛星掉到地球之類的事嗎？」

「很難說吧～我們現在終究只是討論可能性，不過人造衛星這種東西，本來就是只要輸入指令就會照指令行動～」

她說到這裡，又喝了一口啤酒。她白嫩的喉嚨上下動了動，發出很大的咕嚕聲。

「NASA每年都會受到幾千次網路攻擊，也為了防範這種攻擊，投入了一千億圓以上的預算。JAXA的伺服器也曾在四年前鬧出受到非法存取，導致『希望號』的運用準備資料與相關人士郵件清單外流的事件，再前一年也鬧出愛普瑟隆固態燃料火箭資料外流……從某種角度來看，其實是家常便飯，雖然是不可以有這種事情啦～」

「那麼，在不久的將來，人造衛星被搶走控制權，墜落到地球的說法也……」

「有可能吧～雖然如果被拆穿，可就要戰爭啦～」

「所以這不是動畫或電影裡才會發生的事情吧。」

「人類想像力範圍內的事情，差不多都會變成現實啊～恐怖行動的話就實在是不想領教啦～～」真理亞又把嘴湊到鋁罐上，但似乎已經空了，於是用力將鋁罐捏扁。

「葉月～～啤酒～～」

「沒有了～～媽，我現在要去燙一下衣服，不可以喝太多酒喔。大哥哥，你要盯緊媽媽，不可以讓她開冰箱喔。」

「我是小孩嗎？」「小孩才不會喝酒。」真理亞被葉月一句話打回來，以美式風格聳聳肩膀。

葉月走出去之後，迎來了短暫的沉默。我心想她大概暫時不會回來，所以打算趁現在把之前都沒機會對真理亞說的話說出來。

這才是我今天要說的正題。

——因為地球人太愚蠢。

自稱天野河星乃的假帳號之後也繼續活動。將「我是天野河星乃！第一個在太空誕生的人類！」「我，天野河星乃！將來的夢想是當太空人！」這些招牌句子沒完沒了地丟到網路上，留言會以一定的週期循環。與其說是冒牌貨，更接近一般稱為「ＢＯＴ」的帳號。就是那種扮演特定人物，反覆說出機械化留言的帳號。台詞雖然單調，但每天都會以相當高的頻率投稿短文，這點也很像ＢＯＴ。

會有冒稱的帳號——也就是「假帳號」出現，這件事本身根本不稀奇。在匿名布告欄或社群網站上，多的是冒稱名人或藝人，四處謾罵的傢伙，就不知道是故意騷擾還是為了取樂。這種事情在匿名的網路空間裡，做起來非常容易，可說是家常便飯。

然而，這次的情形就是有點奇怪。最令我在意的，就是從帳號申請成功才短短一個月，跟隨者人數就突破三萬，這怎麼看都是過剩。換作是以前她被捧為「太空寶寶」，形成空前熱潮的那個時代也還罷了，但連是不是本人都不知道的帳號都爆炸性地有這麼多人追蹤，實在有點難以想像。

要說我想得到有什麼可能，大概就是那起襲擊事件。上個月下旬所發生的ＪＡＸＡ職員遇襲事件——通稱「第二Europa事件」。一名網路ＩＤ為「Europa」的男子在ＪＡＸＡ筑波太空中心，攻擊演講中的惑井真理亞，讓在場的天野河星乃也遭遇危險。各大報都有刊登報導，隔天的八卦節目也都花了不少時間談論，不但提到真理亞，也報導了星乃的名字。只是，這起刑案既未出現死者也並不是留下了什麼令人震撼的畫面，很快就被資訊的洪流淹沒，到了隔週，主角的寶座輕而易舉就被重量級藝人的不倫新聞搶走。上上週的八卦雜誌上登了「太空寶寶的現在……？」這麼一則小小的報導，報導的熱潮就此完全消退。

「嗯？怎麼啦，大地，你的表情變得好誇張啊。是想上廁所嗎～～？」真理亞看著我，大嚼柿種花生。

她是星乃的監護人，和Europa事件也有很深的關聯，我一直覺得一定要找她商量這件事。之所以拖到現在，是因為星乃一再對我下封口令：「不要跟真理亞說。」只是，看到不單是催特，假帳號在其他社群網站也不斷擴大勢力的情形，我也差不多要忍不下去了。總之我就是想先跟真理亞說一聲，因為有關星乃的事，最靠得住的絕對是她。

「那個，真理亞伯母，我有點事情想跟妳商量。」

「什麼事啊，這麼鄭重？」嚼著花生的她轉過頭來。不知不覺間，她已經又開了一罐新的啤酒。

「呃，是關於，星乃的事——」

就是在這個時候。

手機響了。是霍爾斯特作曲的《行星組曲》當中的——《木星(Jupiter)》。

一支手機在沙發上閃爍。這有如太空的黑色機身上，顯示來電人是「ＪＡＸＡ筑波太空中心」。

「真是的，虧我還休假呢。不好意思失陪一下喔。」她拿起手機，湊到耳邊，然後以輕鬆的語氣講起電話。「喔～～怎麼啦？發生什麼事啦？」

我用眼角餘光看著她，正心想她還是這麼忙，結果……

「——你說什麼？」她的聲調變了。

她的視線一瞬間瞥向我，和我對看一眼後，回答：「啊～～對，哦～～跟長叔說了嗎？知道了，辛苦了，我也會一大早就過去。」說完她掛了電話。

「發生什麼事了？」

「沒有啦，就是呢～」

她聳聳肩，眼睛卻沒有笑意。從氣氛就感覺得出事情非同小可。

「我們部門有一具衛星，好像失聯了。」

【recollection】

「星乃……！」

真不知道我到底作這同樣的夢幾次了。

『大地同學──你一定要，一定要，抓住……美好的未來喔……』太空中的ＩＳＳ朝著地球墜落。是我和過去的星乃穿越時空，聯繫上的那次奇蹟的「通訊」。

『啊啊──可是我還是，好不甘心。好不容易，好不容易，才來到這裡，跟大地同學，一起……抓住夢想，爸爸、媽媽的夢想，才正要繼續。我不要，不要這樣，這樣還是……太過分了啦。好不容易，好不容易，才來到這裡。啊啊，啊啊，大地同學、大地同學、大地同學──』

接著最後一刻來了。畫面上，啊啊──天啊──一名女性被拋出ＩＳＳ殘骸的輪廓。星乃的一頭長髮在太空中散開，求救似的朝我伸出手。她的嘴脣確確實實從沒有聲音的太空，對我這麼呼喊。

救、救、我。

接著星乃的身影被強大的光芒吞沒，化為發光的流星——

第二章　Cosmos

1

「星乃……！」我整個人彈起來。眼前是一張眼熟的黑色桌子，上面放有在跑螢幕保護程式的筆記型電腦——是我常去的銀河莊二〇一號室，是我放學回家路上跑來——大腦晚了一步才認清所在地與狀況。

「囉唆。」有東西打到我的頭。揉成一團的紙滾到我的膝蓋附近。

「安靜點，會害我分心。」

她從電腦桌的另一頭露出白得像鬼一樣的臉。她的視線一如往常冰冷。只是，我確定少女存在，就多少鬆了一口氣。

「不好意思，我作了個惡夢。」

「到底第幾次了？不要擅自叫我的名字。還有，不要夢到我。」

少女做出這種有點強人所難的要求後，又一如往常地躲回電腦桌後面。順便說一下，這張電腦桌的另一頭就是星乃的個人空間，要是擅自闖進去就會受到她烈火般的痛罵。之前我也曾不小心踏進去，結果就被她拿空氣槍威脅。從這種角度也感覺得出我和星乃之間仍然有著「牆壁」。

我振作起來，再度輕輕敲打眼前的鍵盤。

螢幕保護程式的星座消失，出現的是我睡著前看到一半的新聞網站。

■ＪＡＸＡ衛星，失去聯繫

太空研究開發機構（ＪＡＸＡ）於本月二十七日發表，從去年開始試營運的人造衛星「不死鳥號」失去了聯繫。ＪＡＸＡ表示原因尚未查明，已於同日設立對策本部，致力於復原工作。

不死鳥號是由ＪＡＸＡ與民間企業共同開發的新型多功能衛星，於去年二月在種子島太空中心（鹿兒島縣）發射。開發費用高達六百億圓左右，金額是去年失去聯繫而停止運用的天文衛星「瞳號」的兩倍以上……

讀完報導事件概要的新聞後，我用滑鼠點選。畫面上有ＪＡＸＡ的員工一字排開，召開緊急記者會，還拍到表情嚴肅的惑井真理亞。

——抱歉，大地，我可能暫時回不了家，葉月就拜託你了。

「不死鳥號……失聯……」

人造衛星故障並不是什麼稀奇的情形。不限於日本，各國的衛星都有過不少停止運作或下落不明的情形。以近期來說，二〇一六年二月，美國空軍的氣象觀測衛星「Flight 19」就失去聯絡，就這麼停止運作。同年在日本，X射線天文衛星「瞳號」也發生了解體的意外。

問題是在別的地方。

不死鳥號。

有過這樣一顆衛星嗎？我按住腦袋，翻找自己的記憶。我的確喜歡天文與太空方面的題材，但當然並不是迷到記得住所有人造衛星的名稱。「向日葵號」或「隼號」這種有名的衛星就先不說，會不記得不那麼有名的小眾衛星或探測機也是無可奈何。只是，這次發生的是衛星失聯的現象，還算挺吸引大眾的關心。尤其這次是接在「瞳號」之後又發生連線不上的意外，喜歡太空的我當時會沒聽過這件事實在很不自然。就像如果喜歡的藝人接連兩年發生醜聞，沒有粉絲會不記得，同樣的，我不記得連續兩年發生的人造衛星意外也很不對勁。至少總該想起這陣子接連發生人造衛星失聯的情形。

但我沒有記憶，也沒聽過有個衛星叫作「不死鳥」。

我不知不覺按住右眼。不會痛，但有種癢癢的感覺。一放開手，手上什麼都沒沾到。以前流過的「血淚」，到了第二學期後就再也沒流過。之前每當遇到我人生的「第一輪」與「第二輪」之間的分歧點，就會發生那種神祕現象。

朝星乃一看，她整個人彷彿一具打字機器人，一心一意打著鍵盤。她還是一樣駝背，姿勢不好，一頭黑色長髮頻頻像舞獅似的搖動。

——救、救、我。

人造衛星神祕失聯。一想到這件事，令人不舒服的記憶就有如驚濤駭浪般湧向我的腦海中。當然就是「大流星雨」——讓人類擁有的所有人造衛星都就此消失的恐怖行動。照理說應該和這次的事情沒有關聯，但「衛星」、「消失」這幾個關鍵字就是會不容分說地讓我的心一團亂。

沒有關聯。理應沒有關聯。我愈是想說服自己這麼想，就愈是會想起那個朝我伸出手而消失在太空的少女身影，這幅景象深深印在我腦海中，就像盛夏的殘像一樣罩住我的視野。就算想揮開，但我每天都日以繼夜地在查大流星雨的事，更重要的是還跟星乃共處一室，終究不可能不去想。

是不是有什麼事情已經開始了——這樣的預感就像昏暗的沼澤中冒出的泡泡一樣，在我心中湧現。

我沒有根據，但就是很不安。面臨大流星雨，我卻一步都沒有更接近真相。來到這個世界已經過了兩個月以上，但別說是犯人的線索，連相關情報都沒拿到一丁點。「星乃……」我大概又不知不覺喃喃叫出了這個名字吧。

一個比剛才硬的物體打在我頭上。真的會痛。

「就說會害我分心了。」

星乃用愈來愈不高興的眼神警告我。

——啊，這個……

可是這時候，我的注意力被星乃丟在我頭上的「物體」吸引過去。這個打在我頭上後掉到地上的物體像是某種零件。只看一眼就看得出是某種零件，是因為這個東西對我而言也充滿了回憶。『妳在火箭裡裝了什麼？』『液態燃料。』『竟然在兒童班搞這個，妳白痴嗎？』——沒錯，就是我認識星乃還沒有多久，在JAXA兒童班湊巧碰到她時那令人懷念的火箭。從顏色與形狀看來，大概是「尾翼」的部分。

「這個，是妳在筑波發——」我話說到一半又吞了回去。這時我才想起，在這「第二輪」的世界裡，我並沒有在兒童班碰到星乃。

「這次又是怎樣？」

星乃不悅地看著我。

「這個，要怎麼辦？」「丟掉。」

我把尾翼舉起來給星乃看，就得到這個很乾脆的回答。『砰！』『唔哇！』『都沒掉下來耶。』『地球有重力，不管什麼樣的飛行物體都一定——』『我知道啦。』我們兩個人坐倒在草地上，合不攏嘴，仰望著天空。那一天的光景至今仍深深烙印在我心中。這段記憶就有點像是青春的一頁。記得當時，掉下來的火箭在JAXA的實機展示火箭上撞個正著，事情鬧得很大。

——要丟掉實在……不對。

仔細一看，這很有火箭該有的樣子，是以輕而堅固的材料製成。記得我曾經聽「第一輪」的星乃說起鈦合金是什麼樣的材質。毫不吝惜地把戰鬥機上都會用到的高級素材用在兒童班，從某個角度來看，也的確很有星乃的風格。

我悄悄把這個零件塞進上衣的胸前口袋。

一想到這個世界上，就只剩我一個人知道這天的祕密，就讓我覺得胸口有一種疼痛與寂寞。

2

「我們開始班會時間。」

教室中聽見一道鎮定的說話聲。

抬起頭來一看，兩名少女站在前面的講台上。負責擔任主席的是班長宇野宙海。

「下週就要決定我們班在校慶要辦什麼，所以還請大家先想好志願。請每一位同學提供一個以上的點子。」

「咦～～」「好麻煩。」「宇宙決定就好啦。」班上男生發起牢騷。附帶一提，「宇宙」是宇野的綽號。

「真是的，我不叫這種名字！來，請大家把單子傳下去。」

宇野一邊說起常說的吐槽一邊俐落地指揮。說完她對身旁的少女說聲：「冥子，這個麻煩妳。」然後將一張單子遞過去。這名少女默默點頭，拿起粉筆，把單子上的內容逐一抄到黑板上。這名少女叫黑井冥子，算是有副班長這樣的頭銜。只是我從來不曾看她分派過什麼事，輔佐宇野的角色印象已經深植人心。她的綽號叫「黑洞」。宇野和黑井莫名地感情很好。

黑井冥子把第二學期的行事曆抄到黑板上後，又轉身面對大家。她面無表情，一動也不動地站在宇野身旁，模樣倒也像假人或人造人。一整天聽不到她說一句話的日子很多，據說誰也不曾看過她笑。

「呃～～所以呢，第二學期有一大堆學校的大活動。各位同學可能忙著社團活動或委員會，但我要呼籲大家，對班上的活動也要積極參加。那麼首先——」

我一邊聽著宇野駕輕就熟地推動班會進行，一邊茫然看著黑板。黑井的字就像機械寫的一樣太工整，看上去倒也像用鍵盤打出來的，整面黑板變得像是全黑的電腦螢幕。

「各位同學，有沒有什麼點子呢？什麼點子都可以。」

「有～～！我覺得開Cosplay咖啡館最好～～」

教室後面傳來一個活力充沛的說話聲。是個綁著雙馬尾，身材很好的少女。她像要強調胸前隆起似的雙手抱胸，引來了男生的矚目。

「恆野同學，請妳認真點想。」

「正常辦活動就很無聊嘛。要辦一場以我為主角的現場演出也行啊。」

「這種事請妳在社團或同好會辦。」

宇野一句話駁回。「呿～～」恆野噘起嘴。

恆野朝陽在班上的定位是玉女偶像，涼介就經常去招惹她。似乎一度說好要約會，但我不知道後來怎麼樣了。

「我們姑且還是接受咖啡館這個提議。」

她說完使了個眼色，黑井就在黑板上寫下「咖啡館」。

「好的，還有沒有其他意見呢？」

「啊，我可以說嗎？」又有女生舉手。這次是天王寺藤子，她是茶道社的社長。

「天王寺同學，請說。」

「既然要辦咖啡館提供飲料，由我們茶道社來泡茶，怎麼樣？以傳統的禮儀享用日本歷史悠久的抹茶，我覺得這樣可以學到日本文化。」

「茶館是嗎？不錯呢。」黑板上的咖啡館旁補充了「茶道」兩個小字。

「等等～～為什麼茶館就可以，Cosplay咖啡館就不行～～」先前遭到駁回的恆野朝陽表示異議。

「這是因為……畢竟是學校活動，而且茶道是日本文化。」

「Cosplay也是日本的文化啊。」

「這……是嗎？」

「那偶像咖啡館總可以了吧？」

「偶像……」宇野一瞬間擺出思索的模樣，正經八百地反問：「請問這是做什麼的咖啡館？」

「穿成偶像明星的樣子來招待客人的咖啡館，就像女僕咖啡館那樣。」

「是嗎……也對，畢竟偶像（Idol）信仰似乎是全世界宗教與文化中都很常見的情形……咳，也好。」黑板寫上「偶像咖啡館」。我完全搞不懂宇野的篩選標準。

「喂，什麼都好，趕快決定啦～我等一下還要練球耶。」足球校隊的飯田不客氣地大聲喊著。「那就Cosplay茶館！」棒球隊的鈴木敷衍地呼喊。「你們這些男生，認真點啦！」天文氣象社的浦野出聲制止。「Cosplay茶館，非常令人期待。」這時曾在國外生活過的冰川毫無惡意地炒起冷飯。最近我總算漸漸能把同班同學的長相和名字搭在一起了。

「好好好，麻煩大家舉手發言！」宇野拍拍手管理秩序，但十幾歲的少年少女一鬧起來就很難安靜。校刊社的近藤喊出「運動短褲咖啡館！」時，混亂達到極限，黑井冥

偶像咖啡館
運動短褲咖啡館

子以機械般的工整筆跡寫下「運動短褲咖啡館」。坐在我前面不遠處的涼介趴在桌上睡翻，更前面的伊萬里則覺得無聊似的玩著指甲。從以前就是這樣，我實在搞不太清楚這個班級到底團不團結。

看著涼介和伊萬里，我的心又開始騷動。

除了最大懸念的那場大流星雨之外，我另有非解決不可的問題。涼介自行輟學，伊萬里海外留學，這是他們兩人要選的未來。儘管兩人各有「如果留級」和「等到畢業」這樣的前提條件，但注定遲早要遠隔兩地——至少有這個可能。尤其涼介更是隨時都可能說要輟學，而且伊萬里也是只要狀況容許，有可能不等高中畢業就去海外。

為什麼會演變成這樣……

我抱頭苦思，但答案早就得出來了。是我害的。是因為我改變了命運，因為我干涉了他們兩人的過去。涼介實現當醫師的夢想，以及與涼介修成正果的伊萬里，他們這些燦爛的未來全都被我的任性妄為給毀了。事到如今，我要怎麼修復才好？

——最後都會覺得「管他的！」就衝進去。該怎麼說，就是一種「跳」的感覺。

跳。伊萬里描述自己下決定時的心情時，用的是「跳」這個字眼。想著「管他的！」下定決心往前衝，這就是「跳」。若說涼介也需要這麼一「跳」，我該做的又是什麼呢？是像伊萬里所說，在他背上用力拍一記就好？這樣就可以讓事情順利嗎？而且我和伊萬里不同，沒有夢想，也沒有目標，這樣的我能有足夠的說服力打動涼介嗎？我完全沒有自信。我拿手的事情，就只有帶著一臉很懂的表情大談風險，拿一把叫CP值的刀，把對方淡淡又天真的希望一刀兩斷。我對割捨可能性很習慣，但對於培養可能性就一竅不通。最重要的是，我自己就不曾為這種夢想或目標努力過。

正當我在班會時間想著這樣的事情。

忽然間，我們的視線對上了。

——咦？

像是假人一樣站在那兒的黑洞——黑井冥子，凝視著我。起初我還以為是自己會錯意，撇開了視線，但把視線拉回去就看見她果然是在看我。她那柳枝般長長的瀏海下，一雙瞇起的眼睛將視線直線送向我。我有種被雷射射穿的感覺，在座位上微微退縮。

這、這是做什麼……？有好一會兒，我都懷著一種像是惡作劇被逮到的感覺，承受雷射的直射。仔細凝視之下，就會有種彷彿被她那雙顏色深沉的眼睛吸進去的感覺，讓我覺得隱約懂了黑洞這個綽號的含意。

等我再次看過去，黑井冥子已經不再看我。

3

室內冷得澈底，完全感受不到殘暑。

今天我也在這棟冠上銀河之名的公寓裡繼續「調查」。說是調查，頂多也只能翻閱屋裡的人造衛星相關書籍，或是打打鍵盤在網路上逛，讓我的焦躁感與日俱增。

——人造衛星失去聯絡的問題，過去也曾發生過多起，從太空射線與太陽光等因素造成的機體劣化、指令輸入錯誤，到太空殘骸的撞擊等，原因十分多樣。由於人造衛星一旦失聯就很難回收，事情多半會在原因不明的情形下作收，以過去的例子來說——

我一邊翻閱書籍一邊又貼上標籤。

那起「不死鳥號」消失事件，後來也沒有任何進展。沒有恢復連線的跡象，真理亞也繼續過著忙碌的日子。

不能再這樣下去。

只有這點是再明白不過。如果就這樣繼續漫無目的，毫無進展地讓時間過去，我就會再度失去星乃。幾乎每天都作的那場惡夢將會在我眼前，在無情的太空，殘酷地重演。那是一幅光是想像都讓我想嘶吼的絕望光景。

正因如此，我才更是非點做些什麼不可。做什麼都好，什麼線索都好。可是，要去哪裡，怎麼找，才找得出事件的情報，而且真的有辦法現在就去查出尚未發生的恐怖行動嗎？我毫無頭緒。

大概是這樣的心情不由自主地表現出來了。

「我說星乃。」

黑色的腦袋在電腦桌的另一頭忽然一個顫動。

出聲喊她之後，心中仍然湧起些許遲疑。

我不能問她大流星雨的事情；我不能提起Space Writer或五年後的未來。一些小小的事情都會讓未來走樣，我不能冒這種風險。實際上，我就已經改變了涼介與伊萬里的命運。

所以，我問起另一件令我掛心的事情。

「那個事件，妳知道吧？」

「……？」

一雙大眼睛像星星似的眨動。

「『不死鳥號』消失事件。」

隔了一會兒，她的頭微微動了。大概是點了點頭吧。

「妳怎麼想？」

「……」又是一陣停頓。

我多少也覺得對她問起這個事件實在有點問錯人。這終究是該由ＪＡＸＡ來對應的問題，與星乃，甚至與我，都沒有直接的關係。但我就是覺得這就像是忘了寫的暑假作業，不解決就沒辦法往前進。最重要的是，我想聽聽星乃對這件事的意見。

沉默還在持續，等電腦的螢幕保護程式開始啟動，我已經有點放棄聽到她回答。我好想跟星乃聊聊很久沒聊的太空話題，沒有回應實在遺憾，結果就在這個時候——

「——爸的。」

我聽到一個小小的說話聲，於是「咦？」的一聲抬起頭。

不知不覺間，少女已站起身看著我。

「那是爸爸的。」

我們視線一交會，這次她就明白地宣告。

「咦？……爸爸？」

「那是——」她深深吸氣，以低沉的嗓音說下去：「爸爸設計的衛星……不死鳥的主系統，是爸爸開發的技術。」

「妳說的爸爸，是彌彥流一對吧？」

她點了點頭。

彌彥流一，是星乃的父親，也是ＪＡＸＡ知名的太空人。他與同為太空人的妻子天野河詩緒梨生下的獨生女不是別人，正是星乃。

「通訊、姿態控制、主引擎、太空殘骸阻擋屏、緊急備用系統……全都是爸爸的技術。在JAXA，延續這些技術，改良出來的，就是『不死鳥號』。」

星乃流暢地說明自己父母的研究。她還是老樣子，只有談到太空和父母的時候才會變得饒舌。

星乃自豪地說了。說起她母親天野河詩緒梨提倡的研究，是研究人體老化與太空輻射之間的關聯，取時間之神「克羅諾斯」的寓意，命名為「Chronospace Cell」。由於這項一般稱為「CH細胞」的研究關鍵在於細胞和太空輻射之間的關係，在太空的實驗設備，具體來說，就是ISS的船外實驗平台，就成了研究的主舞台。而這位於太空的實驗空間，就是由星乃的父親——太空人兼工程師彌彥流一主導開發。當時他所發明的種種尖端科技，似乎也應用到了這次的「不死鳥號」上，而星乃就很自豪地說起這件事。可謂與ISS實驗艙「希望號」並稱的彌彥流一代表作。

「『不死鳥號』的名稱也包含了不輸給老化的抗老化含意。『CH細胞』的研究，主目的是在於解析太空射線與老化影響之間的關聯，但爸爸和媽媽都在想，要解析這個情形就需要採取長時間接收太空射線的生命體樣本。所以作為行星探測器，發現外星生命，也是『不死鳥』的主要任務之一。」

「妳的父母果然好厲害啊。」

「那當然。因為爸爸和媽媽——」

她說出了以前說過的台詞。

「是全宇宙第一。」

結束和星乃的談話後，我又回到手上的作業，也就是收集人造衛星以及Europa事件的相關情報。我一如往常面向電腦，翻閱書籍，查各種資料。

過了一會兒，就在我逛到人造衛星相關的網站時，忽然有個我不曾看過的名稱映入眼簾。

【WebCosmos】——Web Cosmos。讀起來是這樣。

點進去一看，就跑出深藍色的畫面，有流星飛過。太空主題的背景很符合這個網站的名稱，點開「About This Site」的頁面，就看得出似乎是個自由記者所開設的個人新聞站。

我之所以會好奇，是因為我在顯示於網站名稱與網址下的說明文——也就是所謂的複合式摘要當中，看見了「Europa事件」的文字。點開部落格的文章清單一看，就看到確實有這個項目，從標籤文章數就看得出有相當大量的文章提到這件事。

網站的更新是從七年前開始。有很多報導都是分析當下時事題材而做出的評論，但有時也有標為「獨家特報」的採訪報導，其中也包括了一些連我都聽過的政治家瀆職或官員醜聞，投稿到週刊雜誌的獨家新聞也很多。

點選Europa事件的Tag後，就看到瀏覽量較多的報導中有著「8月27日JAXA職員遇襲事件」，對於事件的來龍去脈、背景資訊等等都整理得淺顯易懂。驚人的是，對於七年前的「第一Europa事件」，也是從事件剛發生後就刊登了詳細的分析與解說。先前會找不到這個網站，是因為星乃在全球都太有名，搜尋關鍵字會找到的網站數量實在太多。

【關於一連串的Europa事件，還有許多未解之謎，也就是所謂的懸案。】

——咦？

我立刻點進去，結果網站上跑出「404 not found」的畫面。我找了頁庫存檔，但還是跑不出來。看來這頁面被刪除了。

懸案……？

Europa事件，第一案的井田正樹，第二案的富樫正明，兩者都已經被以現行犯逮捕，說是「懸案」就有矛盾。

我懷抱著疑問，再度查看網站營運者的名字。先前我不怎麼留意就看過去的人名處是寫著「宇野秋櫻」。順著貼有連結的社群網站找過去，就跑出InstantGram的帳號，我的目光停在其中一張照片上。

「啊……」

上面拍到了宇野秋櫻與兩名少女，照片說明寫著「堂妹與她的同班同學」。兩名少女的臉孔經過模糊處理，但披到肩上的辮子，以及另一個人身上的黑色絲帶，都讓我覺得眼熟。

「宇野……」

我把網站加入書籤，然後把所有頁面都存檔。

4

「可以打擾一下嗎？」

翌日，我在教室對一名少女開了口。

宇野宙海。她綁著這年頭罕見的雙邊辮子頭，戴著成了她註冊商標的大圓眼鏡。她對學生會和學校活動都很熱心參加，老師對她的印象也非常好。將來從當地的國立大學畢業後，會在縣政府就職。和高中畢業後就不斷凋零的我形成鮮明的對比，是個穩健的將來已經獲得保證的模範生。

「宇宙知道這個網站嗎？」

我用智慧型手機把昨天找到的新聞網站「WebCosmos」秀給她看。

「知道啊。等等，禁止叫我宇宙。」

這位班長也和伊萬里一樣，明明綽號已經確立，卻還是每次都會反駁，變得像是一種招牌相聲風格。她的姓名中有「宇」和「宙」兩字，所以湊成「宇宙(Universe)」。不知道是誰開始這麼叫的。

「這個，是姊姊開的網站。」

「姊姊？」

「對，嚴格說來是堂姊啦。她在當自由記者。」

中獎了。

昨天我找到的社群網站上除了記者本人，還拍到了綁辮子頭的少女和綁黑絲帶的少女。雖然臉孔部分模糊，但看起來和宇野與黑井這對搭檔非常相似，所以我就找她來問問看。

「所以，這個網站怎麼了嗎？」

「那個啊，宇……宇野，我是想跟妳姊姊聯絡上。」

我說明原委後，宇野就嗯嗯幾聲乖巧地點頭。宇野的個性正經八百，卻又不會讓人覺得不好相處，跟任何人都會很社交地交談。就班上而言，就常常可以看到不管對方是伊萬里與恆野朝陽這種倔強的女生群，還是飯田與鈴木這類走體育路線的傢伙，她都能夠正常交談。她說話不刺人，對任何人都平等對待，就成了她自然而然討人喜歡的成分，可說是很少會樹敵的類型。順便說一下，我在班上多少有些格格不入，而她也是少數能和我這樣正常說話的女生之一。

「難不成……」

宇野直視著我，眼神沒有遲疑。

「說待在現場的人，就是平野同學你？」

「？現場？」

「Europa事件的現場。」

一聽到這個字眼，我就心臟撲通一跳。真沒想到會從宇野口中聽到這個字眼。

「呃～～就是暑假期間，在JAXA不是發生了襲擊事件嗎？那件事，我是不太清楚，但似乎被稱為『第二Europa事件』。」

「嗯、嗯。」我沒辦法好好答話。每次Europa這個字眼出現，我心中就會起一種不舒服的漣漪。

「那個事件，你也知道，不是聽說我們班上的天野河同學也待在現場嗎？我們班上好像還有另外幾個人也待在現場，所以我就想說你或許就是其中一個。」

「……妳真清楚。」

宇野對情形意外地熟悉，讓我嚇了一跳。

「啊，這全都是跟姊姊現學現賣來的。該怎麼說，我姊一直在追這起事件，我也有一陣子常看這個網站。」

宇野搖動辮子，說得有些親暱。她的成績明明名列前茅，卻不怎麼會把這點拿出來炫耀，多半也是她擔任班長會受人愛戴的理由吧。

「宇野，不好意思。」我若無其事地查看教室內的情形，一邊壓低聲音說：「有關這個事件還有星乃的事，可以請妳不要跟太多人提起嗎？」

「為什麼？」

「我們不希望待在事件現場的這件事被公開。妳想想，星乃，那個，平常也不太露面。」

「啊，抱歉。」這時宇野的表情突然轉變成過意不去。「畢竟是刑案嘛，不可以當八卦來聊啊。」

宇野突然換上認真的表情，低頭道歉。她果然很正經八百。

「那麼，有關妳的堂姊。」

「你等一下喔。」宇野拿出手機。「我發ＦＩＮＥ問問看。我想姊姊也很想採訪你，應該會很高興。」

她叫出有綠色背景的通訊軟體，以指甲修得一絲不苟的手指輸入訊息。令我意外的是，不小心瞥見的手機主畫面桌布像是某種偶像明星的照片。

過了一會兒，聽到有點高的叮咚兩聲。

「姊姊說沒問題！」

「真的假的？」

宇野把畫面拿給我看。『幹得好，我請妳吃很貴的壽司！』這句台詞從花朵照片的圖示吐出來。對方個性似乎挺豪邁。

宇野用通訊軟體談了一會兒後。

「平野同學，今天放學後你有空嗎？」

「今天？可以嗎？」

「姊姊從以前就一直在追這起事件，所以滿心想跟你談。而且——」

宇野的下一句話讓我有種心臟被人一把揪住的感覺。

「『她說也許就快查出Europa事件的主謀了』。」

○

「我回來了～～」

一打開玄關門，宇野就大聲打招呼。

「姊～～我帶平野同學來了～～怪了？還沒回來嗎？來來，請進請進。」

「打擾了。」

在宇野的催促下，我脫掉鞋子。玄關口排出了三雙拖鞋，似乎是給客人用的，每一雙都是全新。

「喔喔？宇宙的家原來這麼近啊～～」

咖啡色長髮男跟著我爬上樓梯。

「山科同學，禁止用這個綽號叫我。」

「抱歉抱歉，我一進女生房間就會興奮好痛！」

涼介在走廊上往前跌。

「你是來做什麼的啦？」瞪著他的是一名金髮少女。

結果涼介和伊萬里也一起來接受採訪了。是我和宇野說話時，涼介聽見我們的談話，說他要一起來。宇野似乎也把在ＪＡＸＡ職員遇襲事件——第二Europa事件當中協助制服犯人的涼介當成了採訪對象，於是立刻和堂姊聯絡，得到的回覆是「請他一定要來」。伊萬里這邊的理由也一樣。

走進宇野位於二樓的房間後，我們三個人一起圍著桌子坐下。宇野端了飲料來，口渴的我們先拿起杯子。

「原來宙海有姊姊，我都不知道。」伊萬里喝著柳橙汁說到。「而且還是記者，感覺真有點帥氣。」

「嚴格說來是堂姊啦。從我小時候她就常陪我玩，所以我都叫她姊姊就是了。」

「她是個什麼樣的人？」

「該說她好奇心旺盛，還是很積極呢？是個對一件事情好奇就會追查到底，不弄個水落石出就不會罷休的人。以前待過編輯部一陣子，但幾年前跟總編輯起了爭執，就辭掉了，現在是自由記者。」

宇野似乎頗享受聊天的樂趣，跟我們說了很多她堂姊的事情。

這位記者的名字叫宇野秋櫻，和宇野的年紀差了足足一輪以上，曾經是雜誌編輯部裡名聲響亮的幹練記者，但後來因為採訪方針和編輯部對立，就此退職，轉為自由記者。宇野很自豪地說她報導過許多大獨家新聞，是業界知名的人物。最近報紙上風生水起的重量級政治家收賄疑雲，據說本來也是宇野秋櫻投到雜誌社的稿子。

「啊，會是姊姊嗎？」

宇野走出房間，下樓去。涼介莫名一副「我就等這一刻」的模樣，開始在意起髮型。伊萬里也若無其事地整了整服裝後，拿起小鏡子察看化妝。大概是因為「採訪」和「訪談」這樣的字眼，讓他們都有點心浮氣躁。

我則想著完全不一樣的事情。

——她說也許就快查出Europa事件的主謀了。

宇野確實這麼說過。「Europa事件」的「主謀」。

這到底是怎麼回事？過去的兩次Europa事件，嫌犯都已經遭到逮捕。第一起事件是「井田正樹」，第二起事件是「富樫正明」，兩者都已經以現行犯被逮捕，也被大眾傳媒大肆報導。「犯人」是誰這一點，沒有懷疑的餘地。

我對宇野問起，得到的回答就是：「呃，是這樣喔？我對這些不太清楚，詳細的事情可以請你去問姊姊嗎？」我有所遲疑，但結果還是來了。因為萬一還有其他犯人意圖危害星乃，我就不能置之不理。

「久等了～～」宇野回來，接著一名高挑的女性走進房間。她一頭黑髮剪得短短的，穿著牛仔外套以及方便活動的牛仔褲。脖子上掛著一看就知道很專業的相機，揹著偏大的背包。一身打扮有點老派，像是上一個時代的雜誌男記者會有的打扮。

「來，這就是我姊姊。她是我堂姊，是崇拜海外電視劇主角，然後自己也真的去當記者的怪胎。」

「宙海妳給我等一下，就沒有好一點的介紹法嗎？……啊，各位好各位好！我是自由記者宇野秋櫻，宙海平常承蒙你們照顧了！」

宇野的堂姊活潑地遞出名片，發給我們每一個人後，她放下沉甸甸的背包，拿出錄音筆與筆記本。宇野坐在書桌附的椅子上，空出地方來之後，秋櫻就在我和涼介之間的坐墊坐下。她坐下時，外套底下的衣服微微露出雪白的胸口，涼介出聲喊痛。大概是想偷看人家的胸部，結果被伊萬里發現吧。

「呃，我重新打個招呼，感謝你們接受這次的採訪。呃，你就是平野大地同學？」

秋櫻看著我問起。

「啊，是的，我就是。」

「果然啊。那麼，這位就是山科涼介同學了？」

「請問妳怎麼會知道？」

「咦？是宙海跟我說，輕浮又好色的是山科同學，莫名有點高姿態又冷淡的是平野同學。」

「宇宙妳好過分啊。」涼介噘起嘴。

「對不起～～因為沒時間，我就想說明得省事點。」宇野雙手合十道歉。「莫名有點高姿態又冷淡的是平野同學」。嗯～～我看起來是這樣嗎？

「不過還好，做姊姊的這可放心了，原來宙海也有這麼型男的男生朋友啊。每次看她都只顧著念書，害我一直好擔心呢。」

「真是的，我跟他們兩位才不是這種關係！」

「宙海她啊，爸媽跟親戚全都是公務員，是個國小時寫將來夢想的問卷就會寫上

自由記者
宇野

『公務員』的孩子。她國小、國中、高中都不曾蹺課或忘記寫功課，而且一直當班長，實在太正經八百，讓我好擔心她將來會不會被壞男人吸引。」

「欸，姊！不用講這些不重要的事情！」宇野趕緊制止。「快點開始採訪啦。」

「好好好。」

秋櫻開心地笑了。看來她們是一對感情很好的堂姊妹。我第一次看到宇野這樣滿臉通紅。

這位幹練的記者按下深藍色錄音筆的開關後，轉身和我們面對面。

「那麼，差不多可以開始採訪了嗎？」

其實這場見面是因為我有事想問才提起的，但她提出了「只要你願意接受採訪」這樣的條件，也就變成這樣的情形。

「啊，那……」我第一步就是問清楚。「我已經跟宇野說過，那個……答應接受採訪是沒關係，但如果妳擅自寫成報導，我就會有點傷腦筋。不管是要寫在網路還是雜誌上，在放上任何媒體之前，請先徵求我們同意——」

「OK。我都聽宙海說了。」

「還有一件事。星乃……就是JAXA事件的受害人天野河星乃，我不打算介紹給妳認識。畢竟我覺得星乃也不會答應，所以希望今後妳也不要去找她。」

這是我本來就打算事先說清楚的事。我答應接受採訪始終只是為了得到「Europa」

的情報，不是為了讓星乃暴露在媒體或記者好奇的目光下。這反而是我最怕的事情。

「我知道。平野同學好牢靠啊，你真的是高中生嗎？」

我心臟撲通一跳。其實我的心智是二十五歲。

「那我就照順序問了。啊，如果注意到什麼事情，山科同學和盛田同學也請幫忙補足喔。」

「ＯＫ～」「我明白了。」兩人點頭答應。涼介微微賊笑，伊萬里則有點緊張。

「呃，那麼，首先就從事件當天的情形說起——」

秋櫻依序開始採訪。「犯人是從哪裡出現的？從這張會場圖來看，是從哪一帶跑出來？」「其他參加者是什麼情形？」「他被逮捕後有沒有說什麼？」她接連問問題。起初我們還有點緊張，但她興味盎然地說著「嗯嗯」、「好厲害喔」、「苦了你們了」，讓我們也被她問話的步調帶動，不知不覺間漸漸把她當成一個大我們幾歲的學姊。

「然後啊～我就什麼也沒想，把手機扔了過去。結果就叩一聲命中他腦門！」

「我也是在那個時候覺得『就是現在！』然後撲上去扭打。我還想說這傢伙一副宅樣，大概很弱，沒想到力氣有夠大。」

「你的確三兩下就被解決了耶。」

「少囉唆。」

涼介與伊萬里講起當天的情形。這些事情都已經在當初警察偵訊的時候回答過很多次，所以他們兩人都顯得很習慣，而我之前也在病房跟刑警對答，也就照那樣回答。秋櫻熱衷地時而專心傾聽，時而做筆記，時而雙手抱胸。談到一半，宇野端了補充的茶點來，我們就先休息一下。說起來，我覺得他們兩個回答得比我多，站在我的立場，這比一對一採訪要輕鬆多了。

「嗯嗯，原來如此……大概沒有太大的出入吧。」

秋櫻翻開筆記本，認同地點了點頭。然後說一句：「啊，這派很好吃，我要了。」拿起才剛端來的西點。

「姊姊，這樣太沒規矩了。至少去洗個手吧。」

「有喉麼憨嘻哈，嘔今天沒吃虎憨啊。」

「吃完再說話啦。」

宇野雖然叮嚀堂姊，仍殷勤地把秋櫻掉的屑屑打掃乾淨。這種像是立場逆轉的情形，讓我想起葉月和真理亞的關係。

「請問～～」伊萬里一起吃著點心，問起：

「秋櫻姊為什麼會想做這個工作？」

「嗯～～？」這位另類記者吃得滿嘴都是，回答：「就是剛才宙海說的那樣啊。我小時候，有個海外電視劇叫《48》，裡面有個演記者的演員超帥氣，所以我才想當。」

「是喔，我之後也來看看好了。」

「啊～～那已經很久了，不知道網路上有沒有放出來。如果不介意，我借妳整套盒裝版？」

「太棒啦。」

「可以的話，要不要交換一下聯絡方式？」涼介趁機搭順風車。

「欸，涼介你不要搭訕人家。」

「沒關係的～～而且剛才的名片上就寫了。」

「這不是公司的號碼嗎？」

「因為我是自由記者，這個像公司的名稱，實質上是我的一人公司。」

我再次看了看剛才收下的名片。新聞站的Logo「WebCosmos」，這幾個英文字母的造型品味多少會令人聯想到ＪＡＸＡ。

「這是我發新聞的網站。啊，網站名稱是用我的名字取的。『秋櫻』不就是『Cosmos』嗎？連我自己都覺得這個命名很出色。」

她嚼著已經不知道是第幾個的檸檬派，滑著平板。名稱由來是Cosmos這種花，但看來仍然是從意味著宇宙的Cosmos取的名字。另外，雖然和這件事無關，俄國的太空機構是叫作「Roscosmos」。

等宇野端來的西點從籃子裡消失後，我提了問題。

「對不起，宇野小姐，可以問些問題嗎？」

「叫我秋櫻就好。」

「那麼秋櫻姊，關於Europa事件……妳說會查出『主謀』，請問是什麼意思？」

我終於切入今天的正題。她微微睜大眼睛露出有點訝異的表情。我補充一句：

「啊，是宇宙……是宙海跟我說的。」

「真是的，宙海口風真不緊。」

「明明就是姊姊講得很得意。」

「話是這麼說沒錯啦。」

堂姊妹之間的這段互動結束後，「所以，你剛剛是問什麼來著？」秋櫻拉回正題：

「是關於主謀嗎？」

「是的。Europa事件，第一次跟第二次的事件，犯人應該都已經以現行犯遭逮捕。既然這樣，妳說會查出『主謀』是誰……」

我逼近核心。

「簡直就是在說還有別的犯人存在。」

「你很犀利呢～～」秋櫻嘴角一揚。「你聽宙海說了多少？」

「不，什麼都還沒聽到。只聽她說秋櫻姊一直在追查Europa事件。」

「那麼，應該還是好好說明比較好吧。」她端正姿勢，轉過來正對我。「我啊，之前待在雜誌的編輯部。你聽過《週刊娛樂》嗎？」

我差點「啊」的一聲叫出來。

——聽說是當時週刊娛樂的獨家新聞呢。

這是以前涼介查出來的消息。就是那本獨家報導星乃已經過世的父親——太空人彌彥流一和JAXA職員惑井真理亞搞不倫戀的雜誌。然而那完全是假新聞，我知道實際上只是他們剛好經過賓館前面的時候被拍到。而報導這個消息的雜誌，就是週刊娛樂。

在週刊娛樂這篇獨家報導的觸發下，網路上開始對彌彥流一大肆抨擊。真理亞職場所在的JAXA持續接到抱怨電話與騷擾，八卦節目也一直談論：「現役太空人籠罩不倫疑雲？」這些抨擊的風暴中，接連發生了兩起事件。

一件是ISS的太空人死亡意外。星乃的父母在ISS進行艙外作業時，遇到了太空殘骸撞擊的情形，造成彌彥流一死亡。星乃的母親天野河詩緒梨也失去了意識，性命垂危。

另一件則是天野河詩緒梨回到地球後，住院期間所發生的事。有人在網路上做出對詩緒梨的「殺害預告」，並付諸實行。犯人在病房窗上寫了「天誅」兩字的塗鴉，但殺害行為本身則以未遂做收。當時犯人用的網路ID就是「Europa」，這也就是所謂的「Europa事件」。

「我之所以追查這個事件啊——」秋櫻淡淡地訴說。「讓我辭掉公司工作的原因，就和這件事有關……在第一起Europa事件後，我曾經以週刊娛樂記者的身分去天野河詩緒梨住院的醫院採訪，結果呢——」

這個時候，她悲痛地皺起臉。

「跑出了一個十歲左右的小女孩。」

我全身一震。

小女孩；十歲左右；天野河詩緒梨住院的醫院。

不用想也知道這個少女是誰。

「這個小女孩啊，一出現在那間病房，突然就開始去擦醫院的『窗戶』，就在媒體記者的攝影機前面。醫院的窗上寫著『天誅』，她拚命想擦掉。可是這兩個字，不管她擦幾次都一直擦不掉……這個情形啊，大家都拿相機拍個不停。這個小女孩——沒錯，就是天野河詩緒梨的小孩嘍，這兩個字是在侮辱她意識不明的母親，而她就用她的小手拚命想擦掉，可是誰都不跟她說話，不幫助她，就只是一直拿攝影機對著她。然後，當小女生回過頭來——」

她在發抖，我自己的手也在發抖。

「我跟她對看了。」

景象在腦海中復甦。我也透過真理亞放給我看的影片看過當時八卦節目的畫面。看過星乃瞪著媒體，不，是瞪著媒體背後社會大眾的場面。

「她一雙大眼睛滿是眼淚，但還是不讓眼淚流下來，一直瞪著我們。然後，我就想到……想說我到底在做什麼。對這麼小的一個孩子，沒神經地一直拍她含著眼淚的表情……所以，我啊，就在那天辭職了。」

「姊姊……」宇野來到堂姊身旁，擔心地看著她的臉。

「啊，抱歉抱歉。我只顧講自己的，還講到哽咽，你們看了也不舒服吧。」

她輕舒一口氣，打起精神。

「總之，就是有過這種事。我決定凡是要對大眾報導的新聞，都要自己去採訪，只把我確定必要的消息放出去。所以我才會決定當自由記者。」

「所以妳才會去採訪事件？」我這麼一問，她就點了點頭。

「嗯。我當了自由記者後一直在追這個事件。我另外也有追蹤政治家或官員瀆職，還有一些懸案等各式各樣的新聞。因為我本來就很嚮往一齣解決這些謎團的電視劇。」

——從這天起，星乃就不再笑了。

之前真理亞告訴我的這起事件，就是讓星乃開始繭居不出的起因。我沒想到這件事會像現在這樣接起來。

我一邊覺得這緣分真是奇妙，一邊拉回正題。

「所以，關於這『主謀』——」

「不好意思，多餘的開場白太長了對吧——這個。」

她把一張照片輕輕放到桌上。我們三個人湊過去一看，看到照片上拍到一張寫著字的紙。

「……貨單？」

「對，貨單。白貓宅配的。」秋櫻把照片往前推，由於解析度不高，看不太清楚，但這張貨單的確是大型貨物公司開的。是我也在寄包裹的時候用過的一般貨單，沒什麼稀奇。

「可以看一下收件人欄嗎？」

「收件人……富、富……」

上面用哥德字體印出姓名。

富樫正明先生　收

「啊……！」我立刻發現。「Europa……！」

「沒錯，Europa。在第二起事件中遭到逮捕的富樫正明。這就是寄給他的包裹貨單，是警方扣押的證物之一。」

「這樣的東西，妳是怎麼拍到的？」

「這個嘛，算是記者的人脈吧。」秋櫻搔搔臉頰，聳聳肩膀。「然後，問題是裡面的東西。你們覺得包裹裡裝了什麼？」

「裝了什麼……是從郵購買的貨嗎？」我朝照片上這張貨單的物品欄看去，上面寫著「ＳＯＫＵＲＡＫＵ便」這個最大郵購業者的名稱，星乃也在用這個郵購網站。當然我在買書或ＤＶＤ時也還算常用。

第二Europa——富樫正明，透過郵購訂了「貨」。

「請問富樫買了什麼？會被警方扣押，應該就表示跟事件有關吧？」

「沒錯，和事件有關。只是這個不是富樫買的，是事件發生前夕，『有人寄到』富樫住的公寓。」

「有人寄給他？」

這時秋櫻宣告了答案。

「——是手槍。」

「「手槍？」」涼介與伊萬里異口同聲驚呼。

手槍——這個字眼喚醒了我苦澀的記憶。在ＪＡＸＡ筑波太空中心，Europa也就是富樫正明發射過的手槍。撕裂我的臉頰，造成大量出血，那個時候要不是有涼介和伊萬里來幫忙——就會變成殺了我的手槍。

「事件發生一週前，裝著這把手槍的宅配包裹送到了富樫正明的住處。富樫因為得到這把手槍，下了犯案的決心——聽說他在警局是這樣供稱的。」

「請等一下。用郵購買手槍？」

「當然不是正規的宅配貨。紙箱的確是『SOKURAKU便』的，但郵購業者當然不會接違反槍砲刀械管制條例的貨品。所以，應該是有人為了送手槍給富樫，把手槍裝在『SOKURAKU便』的紙箱裡，再用宅配寄給他。」

「不是富樫自己取得的，是有人送給他的？會有這樣的事情嗎？」

「照常理說是不可能。」秋櫻以嚴肅的表情回答。「警方也認為富樫一定是在袒護共犯，完全不相信他的這些供詞。這也難怪啊，根據富樫的說法，是有個他不認識的人有一天突然把手槍寄給他。就算是找藉口辯解，這也實在太令人難以置信了。」

我腦子裡一團亂。犯下Europa事件的犯人，是當場發射了手槍的富樫正明。這是千真萬確。然而，如果富樫說的話正確，就表示有「另一個犯人」將手槍寄給富樫。

「這只是我的推測，我想富樫只是手腳。」

這位年輕的記者以蘊含了熱量的眼神斷定。

「主謀另有其人。」

5

這一天，我立刻去回報。

「星乃。」

我叫了她一聲，就看到黑色的腦袋從電腦桌後面探出來。

「可以講一下話嗎？」

沒有回答。只是，她打鍵盤的節奏亂了一瞬間，讓我知道她的聽覺有捕捉到我所說的話。

「妳知道『WebCosmos』這個網站嗎？」

「……」

她的一頭黑髮像個速度很慢的生物似的慢慢旋轉。從側臉送來的斜眼視線看起來就像在瞪我，實際上也真的在瞪。

「是一個叫宇野秋櫻的自由記者經營的網站，是我同班同學宇野的——」

「我知道。」我話說到一半她就答話，讓我嚇了一跳。

「原來妳知道？」

「……」

到了這個時候，她才卸下耳機，像聽診器似的掛在胸前，頭又朝我轉過來一些。

「那麼，妳看過網站嗎？」

「然後呢？」她以視線冷冷地催我問下去，還動了動下巴，要我趕快進入正題。她不知道是在跩什麼，不過我也已經習慣了。

「今天，我跟這個宇野秋櫻見了面。」

星乃全身一震。大概是她終究沒料到這件事，身體完全朝向我了。

「見了面？」

「對。就在宇野家裡。」

「為什麼？」

「怎麼說，有很多原因。啊，倒是妳認識宇野嗎？是班長，戴眼鏡——」

「這不重要。」她無視同班同學的事，立刻接連問出好幾個問題。「採訪的理由呢？你說了什麼？她有問到我嗎？」

「慢著慢著，妳先冷靜點啦。」我先試圖讓她冷卻。

不知不覺間，少女已經繞過電腦桌，來到我身前。從短褲下露出的雪白雙腳粗魯地清出一塊空間後，在我正面坐下。

「你把我出賣給了媒體是吧？」

星乃以犀利的視線瞪著我。我發現不對，是因為她的眼睛比過去瞇得更細，表情有點像在輕蔑我。

她誤會了。

「妳誤會了。」「我沒誤會。」「她是——」「不就是一直在追Europa事件的記者嗎？」她制敵機先，一一反駁我的話。平常她冷漠又沉默寡言，但這種時候就會像機槍一樣講個不停。

「首先，我一句話都沒有洩漏妳的事情，沒有給她妳的聯絡方式，也沒答應她安排妳們見面。我談到的只有事件的情形，而且內容都和被警方偵訊時回答的一樣。」

「真的嗎？」她始終懷疑地看著我。

「妳懷疑的話儘管去問涼介或伊萬里啊，他們也在場。」

「地球人的證言，一丁點也不能相信。」

「妳這是要我怎麼辦才好？」

這段不知道正經不正經的對話繼續進行，但星乃是認真的。

「總之，記者和媒體這種東西我最討厭了。在愚蠢的地球人當中又特別愚蠢。」

她忿忿地、強而有力地撂下這句話。

星乃討厭媒體是從以前就這樣。這也難怪，畢竟擅自用「太空寶寶」這個詞將她捧到天上，然後又摔到地上的不是別人，正是這些大眾傳媒。可以說造成她厭世又繭居的元凶就是這些人，也難怪她會討厭。

「雖然說是媒體，但她是自由記者。」「可是她不是週刊娛樂出身的嗎？」「妳連這個都知道？」「網站上的站長小檔案就寫了。」「既然這樣就好說了。」

少女的追究沒有要停下的跡象，於是我決定先發制人。

「照這個記者的說法，她查出了『手槍』的取得途徑。」

「咦？」這讓星乃嚇了一跳。接著她高姿態地問起：「怎麼回事？解釋清楚。」

我當然不打算隱瞞。她是這起事件的當事人，實實在在就是性命被這把手槍威脅過的人。

「似乎是有人用宅配把犯案用的手槍寄到Europa的家——啊，我是指暑假期間在JAXA犯案的『第二Europa』富樫正明。」

我依序說明。包括警察從富樫家中扣押的物品裡有宅配的「貨單」，有人將手槍寄給富樫正明；也許這個人才是這次事件的「主謀」；找不出富樫另有其他途徑取得手槍的痕跡。

「你的意思是，富樫也不知道是誰寄給他的？」

「就是這麼回事。」

「一時間難以置信啊。照常理來說，會有人想把根本不認識的人寄來的手槍拿出來用嗎？」星乃撿起在地上的空氣槍，做出這心有戚戚焉的發言。

星乃說的沒錯。即使真的計畫犯案，有手槍寄到家裡也不會因此就想拿來用，反而應該會覺得計畫被發現，大起戒心。

「還有別的情報嗎？」

「呃～～眼前大概就這樣吧。」

「是嗎？」星乃答得很平淡。我本來以為她會更吃驚，沒想到還挺鎮定。我光是想到除了Europa現行犯以外，可能還另有主謀，就覺得背脊竄過一陣惡寒。

「妳是不是知道些什麼？」

這只是我臨時想到，但我覺得多少有說中。「啥？」星乃皺起眉頭。

「另有主謀這個消息還挺有震撼力的耶，這就表示事件還沒有結束。可是妳完全不顯得吃驚。」

「……」星乃默不作聲，凝視著我。從她不開心地撇開視線的模樣看得出是被我說中了。在「第一輪的世界」裡來往的五年，讓我只有對判讀星乃種種表情這件事非常拿手。

「如果妳知道些什麼，就告訴我啦。我都把底牌亮給妳了。」

「……」

少女凝視著我，一雙眼睛有著太空般深邃的顏色。

「從以前我就覺得。」星乃面無表情地說下去。「平野同學你讓我搞不太懂。」

「搞不懂。」

不是叫大地同學，而是「平野同學」，這個稱呼讓我覺得有點突兀。離她開始稱我為「大地同學」還得等上一陣子。

「突然出現，死纏爛打地一再跑來，明明又不怎麼了解我，卻一臉很懂的表情，有事沒事就來跟我訓話。像現在也是背著我跟週刊娛樂出身的記者見面……我真的是搞不清楚你在想什麼。」

星乃一直瞪著我。看來我已經造成她對我的不信任。

「一臉好像待在我身邊是理所當然的表情。」

「這……」

我不知道該怎麼回答才好。不能把「Space Write」的事情告訴她，但我又無法很見外地跟星乃相處。

不過，對我是這樣，對她又是另一回事。我只是她剛認識的一個同班同學，三個月前連長相都沒看過。

「妳是說妳還不信任我？」「那當然。地球人沒有一個值得信任。」

「真理亞伯母……」「真理亞例外。」「妳爸媽……」「當然例外。」「我……」

「很會纏的地球人。」被當面這樣講還是會有點沮喪。

「那就這麼辦吧。妳不用信任我，把我當個『間諜』利用就好。」

「間諜？」

「妳不擅長跟別人說話，要妳離開太空船妳都嫌麻煩，不是嗎？可是換作是我，就可以在『外面』採取很多行動，也可以前往現場，從別人口中問到情報。所以，只要妳把我當『間諜』用，我想一定很方便。」

「……」星乃的指尖按著下顎。從她並未立刻拒絕這點看來，這個提議對她似乎有點吸引力。

不久後——

「條件呢？」

「沒什麼特別的條件，只是，妳也要提供妳所知的情報給我，在可以的範圍內就好了。」

「……」

「妳是『老闆』，我是『間諜』。怎麼樣？」

「老闆……」星乃鼻頭一動。

然後她雙手抱胸，歪著頭，將一頭長髮垂到桌子上。她眨了幾次眼睛，停頓了一段非常明顯的思考時間後……

「……很好。」

星乃說了。

然後有點跩起來似的說：

「從今天起，我就是你的『老闆』。」

我一瞬間覺得自己是不是太衝動，但已經後悔莫及。

○

「妳早就知道？」

她點點頭。

我掩飾不住驚愕。「咦、咦？幾時知道的？」

「從事件發生後——從七年前的『第一Europa事件』起，我就一直覺得除了實際犯案的犯人以外，可能還另有『主謀』。啊，手槍的事我倒是第一次聽到。」

我從星乃口中得知「情報」後，被她揭曉的新事實牽著走。

照她的說法，她從以前就知道Europa事件有「主謀」存在。而且還說不只是第二起事件，「第一Europa事件」也是如此。

「這、這是什麼情形？妳是說不只這次，七年前的事件也有幕後黑手？呃，是叫什麼來著……對了，是井田正樹。他闖進醫院，想襲擊妳母親的那個事件也另有主謀？」

「我只是在說有這個可能。」星乃謹慎地遣詞用字，但眼神中蘊含著接近確信的神色。「七年前，也疑似有『共犯』，也就是有『主謀』對闖進醫院的犯人井田正樹提供有利他犯案的情報與工具。」

「為什麼妳會知道這種事？」

「你等一下。」少女站起來，撥開大堆破銅爛鐵，還嫌擋路似的踢開郵購的紙箱，走到她大本營所在的電腦桌前。然後聽到打鍵盤的聲響，幾分鐘後，她拿著像是平板電腦的銀色薄板走回來。

「你看這個。」

她操作平板，放到我身前。畫面上列出密密麻麻的文字，就像小小的積木一樣堆起。看來是某種留言欄。

「呃……8ch？」

「對。」

這是國內最大的匿名布告欄，通稱「小8」。

我捲動頁面，察看畫面最上方的討論串標題。

【太空寶寶】天野河星乃綜合討論串PART.1610【太空奉子成婚不倫】

我悶哼一聲。這是星乃的討論串，說得精確點，是寫滿對星乃誹謗中傷話語的討論串。從日期看得出是七年前，二〇一〇年的。

「這是妳的……？」

星乃點點頭。

「事件發生前不久，Europa，也就是井田正樹寫下犯罪預告的討論串。」

「真的假的？那不是已經被刪除了嗎？」

「至少留下擷圖是當然要做的。」

我一邊聽著她的回答一邊用指尖捲動討論串。一路捲動下去，就看到大量的留言，幾乎全都是中傷星乃的母親天野河詩緒梨的發言。

——不過，還真過分啊……

這發言內容之惡毒，讓我再次覺得心情很差。他們批評星乃的出身是「奉子成婚」，把她已故的父親曾經有過的不倫疑雲重新拿出來炒作，並侮辱她這時還在醫院裡意識不清的母親。他們把週刊雜誌與各種媒體馬虎的報導照單全收，留下風暴似的難聽謾罵。「去〇」、「〇掉」、「正義」、「天誅」、「天罰」——一個討論串的留言篇數上限是「一千」，卻已經有了一千六百串以上。照算下來，等於至少有一百六十萬則留言。

真理亞以前說過的話在我腦海中復甦。

——那些像是惡意結晶的言語洪流就會湧出來。只要看到一次，大概就逃不了了吧。就算隔天就關上電腦，記憶也不會消失。現在有人在別的地方，抨擊自己這家人。抨擊死去的父親、昏迷不醒的母親。你覺得她那純真又柔軟的心靈會變成怎樣？一個小孩死了父親，在病房裡看著昏迷不醒的母親，孤身一人面對幾千幾萬枝惡意的箭，到底會變成怎樣？

星乃受到了傷害。被這些充滿惡意的匿名的謾罵所傷。

還不只這樣。

記者宇野秋櫻是這樣懺悔的。

——她一雙大眼睛滿是眼淚，但還是不讓眼淚流下來，一直瞪著我們。然後，我就想到……想說我到底在做什麼。對這麼小的一個孩子，沒神經地一直拍她含著眼淚的表情……所以，我啊，就在那天辭職了。

媒體做出沒神經的報導，而客廳的不特定多數觀眾就看著這些報導。

無論網路、電視，還是週刊雜誌，所有媒體都大肆報導星乃，把她當成拿得到收視率的話題來消費，消費者則當成用來解決自己怨氣的對象來「消費」。第一Europa事件以及相關的一連串事情，對於天野河星乃這個少女而言，更是讓她憎恨人類，把自己從這些世界上切割開來的元凶。

我懷著憤怒與心痛，繼續捲動畫面。

接著我找到了。

【天野河詩緒梨在本來應該崇高的太空人任務中，避開管制室的目光，惡用ＩＳＳ

內的個人艙房，勾引男人，不但有性行為，甚至還懷孕，是個不檢點的女人。對這樣的人，沒有一丁點必要花稅金繼續幫她做延命處置。所以我要去破壞天野河詩緒梨的生命維持裝置，在此執行正義。】

是第一Europa——井田寫下的犯罪預告。

拉起視線一看，就看到星乃也一直盯著平板電腦的畫面看。一雙深色的眼睛看似不帶感情，又或者是壓抑住感情。我不知道她在想什麼，有什麼感覺，但我覺得她之所以讓我看這樣的東西，是因為她接下來要告訴我的事情非常重大。

「一個討論串有一千則留言。其中由Europa，也就是井田正樹寫下的，一共有二十六則……為了方便判別，我把這些留言用『紅字』顯示。」

她操作平板，讓畫面快速切換。Europa的犯罪預告也變成紅色。

我回到最前面的留言，照順序往下看。順著顯示成紅字的Europa留言看下去，就看到他沒完沒了地寫著和犯罪預告方向大同小異的謾罵。每一則都很長，看得出他個性喜歡找理由，死纏爛打。留言時間都是深夜兩點多。我想起電視新聞報導的那個發福的光頭男。這種體格好，乍看之下很溫和的中年男性，在深夜對和他完全無關的已故人士與意識不清的病人大量寫下中傷的文字。一想像這樣的情景，就覺得有股惡寒。

「那麼，這是怎麼和『主謀』扯上關係的？」

我抬起頭看向星乃。少女還是一樣面無表情。

Europa的留言都由他本人明白填入「Europa」這個ＩＤ，所以很容易分辨。布告欄上還可以看到有很多留言歡迎他，像是『神來啦！』『今天也狠狠打臉他們！』『(。∀。)o彡天誅！天誅！』可是，只看這些留言看不出「主謀」的存在。

「那我就來篩選出『主謀』。這次用『藍字』。」

畫面又切換了一下。就和先前一樣，有部分留言產生了變化，這次換成「藍色」。把畫面縮放，看著整個討論串，就看到留言篇數和剛才Europa的留言數差不多。

「『藍字留言』的數目一共有三十二篇。這也全都是同一人物留的。」

「等一下，這些沒有填ＩＤ吧？」

變成藍字的留言，在留言者名字欄位上並未填寫ＩＤ。嚴格說來，是顯示出「無名的小灰」這種不填寫名字欄位就會自動顯示的名稱。ＩＰ欄位也是每一篇都不一樣。

「妳為什麼能確定這些都是同一個傢伙寫的？」

「個人的一貫性。」

「個人的……什麼來著？」

突然跑出這句話，讓我覺得不解。

「個人的一貫性，就是單一個人之中不變的屬性。說穿了就是『習慣』。例如筆跡鑑定，就是從個人寫下的文字形跡中會有一定程度的特徵，藉此分辨是不是當事人寫的對吧？文章也是一樣，每個人寫文章都會有『習慣』。不是說像夏目漱石、太宰治這些文豪的小說裡也都有獨特的文體嗎？個人的文章也一樣，同一個人來寫就會有同樣的習慣，算是一種文字探勘（Text Mining）吧。」

少女說得流暢，但我還是無法完全信服。

「可是，這種事真的有可能辦到嗎？當然我想文章也會有『習慣』沒錯啦。」

「文字探勘這種解析文字資料的技術本身已經很普及了。例如企業就會從顧客問卷的文章，抽出特定的關鍵字或句子去分析顧客的需求和抱怨的傾向。在美國偵辦犯案的時候，也會比對過去的威脅文與現在的威脅文，判斷是不是同一個犯人所發。雖然這種技術還在發展，但只要運用得宜就可以用來『辨別』，至少可以用來『篩選』。我只是拿既有的程式做了一點調整來應用。」

她用手指比出一點，但我知道這個天才少女的一點根本不是一點點。

畫面上可以看到有個列出英文名稱（MIN）的圖示，大概就是她說的「文字探勘用軟體」。上面顯示出「97.20％」這樣的數字，這應該就是對這些文字分析後得出的結果吧。

「只是就算不這麼做，光看文章也多少可以分辨。例如這裡。」

她以纖細的手指捲動畫面。「妳最好去剪一下指甲。」「啥？」「沒事。」我跟她有過這樣一段對話後，顯示出來的畫面被她用很長的粉紅色指甲放大。

「Europa出現在布告欄上的時候，其他使用者會用『顏文字』來回應。這陣子討論串內很流行用『Europa』的顏文字，大家會一起用。可是不知道為什麼，就只有這『藍字留言』沒在用。」

「啊……的確。」

聽她這麼一說，就覺得的確很奇妙。被大量留言淹沒的時候不容易發現，但在其他人猛喊『(ﾟ∀ﾟ)o彡Europa！Europa！』的熱潮裡，的確就只有一個人，也就是這些藍色的留言，只用文字打了『Europa！Europa！』。他大量打上「！」，確實融入了討論串的氣氛，但聽她這麼一說就覺得的確不自然。

「當事人自己沒發現，多半是下意識的行動。不知道是個性如此，還是平常就沒有使用顏文字或文字畫的習慣。這是最好懂的例子，例如這個人可能平常錯漏字極少，個性一板一眼，但對話的對答卻有微妙的偏差，變得很以自己為本位。『藍字留言』就是在這個點上一點一滴地『偏開』，我才看出來的。雖然不是全都這樣，但只要一想到是這樣，留意一下就相當能分辨。」

「原來如此啊……」

我一邊覺得佩服一邊捲動畫面。Europa寫下的「紅字留言」和另一人寫下的「藍字留言」，兩者交互出現，多半是在對話，但聽她這麼一說就覺得令人信服。Europa寫了：「可是這樣做不就會被逮捕嗎w」而對此就有許多「你是英雄」、「你辦得到」、

「來，變成神吧」這類顯然像是自我陶醉的回答。

「可是，只看這些就要說『藍字留言』是『主謀』，應該有困難吧？看起來只是很正常地在布告欄上對話。」

「問題就是這對話的內容。」

她操作平板電腦，切換畫面。

「這藍字留言寫的內容一貫到奇妙的地步，寫下的留言幾乎都以Europa為對象。有時和他同調，有時讚賞，有時激勵——有時斥罵，總之就是只對Europa說話。」

「可是，Europa他當時不是還被稱為『Europa神』，在網路上很受歡迎嗎？我看也會有這樣的『信徒』吧？」

我也是從以前就在查Europa事件。對於現存的討論串，我也都盡可能看過。Europa有狂熱的粉絲這點是肯定的。

「如果是這樣，就說不通了。」

不知不覺間，她已經準備好另一台平板電腦，正在操作畫面。這裡的個人電腦相關器材多得可以開店，所以不缺這類器材。

「你看這個。」

她把畫面拿給我看，上面顯示出了像是Excel表格的報表，記載著「thread」、「comment」、「percentage」等單字，各自寫上數字。

「這顯示了討論串裡頭的『藍字留言』當中針對Europa的回覆以及其比例。」

「好厲害啊，這些妳全都看過了嗎？」

討論串是從「１」開始，一直延續到寫了犯罪預告的「1610」。

「對啊。雖然實在太令人不愉快，我弄到一半還忍不住搥了幾次螢幕。」

「會壞掉的。」

「就壞了啊。」

少女說得若無其事。我也曾多次看過星乃不高興時拿電腦或傢俱出氣。星乃基本上就是很容易發脾氣。

「Europa也就是井田正樹，開始寫下網路ＩＤ留言是從討論串『1248』開始。更早之前，他都是以無記名的方式留言，但他的文章很長又有特徵，很好認。我想大概是從討論串『735』開始寫。可是，你不覺得這裡很奇怪嗎？」

她用手指頭指著一個地方。那是「percentage」欄位。

「這個數字是把藍字留言對井田的留言做出回應的比例，用百分比來顯示。先前都是『０』的數值從某個瞬間起就跳到將近『100%』。以討論串來說，就是在『735』。井田開始留言是在『735』。你怎麼看？」

「咦？不就是他從『735』開始看，然後很快就變成井田的粉絲……咦？」

我也發現不對。

「妳剛剛說井田以『Europa』名義留言，是從第幾開始？」
「從討論串『1248』開始。」
「這麼說來……」
「沒錯。」星乃凝視著畫面說。「不知道為什麼，藍字留言是從井田正樹『自稱為「Europa」之前』就一直纏著他，而且每次都和他同調，反覆寫下誇獎他或是煽動他犯意的留言。結果就是Europa——井田正樹留言漸漸變得激進，不斷提升仇恨的電壓，最終做出犯行。就像是細心培養一株小小的苗，每天澆水，讓它開花。」
「這種事情……」
「就在Europa本人都並未自覺的情形下，被『藍字留言』培養出犯意，因而下決心犯案——『以法學上的論點來說，就是片面教唆犯』。」
她搬出專業術語，以充滿確信的聲調宣告：
「『Europa是被培養出來的』。」

6

教室裡有著午後慵懶的空氣。

數學老師在黑板上抄寫著公式。看著令我懷念的方程式展開，踏實地逐步走向一個解，我的腦袋卻完全得不出答案。

——Europa是被培養出來的。

昨天星乃說的事情非常令我震撼。我自以為提供了她情報，結果反而拿回了更不得了的情報。這種像是挨了一記反擊拳的衝擊，讓我昨天睡得不太好。

之後我也繼續問她。「第一事件跟第二事件有關聯嗎？」「主謀是同一人嗎？」星乃則淡淡地回答這些疑問。她根據辦案機關發表的消息、媒體的報導，以及自行調查的結果，把事實與臆測分得清清楚楚。她說不只是第一事件的時候，第二Europa事件時也同樣可以看到「藍字留言」。只是她的見解是提供手槍這個手法和先前不一樣，所以無法斷定。可以確定的就是總之星乃確信「有Europa以外的主謀存在」。

Europa、主謀、手槍、藍字留言、片面教唆犯——

過了一天，我多少冷靜了些，一邊左耳進右耳出地聽著老師上課，一邊試著整理情報。星乃這些年來一直為Europa事件所苦，這個事件與她父母的死讓她的人生大大走樣。從這個角度來看，這樣的她會去查明事件背景也是理所當然。這名腦筋非常好的少女七年來一直過著把自己關在室內，成天看著電腦的日子。這名少女一直在收集一切有可能從電子盒裡抽出的情報。這幾個月才開始調查Europa的我，知識量自然不可能敵過她。

有主謀——有人在培養Europa。這一時令人難以置信。無論在網路上從事什麼樣的活動，要叫動一個人，何況還要讓這個人決心殺人，實在太離譜了。在海外的電影裡是曾經描寫過有個變態殺人狂對一個怯懦的人洗腦，逼得這個人自殺，但那終究是直接去和對象接觸的情形下辦到的。要隔著網路畫面來「培養」犯人，若是對戒心較淡的小孩也就罷了，對一個三十幾歲的古怪中年男性有可能辦到嗎？

照常理推想，會覺得荒唐。但若要問是否絕對不可能，答案是ＮＯ。

網路空間本來就荒唐。

在匿名布告欄上受到不特定多數的煽動，最後鋌而走險犯案的事例絕對不算少。有人只是一時被氣氛牽著走，做出犯罪預告而遭到逮捕，也有人實際做出行動而被判有罪。網路社會持續膨脹，不特定多數人毫不掩飾的惡意有如洪水洶湧。會有許多像是發燒而犯下的罪行或愚行相繼發生的匿名網路上，到底什麼事情可能，什麼事情不可能，這兩者之間很難劃出一條界線。那是個男女老幼全混在一起，每個人都殺紅了眼，對連長相和名字都不知道的對象瘋狂扔出謾罵泥巴的世界，就不知道是地獄還是修羅道。

「——平野？」

聽到有人叫我，我吃了一驚。

回過神來，課都上完了。我連下課鐘響都沒發現，面對只是翻開來做樣子的教科書與筆記本，就像雕像似的發著呆。筆記本一直被壓在手臂下，被汗水弄得都糊掉了。

抬起頭一看，金髮少女擔心地看著我。

「你怎麼啦？看你臉色不太好。」

「我沒事，只是有點睏。」

我輕輕帶過，一邊拿出手機。沒有人找我。

「涼介有跟妳聯絡嗎？」

今天早上，涼介沒有來上學。我姑且有用通訊軟體問他：「怎麼啦？」但他沒有回答我。

「沒有啊。我看反正又是蹺課吧。」

伊萬里回答得若無其事。實際上，涼介也真的是蹺課的慣犯，甚至有在大考前一天還蹺課跑出去玩的前科。

換作是平常，我也不會擔心，只會跟伊萬里一樣，覺得反正他一定是在別的地方追著女生跑。只是，涼介一臉正經說出的「我啊，高中打算輟學」那句話，就是讓我心神不寧。

他只不過一天不來上學，我也未免太擔心了。

我這樣說服自己。而且涼介自己也有加上「如果留級」這個條件。要確定留級，就是第三學期以後的事情，至少不是第二學期才開學沒幾天的現在。

有很多事情，我都想找人商量。不管是涼介輟學的事，還是被警察抓去輔導的事。只是，現階段該講什麼，該怎麼講，我自己都還沒把想法整理好。「啊，這件事不要告訴駱駝蹄喔」也在我腦海中掠過。

「伊萬里～～妳今天有要去哪兒嗎？聽說今天有甜點吃到飽半價耶。」

「抱歉～～我有點雜事要忙。」

「怎麼怎麼，交到男朋友啦？」

「我最近開始打工，在法國料理店。」

「是喔？很厲害耶。是在高級飯店嗎？」

「啊哈哈，怎麼可能？是我媽有個朋友在經營一家提供法國和比利時家常菜的餐館，靠介紹進去的。聽說啊，有個女留學生在那邊工作，她可以教法語之類的各種當地語言，所以我就想說乾脆我也去那家店打工。」

「是喔～～為什麼會這樣啊？妳是打算去留學還是怎樣嗎？」

「差不多算是吧。」

伊萬里和朋友對話完，把書包揹上肩。

「喂，伊萬里。」

法語這個字眼停在我的耳朵裡，讓我忍不住叫住她。

「什麼事？」

「妳開始學法語了嗎？」

「對啊～～」

她回答得很有精神。

「就是之前我跟你說過的海外時尚學校啊。聽說比利時的那間超有名的，然後那邊用的語言好像是法語跟荷蘭語，我就想說去學學看。我跟媽媽商量了很多，結果她說有一間店裡有那邊來的留學生在工作，我就乾脆去應徵打工了。」

——最後都會覺得「管他的！」就衝進去。

「是、是嗎？」

這個決定下得很有伊萬里的風格。但這個選擇將使她遠赴海外，與涼介離得更遠。涼介不來上學，伊萬里準備前往海外。兩人分歧的兩條路線確實地愈離愈遠，這已經不是錯覺或杞人憂天，而是現實。

「叫我有什麼事？」

「啊，沒有……」加油這句話我沒說出口。「路上小心啊。」

「嗯！」伊萬里揮揮手，走出教室。她的腳步沒有猶豫，充滿了對未來的希望。

我覺得只有自己一個人被留在原地，一邊目送她離開。

結果涼介沒有聯絡我。

7

翌日。我心情仍然鬱悶，待在當地車站內的書店裡。

換作是平常，這個時間我已經立刻去找星乃，但今天總覺得有事情沒做完，無法決定接下來要採取什麼行動。該去看看涼介嗎？終究還是該找伊萬里商量嗎？我想著想著就走到了最近的車站，於是先走進書店再說，過了三十分鐘左右。但我也不是在挑書，就只是站在客人相對少了些的旅遊雜誌區前面，無處可去地茫然看著這些異國的觀光地資訊。

涼介要不要緊啊……

之後涼介連續兩天不來上學。我用通訊軟體發了幾次訊息過去，但他都沒有回應。導師說擔心他而打電話到他家，涼介本人接了電話，回答：「身體不舒服要請假。」但我不知道這個理由是不是真的。

涼介的缺席和伊萬里的留學；兩起Europa事件及其主謀；以及最重要的，遲早將要了星乃性命的大流星雨。我一次面臨各式各樣的難題，最近每天都睡得不太好。不想點辦法，我遲早會失去一切。這種焦躁感淤積在我內心深處。如果只是這樣漫無目的地在住家、學校和公寓間往返，那就只會徒然讓時間流失。這我明明很清楚，卻看不見下一步該怎麼走，就像面對考卷卻不知道該選哪個選項的考生，只能呆站在原地。

就在我站在書架前，望著車站內來來往往的人群時。

——嗯？

我視線所向之處找到了一個認識的人。有一名女性避開人潮，站在離驗票閘口很近的商店旁。她把手機按在耳邊，像是從瀏海下觀察周遭。黑色的短髮與牛仔外套讓我覺得眼熟。

秋櫻姊……？

記者宇野秋櫻獨自站在原地，看起來像在等人，也像正在接一通突然打來的電話。從在宇野家見到她以來，這還是第一次遇到她。

我的腳自然而然動起，走出書店，避開錯身而過的人潮，來到待在商店前的人物面前。秋櫻注視著某一點，顯得並未發現我走過去。

就在我要開口說話時。

「——有什麼事嗎，平野大地同學？」

我嚇了一跳，把話吞回去。秋櫻朝我瞥了一眼，得意地微微一笑，又把視線拉回去。看來她有要觀察的事物，所以一直在看著。

「請問妳在做什麼？」「在等人？」「在這種地方？」如果是要等人，怎麼想都是更過去一點的咖啡館裡或那附近的投幣置物櫃前面比較適合。

「那你又在這裡做什麼呢？」

「哪有做什麼，就是發現秋櫻姊站在這邊。」

「不，我是說更早之前。你在看也不看的旅遊雜誌前面呆呆站了三十分鐘，可疑得很喔。」

「……原來妳早發現啦？」

「這就是記者的直覺。有熟悉的臉孔進入視野，自然會發現，就像一種職業病。」

她嘴形在笑，但只用眼角餘光看著我，視線始終固定在前方。

——她在看什麼？

我再度注視她所看的方位。前方有車站的投幣置物櫃，行人絡繹不絕地在置物櫃前方來來往往。

「是置物櫃嗎？」

「噓！」秋櫻制止我說話，用下巴指了指，說：「你看看那個。」

「咦？」我照她的吩咐看過去。

「來到置物櫃前面的那個男性。啊，動作要小，免得被發現。」

仔細一看，置物櫃前方已經站著一名男性——瘦瘦高高，把一頂黑色的帽子壓得很低——一邊看著手機一邊確認置物櫃的位置。

過了一會兒，他打開最左下的置物櫃，從中拿出一些像是小小「便條紙」的東西。

「平野同學，你要不要陪姊姊一下？」

「咦？可是……」

這時她重新揹好背包，剽悍地微微一笑。

「說不定可以揭穿Europa的真面目喔。」

十五分鐘後。

「請問這是怎麼回事？」我和秋櫻人在總武線的電車上。

我們觀察的那個戴黑色帽子的男性則站在同個車廂裡過去兩個門的門前。

「簡單說呢——」秋櫻若無其事地察看四周，確定附近只有坐在博愛座上的老年人之後，仍以小小的聲音回答：

「你也看到了，就是跟蹤。」「跟蹤……等等，跟蹤？跟蹤那個人？」「盡量不要看過去。」

被她這麼一叮嚀，我拉回了視線。

——說不定可以揭穿Europa的真面目喔。

「就是他……是嗎？」我特意不提Europa這個字眼問起。

「嚴格說來，大概是『候補的候補』吧。」

「什麼？」

「呃，該怎麼說才好呢？啊，糟糕，差不多要下車了。詳情等結束之後再說吧。」

一看之下，那個戴黑色帽子的男性已經放開吊環，走到車門前，抓著欄杆。

電車抵達月台後，就如她所料，男性下了電車。我們也下了車，若無其事地保持一定的距離跟去。

他並未走出驗票閘口，這次又在一處投幣式置物櫃前停下腳步，輸入密碼，打開門。從裡面拿出小小的紙張——是和剛才差不多的「便條紙」，關上門。

「那是在收什麼？」「大概是下一個號碼吧。」「咦？下一個？」「好啦，要走了。」她跨出腳步，我也跟上。

男性反覆進行這種奇怪的行動。

在一個車站下車，到投幣置物櫃收走「便條紙」，過了一會兒又搭電車移動到下一個車站。他反覆這樣的行動，在第五個車站的投幣置物櫃拿出了一個有點大的紙袋。才想說他終於收走了像是重要的包裹，結果他又上了電車，這次則不走向置物櫃，而是走向驗票閘口。

「平野同學，我只先告訴你一個注意事項。」

秋櫻一邊和我一起跟蹤一邊說：

「接下來我們要出驗票閘口，但跟蹤過程中即使對方停下腳步，我們也絕對不可以停步。要一臉若無其事地走過去，一直走到我說好為止。最壞的情形下，即使跟丟也沒關係，反倒是引起對方的戒心才更會妨礙到之後的調查。在車站人很多，所以我們不顯眼，就算站著不動，看起來也會像在等電車，但在街上就不是這樣了。」

「知道了。」

「啊，可以把你的外套脫掉，放進書包裡嗎？從外套很容易看出是哪裡的高中，而且月高的制服出現在這裡，可能就會顯得突兀。」

「了解。」我照她的吩咐脫下外套，塞進書包。

這名男性出了驗票閘口後往右彎，走向鬧區的方向。我和秋櫻也維持隔著幾個行人的距離跟上。我跟蹤之餘，發現自己的心跳微微變快。畢竟這是我第一次真正在跟蹤別人，更重要的是我跟蹤的對象有可能是Europa，更讓我神經亢奮，總覺得自己好像成了真正的「間諜」。

大概走了十分鐘左右吧。

「啊……」那是一棟郊外的公寓。戴帽子的男性有點浮躁地回頭看了看之後，走進了公寓占地，八成就是他的住處吧。我照秋櫻的吩咐，並不停步，就這麼從公寓前面走過。雖然看不出他進了幾號室，但從上樓梯的聲響聽得出他是到二樓靠裡面的部分。

我們走了一會兒，彎過轉角後。

「運氣不錯。」「咦？」「之前幾乎都是撲空。」

她嘴角一揚，表情就像把某種遊戲玩到破關似的滿足。

「那裡就是Europa的大本營嗎？」

「嗯～～也許是，也許不是。」

「請告訴我啦，我都陪妳跟到這裡了。」

我們走另一條路線回車站，路上我這麼問起。

「說起來那個置物櫃裡到底放了什麼？」

「會是什麼呢？我也不知道啊。」

「啥？」我莫名其妙。「那不就是手槍之類的東西嗎？所以妳才會跟蹤……」

「等一下，不可以把事實和猜測混為一談。為了不混淆，我就照順序說明吧——首先是這個。」

秋櫻說到這裡，從口袋裡拿出智慧型手機，簡單操作幾下之後交給我。

729【無從揣測的無名氏】TMN0105161017

「布告欄……？」

「沒錯。」

我用手指把畫面放大。「ＴＭＮ」「0105161017」，是英文數字的字串，數起來數字有十位數。「ＴＭＮ是？」「小室哲哉出道的樂團，全名叫ＴＭ Network。」「是喔？」

「……這是在開玩笑。」秋櫻搖搖手。「正確答案是『站名』。是ＪＲ為站名取的三字母代碼。新宿就是『ＳＪＫ（SinJuKu）』、浜松町是『ＨＭＣ（HamaMatsuChou）』。順便說一下，秋葉原是『ＡＫＢ（AKihaBara）』。你在車站月台應該有看過吧？」

「啊啊，聽妳這麼一說……」

我聽說過會有這樣的標記是為了讓訪日的外國觀光客好懂。

「所以ＴＭＮ就是月見野站。不過只有主要的大站才會取三字母代碼，所以這不是ＪＲ的正式車站代碼。」

ＴＭＮ＝TsukiMiNo。我終於搞懂了。

「那麼，這個『0105161017』是？」

「是投幣置物櫃的編號。前面四位數『0105』是置物櫃的號碼，後面接著的『161017』是密碼，就是寄放行李的時候由持有人輸入的密碼。」

「啊……」我也總算搞懂了。「剛才的投幣置物櫃就是這個？」

「就是這麼回事。這串字的訊息就是，月見野車站的0105號置物櫃，可以用這個密碼打開。看懂之後就沒什麼了不起，不過起初我也看不懂。」

車站漸漸映入眼簾。她流暢地繼續說明。

事情是這樣的。秋櫻為了追查Europa事件，一直在採訪，尤其對於先前她告訴過我的在「第二Europa事件」中提供「手槍」給犯人富樫正明的是誰，更是大力在調查。從警察扣押的貨單得知了手槍是用宅配寄送，但還是有些地方令人不解。

「為什麼寄出手槍的人不是挑上別人，會挑上『富樫』？」

她靜靜地說下去，不知不覺間，眼神已經變得尖銳。

「一般來說，要是有人把手槍寄給自己，都會怕得中止犯案計畫，送去警察局吧？可是，寄件人——『主謀』完全沒考慮這個選擇。我一直想不通這是為什麼，到了這個時候我才發現。」

她又看了我一眼。

「主謀是在寄出手槍之前就已經完成了『測試』。」

「測試？」

「不管是考試、判定，用什麼話來形容都好，說穿了就是這個人已經得到了確信，確信自己看上的『候補』會好好把犯案執行到最後。在投幣置物櫃收受包裹，就是為了這個目的而做的測試。」

「請妳別再賣關子了，就告訴我嘛。那個置物櫃裡放了什麼？」

「多半是模型槍。」

「模型槍？像空氣槍那樣的？」

「空氣槍不是可以射出ＢＢ彈嗎？模型槍名符其實，是槍的模型，外觀跟真槍一模一樣。」

秋櫻發表自己的推論。等驗票閘口近了，她在驗票閘口前不遠一處陳列了許多免費旅行小冊子的架子前停下腳步。

「我一直在收集和手槍有關的情報，結果就有某個相關人士給了我一個有意思的消息，說最近車站的投幣置物櫃放了模型槍忘記取走的案例很多。」

「請問這是怎麼回事？」

「你知道置物櫃有使用期限吧？差不多是三天左右吧。一過了這個時間，置物櫃的管理公司就會把東西收走。聽說這樣收走的東西五花八門，包包或伴手禮什麼的都有，但最近莫名有很多件都是模型槍，所以我就靈機一動——想到主謀大概是讓Europa候補先握過模型槍，讓他們『試車』過。」

「試車……」

「說來理所當然，一開始就要讓人握住真槍，門檻會很高。但如果是模型槍，抗拒就會比較少。所以一開始用模型槍，再來是有火藥和音效的改造模型槍，再來是怎麼看都和真槍一模一樣的非法改造槍……就這樣，讓Europa候補去用和實際犯案當天要用的手槍一模一樣的貨色。你知道最近全國各地，以空氣槍和模型槍造成的財物毀損案變多嗎？我認為其中有幾件就是在進行這種『試車』，只是這點還沒有查證過。」

「我有個疑問。」

「什麼疑問？」

「Europa他……啊，我是指第二件那個，他是用宅配收到手槍的沒錯吧？如果本來就用投幣式置物櫃交貨，那乾脆直接用置物櫃把真槍交給他就行了吧……」

「不行的。」她搖搖頭。「車站這種地方啊，到處都有裝攝影機，尤其投幣置物櫃前面更會滴水不漏地防範恐怖行動與可疑物品。長相和犯案現場都會被拍得清清楚楚，之後的足跡當然也很容易被揭穿。一旦發生這種情形，如果是模型槍或空氣槍，就還可以辯稱是玩具的範圍內，但真槍的風險就太大了。雖然這是指遭到逮捕的情形啦。在這方面，如果是宅配，收貨送貨就不會全都被錄下來，只要發出送件請求，業者就會自己來收貨。宅配的小哥也記不住所有顧客的長相，而且記憶無論如何都會變得模糊。」

「既然這樣，模型槍不也可以用宅配……」

「這樣一來，反而會容易被記住，也容易留下痕跡。畢竟好幾次把貨送到同一個住址就會很顯眼。而且啊，不只是收下寄到的貨這種『被動行為』，把人叫去投幣置物櫃收貨的這種『主動行為』多半才是這個『測試』的關鍵。」

「主動……」

「測試Europa候補是不是玩真的，會不會真的照主謀的意思行動，會不會當乖乖聽話的傀儡。而且，透過讓候補反覆做出這種自動自發、主動的行為，就可以強化Europa候補的犯意。平野同學，今天你覺得怎麼樣？」

「咦？什麼怎麼樣……？」

「像是在扮偵探，你一定很雀躍吧？」

「啊……」我覺得自己被看穿了，心臟撲通一跳。我緊張歸緊張，但「跟蹤」這樣的情境讓我心中有些雀躍，的確是事實。

「去到投幣置物櫃，偷偷收貨。這種緊張又雀躍的感覺，我想應該還挺有刺激性。過著正常的生活，基本上嘗不到這樣的滋味。而且還只是模型槍的階段，犯罪意識也會很稀薄。走好幾個車站的置物櫃，尋找下一個線索，就像玩尋寶或集紀念章那樣，一步一步完成任務。我想這對男孩子來說，應該是挺吸引人的遊戲吧？」

「遊戲……」

這個說法讓我覺得非常貼切。的確，今天我的感覺就像玩了一場遊戲。旁觀的我都覺得很開心了，哪怕收的是模型槍，實際去執行任務，收走「槍」的當事人想必更是度過了一段緊張刺激得手心冒汗的時間吧。

「秋櫻姊。」這個時候，我自然而然說了出來。

「我有事要拜託妳。」

8

「大哥哥，歡迎回來～～！要先吃飯？先洗澡？還是先、跟、我？」

——Europa候補，是吧……

翌日。我來到葉月家，一邊脫掉鞋子一邊想起昨天的事情。

也就是和宇野秋櫻一起進行的「跟蹤」。

『妳不報警嗎？』昨天我這麼問，秋櫻就笑著回答：『報警說什麼？說有人在投幣置物櫃收取包裹？』『啊……對喔。』我立刻發現自己說的話不合情理。在投幣置物櫃收包裹，這件事完全不違法，頂多只會被以違法改造模型槍的罪名送辦，而且這種罪也是怎麼想都不覺得會有多嚴重。

『的確巧妙，比想像中更巧妙。在走到寄出手槍的最後階段前，都極力避免做出違法行為。不管是在網路上交談，或是在置物櫃收受包裹，在法律上都沒有任何問題。即使途中被警方查出來，Europa也不會受到處罰，主謀也只要去找下一個Europa候補就好。反倒是如果現在被人報警，好不容易找到的線索就泡湯了。』秋櫻以說笑的調調說了。『畢竟在逮到主謀之前，這個事件都不會結束。』

可是，我就是沒辦法放心。如果那個戴帽子的男性真的是「Europa」候補，說不定真的會有那麼一天他進化為「Europa」，實際去執行計畫。一想到屆時星乃會面臨什麼樣的危險，就讓我坐立不安。相對地，秋櫻說的「畢竟在逮到主謀之前，這個事件都不會結束」這句話就讓我很能理解。她說的一點也不錯，要是操之過急，砸了這寶貴的線索，那就得不償失了。

——我該怎麼辦才好……？

這件事我還沒能告訴星乃。我不想無謂地造成她的不安，而且一講到宇野秋櫻的話題，星乃就會明顯地不高興，讓我有點在找好機會開口。『也好，這件事就包在我身上。有什麼可疑的動向，我會馬上通知你。』——秋櫻留下這句話就揮揮手，上了電車。這樣真的不要緊嗎？我無法揮開心中的這種不安，但相對地又怕我擅自行動會搞砸她的採訪活動。無論查明真相還是逮捕犯人，秋櫻顯然都領先我，我萬萬要避免扯她後腿。

就在我想著這樣的念頭，走過走廊，在沙發坐下的時候。

「——大哥哥？」

一雙大大的眼睛湊過來看我。當我認知到出現在眼前的是惑井葉月的臉孔時，嚇了一跳，「哇」的一聲往後倒。

「妳、妳做什麼啦，突然跑過來！會害我嚇一跳啦！」「誰叫大哥哥一點反應都沒有～～葉月還以為大哥哥是故意當作沒看見，變得好不安。」「不好意思，我是在想一些事情。」

「又是想那女人吧？還是在想那個金髮太妹？」「不、不是啦。」我撇開視線，但不知道怎麼回事，所謂女人的直覺在這種時候就是很準。「果然是啊。」「不是，就說不是了。」「那大哥哥要表達歉意，跟葉月蓋同一床被子喔。」「為什麼會變成這樣？」

最近我兩天就跑來惑井家一趟。真理亞因為那起衛星失聯事件，太常不回家，所以就由我和母親輪流來看葉月。只是我來的時候就實在不方便過夜。

「那今天要怎麼做呢？先吃飯？先洗澡？還是先、跟、我……」

「吃飯。」

「讓人家說完啦。」

「都第幾次了。」

也不知道葉月這樣是有什麼好玩的，一定會說出這段像是新婚妻子迎接老公回家的句子。

「今天是吃馬鈴薯燉肉喔！就快好了，等一下下喔！」

葉月把有著心形刺繡的圍裙重新繫好，回到廚房。本來我應該是來照顧她的，但每次都是來這裡叨擾一頓晚餐，甚至還洗澡，享受滿滿的招待後才被放回去。總覺得本末倒置，但葉月即使母親不在家也能一個人把家事打理好，實在很了不起。考慮到她才十二歲，真的是很能幹。

——學長……我，活著。我和星乃學姊不一樣，我好好地活著。只要一下子就好。真的只要一下子，就好——

眼皮底下浮現出來的是距今八年後的未來，長大成人的葉月說出的那幾句話。

——看著我嘛，大哥哥……

現在說來說去我們還是很要好，她對我來說就像個很可愛的妹妹。只是，我既然知道未來的葉月是什麼樣子，就覺得一直拖延這樣的關係實在不太誠懇。

但同時我也不知道在這二〇一七年的世界，大大改變我和葉月的關係到底是不是好事。改變過去，會對未來帶來什麼樣的影響，我根本無從想像。

廚房傳來咚咚聲，是菜刀很有節奏地切在砧板上的聲響。再聽到她哼歌，我就微微搖了搖頭，輕輕按住太陽穴。

不可以一次就想解決所有問題，得從能做的事情做起才行。

正當我想著這樣的念頭，茫然看著電視——

『為您插播臨時新聞。』

播報今日體育新聞的畫面突然切換到主播的臉。

『這段時間，我們將變更原本的節目表，為您播報ＪＡＸＡ的緊急記者會。』

——會是什麼事呢？

我為突如其來的狀況震驚之餘，用遙控器調高電視的音量。說不定是找到那具人造衛星了？等畫面切換，就看到已經架好大批媒體記者攝影機的記者會現場，三個人並排站在台上。

「啊，媽媽……！」葉月用圍裙擦著手走回來，看到電視後喊了出來。台上右側拍到一名面容精悍的女性。是惑井真理亞。她有著平常沒有的嚴峻表情，述說著事態有多嚴重。

『今天非常謝謝各位百忙之中趕來。本次我們會召開記者會是因為——』

ＪＡＸＡ的記者會開始後，我心中更加不安。

惑井真理亞以嚴肅的表情開始說明：

『首先，從上個月起失去聯絡的ＪＡＸＡ新型多目的人造衛星「不死鳥號」，現在仍未恢復連線。關於這一點，所有負責的人員都在全力復原。而今天除了「不死鳥號」以外，還有一件事必須告訴各位。詳細情形——』

她說到這裡，慢慢轉頭看向「身旁」。

『就由與ＪＡＸＡ共同開發衛星的「Cyber Satellite公司」負責人來說明。』

她這麼介紹，坐在她身旁的男性就微微點頭。

『謝謝介紹，我是Cyber Satellite公司的人造衛星負責人六星。」

——六星？

我一瞬間覺得對男性的姓氏很熟悉，但我還沒想出是在哪裡聽過，這名報上六星這個姓氏的男性就開始說明：

『關於人造衛星「不死鳥號」，現在敝公司與ＪＡＸＡ正全力進行復原作業。我們一定會讓衛星回到控制之中，還請各位放心。』

男性看起來大約三十幾歲，身材高挑，臉孔輪廓深得不太像是日本人。最醒目的，是他戴在右眼的白銀單眼鏡，有著古風裝飾的細鏡框，繫著很有紳士感的細銀鍊，給人一種就像傳統的歐洲貴族管家在現代日本復活的印象。這在嚴肅沉悶的記者會上醞釀出一種異樣的存在感——坦白說是一種突兀感。只是這和涼介戴銀色項鍊不一樣，戴著的人沒輸給飾品，營造出一種莫名的統一感。

『在進行這次「不死鳥號」復原作業的過程中，遇到了新的「問題」。而敝公司與ＪＡＸＡ協議的結果，得出了一個結論，那就是認為毫不隱瞞地把現階段的狀況報告給大家知道會比較好。』

這名男性說話的方式有點像在拖延著不說結論，故意吊人胃口，而且還顯得有點享受這樣的過程。他說話的口氣很正經，眼神卻有點像在笑，莫名讓我內心起雞皮疙瘩。就像把能劇的「老翁」面具分配到年輕美麗的身體上那樣，有種由內而外透出的老奸巨猾感。坐在身旁的真理亞有些皺起眉頭，也讓我有點在意。

而他若無其事地說出了重大的新事實。

『本次除了「不死鳥號」，還「另外」確定人造衛星「鳳號」也失去了聯絡。』

——什麼！

我嚇了一跳，忍不住右腳腳尖撞到桌腳。葉月「咦～～！」地叫出聲來。

「這樣媽媽不就又會回不了家了嗎……」

只有眼睛在笑的老奸巨猾男讓白銀單眼鏡微微閃出光芒，再補上一句話：

『在此向各位報告，從今天起，就由我們Cyber Satellite公司與ＪＡＸＡ合作，擔任這一連串衛星消失事件的總指揮。』

第三章　Chaos

1

銀河莊二〇一號室。

「那、那個，我是葉月。有東西要交給，大哥哥……」「……」「呃，是媽媽拜託我來，那個……」「……」「像是小冊子之類的，呃，是那個『不死鳥號』的，那個，那個，怎麼辦……」

一名十二歲的少女在對講機前拚命地說話。隔著螢幕可以看見她非常不知所措，手上提著像是托特包的包包。上方與側面都有監視攝影機拍到她的身影，這銀河莊的保全攝影機架設得足以媲美大都會的銀行。這些都是這個住戶的厭世造成的。

「呃，聽、聽得見……吧？那、那個，我就掛在門把上了。那就……再見……」

葉月把包包掛在門把上，然後瞪大眼睛退場了。一陣踏著銀河莊的鐵樓梯下去的聲響後，螢幕中可以看見葉月快步從前院離開的背影。

星乃在室內看著這整個過程，非常無聊似的按掉通話鈕，然後說聲：「開啟艙門。」系統對她的聲音有了反應，讓門滑開，於是少女打開玄關門，抱著葉月才剛留下的托特包走回來。艙門再度關閉。

我在室內看著這一切，終於開口對她說：

「至少跟她講句話啦。」

「沒必要。」星乃毫不遲疑地回絕，把袋子翻了過來。這個少女有個習慣，就是要拿出這種包包裡裝的東西時，會劈頭就把袋子翻過來用倒的。許多小冊子與資料撒到桌上，而且倒太用力，還滿出了桌子，混在無數破銅爛鐵裡，天衣無縫地融入整個房間。少女也不去撿，拿起最上面的資料。我很能了解房間為什麼會這麼亂，因為她根本沒有收拾的概念。

「喂，妳有沒有在聽？」「有啊。」「她都幫妳拿小冊子來了，好歹也幫她開個門吧。」「地球人很危險。」「她可是真理亞的女兒啊。」「一樣是地球人。」

少女一臉正經地陳述理由。當厭世達到極限，天才也能變成笨蛋。

「既然平野同學這麼堅持，你就自己去應門啊。」

「那樣就沒有意義了吧。」

「為什麼？」

「妳得變得比較能和人溝通才行，不然將來會有很多事情很累的。」

「多管閒事。」星乃突然把小冊子往我身上丟。有著人造衛星插圖與解說的資料砸在我臉上。

這個少女的厭世不是現在才開始，但連對葉月都一句話也不說，就實在讓我看不過去。我甚至覺得情形比我剛認識她的時候更加惡化。

為了克服她這種厭世毛病，我在「第一輪」的世界裡不屈不撓地奉陪到底。但在這個世界，這個過程還沒有實現，而且未來很不確定，我連會不會實現都不知道。

「她內心一定看不起我，覺得我明明是個繭居族，還寄生在她母親身上，是個令人不爽的女人。」

「妳有滿嚴重的被害妄想耶。」

她這一說我才想到，記得她連對真理亞都說過「其實妳只覺得我是個囂張的臭小鬼吧」這樣的話。她的敵意總是全方位掃射，根本無法收拾。

「葉月可不是這樣的女生。」

「知人知面不知心。」

「妳有自覺是個令人不爽的女人是吧。」

「啥？」她眉心擠出縱向的皺紋。明明是她自己說的，卻還氣我，根本豈有此理。

「是我不好，嗯，是我不好，我乖乖道歉，我的確說得太過火了，真的對不起，以後我會小心，所以不要在室內拿空氣槍射我好嗎？」

我舉起雙手擺出投降姿勢，安撫舉起空氣槍的少女。要是在這種極近距離下中槍，痕跡一個月都不會消。

「下次你再說，我就把你打成漢堡排。」

少女說完常說的台詞後，總算放下了槍。看來我撿回了一條命。

就在我鬆一口氣，放下雙手的時候。

智慧型手機響了。

『DO　IT！DO　IT！OH！F〇CK　ME♪』

「你這沒品味的來電鈴聲能不能換一換？」

「這點我完全同意妳。」

我放開通話鈕，畫面上出現「真理亞」三個字。

『喔～～大地，最近好嗎～～？』

我忍不住把耳朵從喇叭移開。她說話還是那麼有精神。

『你現在人在哪？』

「在星乃家。」

『每次都麻煩你真的很不好意思耶～～之後我請你吃晚飯。』

「不用這麼客氣啦……所以，請問今天有什麼事？」

我問起有什麼事，真理亞就一派輕鬆地說：『哎呀，這個嘛～～』該怎麼說，她用朋友般的語氣對我這個高中生說話，這種落落大方的感覺從以前到現在都沒變過。

『那個新聞你看過了嗎？』

「那個是真的還假的啊？說又有衛星消失……」

『是真的啦，真的。』

真理亞用輕鬆的語氣回答。

『這次失蹤的衛星叫「鳳號」，從昨天就突然斷了訊號，再也沒有消息。』

多目的衛星「鳳號」這個名稱在ＪＡＸＡ的記者會上就有聽到。它和「不死鳥號」同樣是新型衛星，是先行發射升空的實驗機。而我根據網路上查到的資訊，也知道「不死鳥號」就是根據它收集到的數據製作的。

「那真理亞伯母，那件事也是真的嗎？就是……」

我猶豫之餘還是說出口。

「說妳被從現場撤換下來。」

『唉～～』

我聽到了重重一聲嘆氣。

『虧我之前一直負責指揮，突然就把我從對策本部撤換掉了。因為本部長換成了那傢伙啊～～』

「六星是嗎？」

『沒錯，就是那個戴道具眼鏡的呆子～～』

六星衛一。我查了Cyber Satellite公司的官方網站，看到上面的確是這麼記載，對這個簡直像藝名的名字我也有印象。是個曾經讓暢銷商品「視網膜ＡＰＰ」在高中女生族群間蔚為流行，後來突然消失得無影無蹤的經營者。而且公司名稱還叫「Jupiter公司」，我不可能不留下印象。雖然還沒證實是不是同一個人，但有著「六星」這麼罕見的姓氏，而且連名字也一樣，總覺得另有其人的機率應該相當低。

「他是何方神聖啊？」

『呃～～該怎麼說，他乍看之下好像很溫和，但作風很霸道～～像這次的記者會，大家的意見都是覺得要公布失聯的消息還太早，因為還有很多指令都還沒試過，資訊還不足以斷定。可是六星不肯讓步，堅持絕對應該公開。記者會的日期、對媒體記者的通知，還有記者會上的發表文，全都是他自己在主導～～』

「咦？不管『不死鳥號』還是『鳳號』，都是ＪＡＸＡ的衛星吧？技術合作的民間公司有那麼大的權限嗎？」

『沒有啊～～本來沒有。只是，你知道嗎？這次兩個衛星用了很多彌彥的技術。』

「我知道。星乃跟我說過。」

『那就簡單了。然後，彌彥開發出來的很多技術都很先進，連我們部門熟悉的人也很有限。就這點來說，Cyber Satellite公司在彌彥生前就進行過共同研究，有過很多來往，對於某些技術，可能比我們部門還熟悉。像這次的衛星能開發成功，也有相當大一部分是多虧了Satellite公司。所以我們也不太能強烈主張意見，然後他們也就是抓住了這個把柄。不過還真是萬萬沒想到他們竟然會劈頭就把我撤換掉耶～～』

「為什麼真理亞伯母會被撤換掉？JAXA這邊對彌彥的技術和衛星最熟悉的，不就是真理亞伯母嗎？」

『所以才會撤換掉吧～～他們應該是認為如果衛星的事情有我插嘴，他們就沒辦法為所欲為。』

「好露骨啊。」

『我說霸道就是這意思啦～～那間公司也有點怪怪的耶～～』

手機另一頭又傳來盛大的嘆氣聲。聽得出她也對這個姓六星的人不敢領教。我想起了她在記者會上那五味雜陳的表情，想必她現在臉上也有著一樣的表情吧。

『啊，連不用說的話都講出來啦。就這樣，總之我們在很多方面都被他們牽著走。雖然我被他們從對策本部撤換掉，但失聯的衛星變多，要做的事情也變成兩倍。我想應該還會忙亂一陣子，不好意思，葉月暫時要麻煩你了。小花那邊我也會跟她聯絡。』

「我明白。只是話說回來，我也只是去吃個晚飯而已。」

『這樣葉月最開心了。對了，星乃請我找的小冊子我請葉月帶去了，有送到嗎？』

「有啊，有收到。」

只是送來的葉月可就吃足了閉門羹。

『可以跟她講幾句話嗎？』

「當然可以。來，星乃，是真理亞伯母。」我遞出手機，少女就全身一震地後仰，瞪大眼睛，彷彿把手機當成了什麼危險物品。

她深呼吸了幾次，然後用手指在手掌上反覆畫了幾次「☆」號。

過了一會兒，少女畏畏縮縮地接過手機。

「嗚嗚喂？」

她太緊張，想說「喂」卻舌頭打結。我噗的一聲笑出來，星乃就用有夠凶狠的眼神瞪我。

『呃～～星乃，好久不見。』

「……好、好……好有不線。」

這次是說不好「好久不見」。跟我說話的時候，都能流暢地吐出咄咄逼人的話，可是一旦跟對方客氣起來就什麼話也說不好。星乃擅長的始終只有責難對方，以及談太空相關話題。像是日常的招呼、需要客氣的交流，她的經驗值就欠缺到令人絕望。

『不好意思，最近都沒時間見妳。最近過得好不好？』

「嗯、嗯……沒問題。」

『隨時歡迎妳一起來吃飯。那裡就是妳的家。』

「……嗯。」

『那我掛電話嘍。有什麼事情隨時聯絡我。』

她說到這裡斷了電話。星乃鬆了一口氣似的手按胸口，臉很紅。

「不用那麼緊張吧？跟妳講話的可是真理亞伯母耶。」

「囉唆。」

「嗚嗚喂。」

「嗚……」她本來就紅的臉變得通紅。「就說你囉唆了！」

手機突然飛了過來。我在空中拋接了幾次，好不容易才接好。但她似乎非常難為情，把手邊的書、空盒或轉接頭之類的東西都一股腦兒地扔過來。她做這種事情的時候就生龍活虎，實在難以聯想到剛剛那種緊張的樣子。

等到她投擲的物體在我身邊堆出一座由破銅爛鐵和書本堆成的小山丘後，攻擊才終於停下。星乃大概扔累了，喘著大氣。

「電話的內容，妳都聽見了？」「咦？」「真理亞伯母的事情。」

我總算進入重要的正題。

星乃儘管還瞪著我，仍然回答：「算是吧，主旨差不多都有聽到。」我剛剛就想到這名少女頭腦很好，從我的回答以及手機洩出的真理亞說話聲應該就掌握到了內容。

「聽說這次是『鳳號』。」這具人造衛星可說是星乃的父親留下的重要「遺物」。繼「不死鳥號」之後，連它的前身「鳳號」也都下落不明，對星乃而言，可說是雙重令人傷心的事件。

「爸爸說過『鳳號』就像是『不死鳥號』的親鳥。」

「是這樣啊。」

「『不死鳥號』發射升空後，持續在軌道上收集資料。它的壽命還很長，雖然記者會上說過也有可能是機件已經老朽化，但只有這個理由解釋不了失蹤。而且真理亞也被從現場撤換下來，我覺得有事情不對勁。」

星乃流暢地述說自己的論點。果然她談起有關太空或父母的事，說話就會很流暢。她打開今天才送來的小冊子，把有關的部分攤到桌上。上面各自寫著「不死鳥號」與「鳳號」的相關資料，但相信要發給大眾的小冊子會寫的內容，這名少女早就已經記在腦子裡了。

「啊，這個……」

我看著小冊子，忽然有個字眼映入眼簾。

「上面寫著『Europa』啊。」

少女全身一震。接著她對小冊子更不看上一眼，說道：

「Europa是木星的第二衛星，由知名的天文學家伽利略・伽利萊在一六一〇年發現，與Io、Ganymede、Callisto並稱為伽利略衛星。『不死鳥號』本來的任務就包括了『探測行星』，Europa就是它的目的地之一。」

「啊，的確是這樣啊。」

我一邊聽著星乃說話一邊看著小冊子。上面的確寫著「太陽系行星探測任務」。不愧是新型的多目的衛星，小冊子上的任務寫得密密麻麻，想來我應該在ＪＡＸＡ的網站上也看過同樣的說明文，但似乎沒能連細節都好好記住。

「Europa是個表層有著厚實冰地殼覆蓋的衛星，地下存在著海水，這點已經由ＮＡＳＡ的太空探測機伽利略在一九九〇年代後半就探測出來。透過這個發現，Europa上存在所謂外星生命的可能性，長年來一直有人在議論，近年透過哈伯太空望遠鏡觀測到Europa上疑似有間歇泉湧出的畫面，更讓人們期待也許可以從這種間歇泉採取水分。Europa這個名稱原本是由來於希臘神話中宙斯迷上的歐羅巴公主——」

「知道了知道了，這個我聽過十次有了。」

「咦？我記得我是第一次講吧。」

糟糕。

「嗯、嗯，我是聽真理亞說了。」

「……是嗎？」

星乃露出像是相信又像是遺憾的表情。我心想早知道多聽她講講就好了，但我聽她講這些太空的知識已經聽到耳朵長繭，要是不阻止她，要講幾個小時她都講得下去，所以很可怕。

——不過這次大概跟Europa沒有關係……吧。

「那妳知道『六星衛一』嗎？就是站在真理亞身旁那個男的。」

「不知道。」

「他不是彌彥流一工作上的伙伴嗎？」

「不知道。可是——」星乃說到這裡，皺起了眉頭。「Satellite公司這個名稱我知道。這間民間太空公司以前是爸爸工作上的伙伴，有一段時期，爸爸也以顧問的身分在衛星還有火箭相關的技術上跟他們合作過。可是Satellite公司以技術合作的名義，大肆竊取爸爸的技術。」

「竊取？」

「本來爸爸認為他的技術會歸屬於JAXA，但不知不覺間，Satellite公司就開始主張那些技術的權利屬於他們，經過訴訟與ADR（註：替代性爭端解決方式，Alternative dispute resolution）等等的過程，有相當多的技術都被Satellite公司搶走，可以說是科技小偷。」

妳真的很喜歡說人家偷耶。我一邊想著這樣的念頭一邊談下去。

「可是，我對姓六星的人物沒有記憶，八成是最近來的人。」

「是嗎……」談話就到這裡結束。我還有事情想問，但必須先整理思考。

人造衛星相繼消失事件。繼「不死鳥號」之後，連「鳳號」也失聯。而且，兩者都是和星乃父親有關的衛星。

我無論如何就是會想起。衛星＋消失＋星乃，這三個字眼排在一起，會得出什麼答案？答案是大流星雨——消滅所有人造衛星的歷史性犯罪。就好像心理學的羅夏克墨漬測驗那樣，又或者像是從水面浮上的某種巨大生物，我腦海中有個具有輪廓的東西正要浮出水面。這樣的感覺確實存在，但憑我這很抱歉的腦袋就是勾勒不出具體的形象。

我手掌底下的小冊子上將「不死鳥號」與「鳳號」並排，說明這兩具衛星都是將太陽能電池張開成翅膀的模樣飛行，一旁則有「天鳳」、「孔雀」、「皇號」等同時期製造的人造衛星。我曾聽星乃說，這些衛星全都用上了彌彥流一的技術。

這些衛星都像張開翅膀的飛鳥一般躍然紙上。人類發射到太空中的人造衛星達到數千具的規模，只是其中兩個衛星失去聯絡。跟那個毀掉所有衛星的事件顯然不一樣。

即使我這樣說服自己，但這些和ＩＳＳ有點像的衛星樣貌就是會用一種難以名狀的不安填滿我的心。

2

翌日，我從離高中最近的車站搭了三站，穿過鬧區，走了五分鐘左右，來到我要去的住家。

雖然不像伊萬里的家這麼大，但還算挺大，是占地頗廣的獨棟住宅。由於父親是大醫院的部長，可以清楚看出他們家境寬裕。之前涼介被警察抓去輔導時，我們兩個人就花了將近兩小時走到這裡。當時是晚上，天色全黑，但現在則有夕陽照出這形狀粗獷的屋頂。

該說什麼才好呢——我還在煩惱這個問題就已經走到這裡來了。我查看手機，但沒有來電，通訊軟體也沒有收到訊息。我連他在不在家都不知道，但還是只想得到來這裡找他。

涼介缺席第五天。

我按了門鈴。門鈴的輕快電子音效響起，讓我想起一種像是走進便利商店自動門時的感覺，一邊又像個順手牽羊之後來還東西的顧客，帶著不舒服的悸動等待回應。

過了兩分鐘左右，我又按了一次門鈴，但是沒有反應。是沒人在家，還是裝作不在家？我沒有方法可以弄清楚，時間就這麼過去。兩名看似附近居民的婦女提著購物袋從我背後走過，我隱約感覺到視線，讓我有種無地自容想逃走的心情。然而，既然包括郵件與通訊軟體在內，已經足足五天沒消息，今天若非至少見到他的面，我就不能回去。

我隱約覺得一直站在他們家門口也實在說不過去，於是微微拉開了距離。我環顧四周，看見斜對面有一塊空地還插著房屋仲介的牌子，於是靠在立牌前什麼都沒種的高花圃邊緣，茫然看著涼介家。

大概就這麼等了三十分鐘左右吧。當夕陽已經低垂得多，四周漸漸變得昏暗。我感覺到有動靜，抬起頭一看，看見涼介家的門打開了。我想到有人走出來，於是從高花圃上起身，伸著懶腰，將視線朝向涼介家。過了一會兒，有個少年牽著一輛銀色機車從住家後頭走出來。咖啡色長髮讓我立刻認出他。

「涼介……！」

我忍不住喊出來，對方嚇了一跳似的抬起頭。

「大地同學……？」他睜大眼睛，然後覺得很不可思議似的說：「怎麼啦？啊，剛剛的門鈴，該不會是你按的？」

「嗯、嗯。」沒想到涼介會是這樣的反應，讓我不知所措。我本以為他會露出更尷尬的表情，但他卻是一如往常。

過了一會兒，他咳了幾下，然後解釋：「啊，抱歉，我病還沒全好。」

「原來你真的是生病才不來上課嗎？」

「對呀。大概咳了三天，到現在才總算慢慢好起來。」

「至少回個訊息吧，會害人太擔心耶。」

「啊，不好意思，你在ＦＩＮＥ丟了很多訊息給我？我啊，手機和遊樂器之類的東西，全都被老爸沒收，這會不會太過分？他還說我有空玩這些東西，不如去複習落後的課業。所以這四天我都沒辦法看手機。」

「原來是這樣啊……」總算知道一部分情形，讓我鎮定了些。因為郵件被涼介無視其實會讓我很難過。「你這樣騎機車出去沒關係嗎？」

「老是看電視也看膩了，我就想說沿著堤防飆一下。而且老爸今天在醫院過夜，不會回家，所以我也不會被他打。」

「是嗎……那等你好了就可以上學了吧？」

我正要覺得放心一些，這天真的期待立刻就被推翻。

「話是這麼說沒錯啦，大地同學。」

涼介視線落在安全帽上，小聲說：

「我在想，乾脆就這麼不再讀高中算了。」

「咦？」就好像舉在身前格擋的雙手才剛放下就挨了一記重拳。有種視野歪斜，天旋地轉的感覺。

「我本來就已經有留級危機了，現在連缺席日數都到了超標邊緣。」

「只要以後每天都來上學就沒事了吧？」

「是這樣沒錯啦。可是該怎麼說，我已經懶得這樣，還是該說不覺得這麼堅持有什麼意義。」他語調輕佻，卻讓我感受到一種強烈的心灰意冷。

怎麼辦？我該說什麼才好？我故作平靜，指尖卻在發抖，心臟也跳得焦急。

「等、等一下，可是，那個啊，高中輟學，以後會有很多事情弄得很辛苦耶。像求職之類的也是，而且薪水也會很低。」

我拚命舉起這已經多次被駁倒的生鏽的理論長矛。

卻刺不到對方的胸口。

「大地同學說的話很對，實在太對了，讓我啞口無言。可是啊，這是我的人生，該怎麼說，呃……就是有點想離開。像是離開學校啦、課業啦，還有老爸啦……就是離開這種種『束縛』。你懂的吧？」

「不、不是還有休學之類的招嗎？」我不認命地反駁，但一樣被他很乾脆地四兩撥千斤。

「我才不要，不然明年不就會變成駱駝蹄的學弟？本大爺渺小的自尊心不容許這種事情。」

涼介靠在機車上，用說笑的語氣笑了笑。可是，他的臉上沒有一貫的輕佻，顯得有點自嘲。我想起了從警察局回家路上，在他側臉看到的表情。

那是山科涼介這個少年平常不讓人看到的真面目。

「我說啊，那個，因為是大地同學我才說的……」他將視線落到機車座位上，說話聲音也變小。「我啊，坦白說，在班上根本就沒有一席之地吧？」

「……咦？」

「該怎麼說，其實我明白的。我很明白自己。」

他打算說什麼呢？我一邊聽他說，一邊覺得有沉重的空氣鬱積在肺的底部。

「我啊，不只頭腦不好，那個……你也知道，網球校隊，我三個月就退出了。那個真的是累到退出的。我沒想到竟然要每天跑那麼多，練那麼多重量訓練。我之前說是聽說打網球會受女生歡迎才開始的，但那只是場面話，不，我也覺得如果真的受歡迎是很好，但其實我沒有那麼討厭網球。國中的時候看了錦織圭的美網比賽就讓我好感動，所以我也想做點很青春的事情，這也是一部分原因，可是國中讀到一半要參加社團會很沒有一席之地，所以我就打算上高中之後練練看網球。在入學前的春假，我還硬是開始慢跑了。可是，參加過之後，每天都肌肉痠痛，而且大家都已經挺有經驗，球技很好，我卻連跑步都一直吊車尾……你也知道，班上不是有個最胖的姓山川嗎？我就比他還慢。然後我就覺得，啊啊，我混不下去了……所以才退出的。」

「……這樣啊。」

我知道涼介三個月就退出網球校隊這件事，但這是我第一次聽他說起加入的動機。

「在那之後，我就不太好意思跟網球隊的人說話，而且和運動類社團的傢伙調調就是不一樣。如果沒有大地同學和伊萬里在，可能真的會沒有朋友。」

「這我也大同小異吧？我沒參加社團，朋友也少。」

我是不會亂交朋友的類型，覺得班上只要有兩三個可以說話的對象就足夠，跟其他人則只要保持不至於突兀的來往就好。我這些年來一直這麼想，因為這樣ＣＰ值最好。

「可是啊，大地同學你在金字塔裡面算是『上面』的吧。」

「金字塔？」

「地位的金字塔。該怎麼說，就是在班上的定位，一種階級。」

「哪有這種東西……」

我想嗤之以鼻，但不經意地回顧自己，就覺得有些地方被說中。我對什麼事情都應付得很恰當，不管往好或壞的方向看，我都不讓自己太顯眼，卻又待在讓人不敢輕視的定位。

「你考試猜題很神，運動也還挺行的，這明明是金字塔裡比較『上面』的吧？我是靠你幫忙，才勉強待在『中間』。畢竟我沒有體力，也沒有毅力……」

「梅西跟一朗的腦筋才差吧？」

「他們運動很行好不好？梅西被說是足球校隊的下一個隊長，一朗也是棒球隊的主力球員吧。他們的地位都遠比我高啊。」

「那伊萬里呢？她沒參加社團，成績也很差吧。」

「伊萬里在女生群裡很受歡迎啊。她不討好男生這一點就很受支持，該說是敵人很多但同伴也很多嗎?還有，她很熟時尚，很多女生會找她商量約會要穿什麼之類。」

「是這樣喔?」

「對呀。你可能因為對女生都不關心，才會不知道。可是啊，我不但不會念書，運動也完全不行，真的沒有一席之地啊。」

「你不是已經用輕浮男形象在走跳了嗎?」

「反了啦，反了。」涼介聳聳肩。「我是因為沒有別的優點，才去染個頭髮，靠著輕浮男這樣的『形象』才維持住現在的地位。不，也沒有到地位這麼了不起啦，但一個不會念書也不會運動，社交能力又差的傢伙，就是需要找點東西，找些……該怎麼說，就是幫自己營造形象?」

「營造形象……」

涼介的形象是「輕浮男」。這個形象在班上，不，在整個年級都已經確立，但我沒想到他是這樣看待這件事。

「可是，既然你已經用輕浮男的形象在走跳，不就是有一席之地了嗎?」

總之我死命抓著這條線不放，繼續說下去。我只能拚命留他，無暇去想別的事。

「就是因為這樣。」

涼介說話聲音小，但很明白地宣告：

「全學年第一的輕浮男，事到如今才說：『我要考醫學系～～』這樣不是會很格格不入嗎？」

「格格不入？」

「你想想，現在哪還能變更路線？我是個輕浮男，而且大家都已經知道我是個笨蛋，哪有臉在志願表上寫醫學系啊。像暑期講習，雖然我是因為老爸命令才去，但我真的有夠格格不入。不，我說真的，補習班的同校同學就一副『你來這裡幹嘛？』的表情看我。伊萬里對這種事完全不放在心上，實在是很厲害，可是我很沒膽，所以很難受。要不是有大地同學，我大概會只在會員證上蓋個出席紀錄就回去了。」

格格不入……？我試著回想涼介在補習班的情形。他老是在開玩笑，上課中則是在玩手機、打瞌睡。看起來他倒也混得很好。

「所以啊，都到了這時候，要我在學校認真上課，擺出一副我在努力念書的樣子，門檻實在有夠高的。當然不用講到這種事，憑我的頭腦就絕對考不上醫學系。總之我一定會格格不入，有種念書就輸了的感覺，而且要從吊車尾的學力開始努力真的太難了。之前我還可以拿我是個輕浮男來當藉口，但如果連這個藉口都沒了，我真的就只是個笨蛋，是個學力很差的神經病。」

「哪有——」

「我只是還沒拿出真本事。」

「咦？」他突然說出的這句話，輕輕飄上空中。

「這句台詞啊，真的就是我的寫照。我找藉口說自己只是還沒拿出真本事，這才勉強裝出個樣子。如果拿出真本事卻只有這點成績，真的會很難受。該怎麼說，對了，就像在馬拉松大賽，不就有些傢伙會拖泥帶水地跑在後面嗎？這些人傻笑著，一副嫌累的樣子。那種情形啊，就是無意識地在強調，如果認真跑還跑最後一名會很遜，但我還沒認真所以沒辦法。我也是一樣。因為我是個輕浮男，因為我都沒在念書，所以不及格也沒辦法。然而如果認真念書卻還考不及格，那真的會很難受。全力去做，然後還失敗，這是讓人最難承受的情形。因為沒辦法找藉口，沒有地方可以逃避。」

「……」我再也無法反駁。因為我覺得他雖然是在說他自己，但同時也說中了我的情形。實際上，高一馬拉松大賽時，我和涼介都偷懶跑在後面，一臉傻笑。

——我只是還沒拿出真本事而已。

全力去做卻還失敗最難承受。這點我非常清楚，認為這是CP值最差的行為。

涼介說到這裡，盯著我看。他似乎在等我說話，靜靜地眨著眼睛，但目光一對上，又撇開視線。他嘴上說撐不下去，但仍不立刻離開，也許是對我有什麼指望。

沉默讓我們兩人之間的氣氛變得沉重，就像一層看不見的膜隔開了我和涼介。我心想：都一樣。和我對星乃感覺到的心靈高牆一樣，一個無法朝電腦桌另一側踏出一步的位置。我沒有什麼話可以跨過這堵牆壁，讓涼介聽進去。我沒有足以說服他的熱情，沒有深度夠的人生經驗，也不曾挑戰過什麼。只有曾經認真挑戰的人才可以對一個說「我只是還沒拿出真本事而已」的朋友說聲「差不多該拿出真本事啦」。我太害怕被反問「你自己又怎樣？」這句話，踏不出那一步。

「涼介……」

「大地同學，夠了啦。」這句話是什麼意思呢？

涼介聳聳肩，然後戴上安全帽。

「對不起啦，大地同學。」他用隔著安全帽而變得模糊的嗓音說話，一邊跨上機車。「讓你這麼擔心，我覺得很過意不去，可是就像我剛才忸忸怩怩講完的那樣，我也是想了很多才做出這樣的結論。雖然還沒正式決定啦，但總之我暫時沒有心去上課。不用擔心，等我把手機從老爸手上搶回來，就會好好發訊息。掰啦！」

涼介最後刻意強顏歡笑，催了引擎。這輛涼介以覺得會受女生歡迎這個理由而選擇高調銀色的機車，駛向夜晚的市街。

等銀色車身彎過轉角，我便獨自一人被留在原地。

我好無力。

○

就像澱積在很深的水最底處的汙泥一樣。

我拖著滿懷無力感與疲勞感的身體，走上公寓的階梯。我腳步沉重，莫名覺得有種像是全身沾濕的笨重。

夕陽西下，銀河莊二樓已經十分昏暗。我找到那有如遠方星星閃爍的小小光點，按下對講機。

『請告知單位及姓名。』

「乘組員平野大地。」

『無法認證。無法確認註冊。』

——咦？

這意料外的回應讓我嚇了一跳。我吞了吞口水，再次慢慢發音回答：「乘組原，平野，大地。」得到的是一樣的回應——『無法認證。無法確認註冊。』

——這是怎麼回事？

到了這個時候，我才發現昏暗的腳下放了東西。我蹲下來仔細看，發現那是一台直接放在地板上的筆記型電腦。電腦上面放著之前放在冰箱的豆芽菜袋子，電源線就像死掉的蚯蚓一樣被棄置在那兒。

為什麼這個會放在外面……？

我敲門。

「喂，星乃，這是怎麼回事？」

我朝門內呼喊，對講機的指示燈才終於亮起。

「……」

「星乃？」即使她不說話，我也能從這一點動靜感覺出她多半默默地在用監視器看著我。我想起暑假期間她一直不肯讓我進去的情形。

「……平野同學。」

「我在。」

這個稱呼到現在還是讓我覺得不對勁。

「已經夠了。」

——大地同學，夠了啦。

涼介的話從腦中閃過，背脊竄過一陣惡寒。

「這是什麼意思？」

「你不用再來了。」

「咦？」我一瞬間有種喉嚨乾渴的感覺。不用再來了。我思考這句話的意思。不，不用思考也知道——

「不好意思，我想結束這種事了。」

她的宣告來得極為突然。

「從今天起，我解除你的船員身分。」

3

三十分鐘後。

我和麥可傑克森一起躲雨。

從銀河莊回自己家的途中，突然下起了雨。雨勢出乎意料地大，剛好附近有間建築物有屋簷，我就躲到那裡，結果那是我在「第一輪」常去光顧的酒館。只是今天這裡沒營業，只有用噴漆畫在鐵捲門上的麥可傑克森塗鴉迎接我。

雨看起來不會停。夕陽西下之後下起的雨突然拉低了周遭的氣溫，我輕輕揉搓雙手來取暖。

我看著雨點描繪出水簾似的軌跡，情報在腦海裡不停飄盪，尋找塵埃落定之處。

——從今天起，我解除你的船員身分。

這句話在我腦海中浮現，隨即飄散而被雨水一起沖走。

我不敢相信。我萬萬沒想到，事到如今還會被星乃宣告禁止進入。到現在我還懷疑她剛剛那句話不是真的。但這是現實。

我掉以輕心了。星乃把我當成乘組員接納，讓我把進入銀河莊二〇一號室的權限當成一種既得的權益。我產生了一種錯覺，想得像是遊戲中已經開放的關卡就不會再關閉那樣，把二〇一號室也當成了一種已經開放的關卡。

我萬萬沒想到事情會弄成這樣。

為什麼會弄成這樣？

理由我似懂非懂。這陣子，我做了什麼會被她討厭的事情嗎？星乃的確有些地方疏遠我，但我自認這些日子以來都有在察言觀色，避免碰到她的逆鱗。所以我不知道是什麼原因造成這樣的情形。這種事在「第一輪」不曾有過，所以我連想像都無從想像。

已經夠了——星乃這麼宣告。已經夠了；不用再來了；我想結束了。她就這麼說得像是情侶要分手一樣。

——大地同學，夠了啦。

涼介也說了差不多的話，說夠了。就好像對我先發制人，又或者是可憐我。

——該怎麼說，其實我明白的。我很明白自己。

星乃對我「解任乘組員」的事情太令我震撼，讓我一直拋諸腦後，但涼介的事也讓我很受打擊。之前我從未想過他把自己想得這麼卑微，還以為他也挺享受校園生活。

——可是啊，大地同學你在金字塔裡面算是「上面」的吧。伊萬里在女生群裡很受歡迎啊。

也許是雨滴濺到，讓我覺得嘴脣有水氣。我想起了另一個朋友。

——我啊，打算去留學。

「嗚嗚……」

低聲的吶喊從喉頭溢出。不斷有資訊丟過來，而且每一項我都無法解決，找不到辦法應付。但如果我繼續這樣袖手旁觀，涼介就會退學，伊萬里就會到海外，讓事情變得無可挽回。是我害的，全都是我害的。

不管是星乃、涼介，還是伊萬里都好，我覺得彷彿所有人都放棄了我。不，大概真的就是這樣，我沒有話可以說服大家。

該怎麼辦才好？我不知不覺間用雙手按住額頭。改變了涼介未來的人是我，所以這是我的責任。但他說自己考不上醫學系，我又該對他說什麼才好呢？別說是大流星雨，連朋友跟我商量志願，我都沒能好好回應。我太無力了。最重要的是，我不習慣像這樣踏進對方內心，好好跟他們商量，支持他們。這些年來我一直認為「CP值很差」，因此避開這些人際關係上的糾葛。我沒有技能，沒有坊間所說的「社交力」。對我而言，那是一種用來避免和別人起衝突，安穩度過各個場面用的技能，絕對不是能夠修復出問題的關係，或是為正在猶豫的朋友指點迷津的能力。我頂多只有避開麻煩的能力，沒有正面解決麻煩的能力。

夠了。對於做出這種發言的涼介，我什麼話都說不出口。我害怕繼續深入他私人的煩惱，反而惹他不高興。星乃的時候也一樣。我早已養成迴避風險，以高ＣＰ值的方式遊走的習慣，到頭來總是有意識無意識地在人際關係中也一直保持距離，迴避風險。而結果就是現在的慘狀。

當我與對方之間出現一道像是隱形的牆壁，像令人窒息的膜的隔閡時，我就是無法跨越這道障礙。當我感受到對方散發出一種不是憤怒也不是不開心，但就是要我別再深入的「氣氛」時，我就無法再往前進。當感受到這種「氣氛」，我就會認為撤退才是最好的辦法。我這輩子活到今天，已經把這個教訓學得透進骨髓。大人那種避免衝突的智慧、避免摩擦的處世之道，以及察言觀色的社交力，這些東西在這種危機的狀況下是多麼一無是處，這二十五年的人生已經讓我有了切身的體認。

雨下個不停。

不知不覺鼻頭都濕了，讓我想起那次同學會的回家路上，坐在花圃邊時的事。當時我參加高中同學會，在裡面鬧起來，被涼介阻止，被伊萬里打了一巴掌，在雨中有葉月來接我。但現在這裡只有我，沒有人對我伸出援手。

這個時候。

——！

我在腳下看見一個影子。

有人來了。我想到這裡，抬起頭一看。

「──嗨。」

眼前站著一名少女。

她個子嬌小，一身服裝以白色統一。穿著咖啡色的小皮鞋與白色的襪子，最重要的是頭上戴著我很眼熟的──

是那個戴貝雷帽的少女。

「好巧喔，竟然在這種地方遇到。」

「啊、啊……」聲音從喉嚨洩出。我愕然呆站在路上，注視這名少女。

戴著貝雷帽的少女用貓一般圓滾滾的眼睛看著我。

──能對你的人生做出評價的只有你自己。

暑假期間舉辦的「大ＩＳＳ展」，我錯以為是星乃而上前攀談的少女。她戴著貝雷帽，很親熱地跟我說話，之後又突然消失。

「呃……」我該問的問題明明應該很多。

但我說不出話來，身體就像僵硬了似的動彈不得。不知不覺間，雨已經停了，雨滴也並未落下，但少女卻被一層像是結冰薄紗的雨幕隔開。

就好像時間靜止了。

「『這次你記得我了嗎』？」

「我……」我的聲音像是從喉嚨深處擠出來的。「我記得。」

「太好了。畢竟要是被忘得太澈底，我會覺得好落寞。」

少女豁達地嘻笑著。仔細一看，她的身體完全沒有被雨淋濕的跡象。

——她是什麼人……？

「你一定在想我是什麼人吧？」

我唔的一聲說不出話來。被她先發制人，讓我接不下去。

少女一直看著我的眼睛。她瞇起的眼睛裡有著強得異常的精光，散發出一種不像她這年紀會有的威嚴。

然後，她跟上次一樣，慢慢切入有點怪的正題。

「你喜歡RPG嗎？」

「……啥？」RPG？遊戲嗎？

「RPG很好玩耶。打倒怪獸，賺經驗值，就會升級。武器、護具和各種能力參數都會變得愈來愈好，最後跟最終頭目來一場大決戰，破關的時候真的是百感交集耶。」

「嗯、嗯……」

妳到底在說什麼？我想這麼問，但莫名地說不出口。

而少女又提起一個怪怪的話題。

「你覺得『經驗值』是什麼？」

「不就是經驗的數值嗎？」我為什麼會認真回答呢？

「嗯嗯，是啊。那麼，為什麼RPG這種遊戲，打倒怪獸就能得到經驗值呢？」

「咦？這是當然的吧。打倒敵人就可以累積戰鬥經驗，就會變強啊。」

「那麼，打倒更強敵人，就會得到更多經驗值又怎麼說？」

「當然是跟強敵打會辛苦得多，才會累積更多經驗值吧。」

「就是說啊。」少女點點頭。「只要打倒強敵，就可以得到很多經驗值。為了打倒最終頭目，就要不斷去挑戰更強的敵人、更難的迷宮、更高階的任務，不然就破不了關。是這樣沒錯吧？」

「這……當然是這樣吧。」

「既然這樣，為什麼——」少女說到這裡聲調變了。「『你的等級這麼低呢』？」

「這是什麼意思？」我總算能夠開口反問。姑且不論對方真意為何，我總還知道自己被侮辱了。

「你就是等級低，因為你的經驗值很少。」

「妳懂什麼？」我說話變得不客氣。在人生經驗方面被這種外貌年幼的少女看不起，讓我很火大。「我也是一直很努力的。」

「但是不順利。」

少女以充滿確信的口氣這麼斷定。

「你對於落到自己身上的所有任務，都沒能好好對應。連走得近的朋友找你商量，你都講不出什麼像樣的話。」

我心中一凜。涼介的臉從腦海中掠過。

「你啊，就是一個明明等級很低，卻闖進迷宮很深處的冒險者。之前你都驚險地躲過各種挑戰，不斷避免遇到很強的怪獸，可是這已經到極限了。再過去就不是你的等級應付得了的了。不只是同隊隊員的危機，也根本不可能救出你最寶貝的公主。」

公主。這是指誰呢？

「可、可是啊，不是任何人都可以變成這個……妳所謂的『冒險者』吧。」

我為什麼會這麼拚命地反駁呢？

「為什麼？」少女一頭霧水地歪了歪頭。

我繼續反駁。嘴裡非常乾澀，舌頭打結。

「因、因為，去冒險，一旦被很強的怪獸幹掉，不就會死掉嗎？人生不是遊戲，沒有重來鈕，也沒有存檔可以讀取，也會受到傷害，就結果來說也有可能會死。說每個人都當得了冒險者，只是幻想。」

「沒錯，人生和遊戲不一樣。因為人生有著跟遊戲不一樣的設計，非常令人興味盎然。」

少女瞇起眼睛，微笑著說：「我就告訴你一個祕密吧。」

「『人生中不管成功還是失敗，都會得到經驗值』。」

「失敗也有？」

「對啊。在RPG是被怪獸打敗就得不到經驗值，可能還會受到扣錢之類的罰則對吧？因為不這樣就不好玩嘛。可是啊，人生這個遊戲，不管做什麼都會變成經驗值。就算輸掉比賽，考試不及格，跟朋友吵架，或是被女生甩掉，這些全都會變成你的養分，讓你成長，讓你變得更堅強，進化成一個能夠了解他人痛苦的大人。」

「這種事……」

「人生就是要靠經驗啊，大地同學。要把每一個局面的經驗像地層那樣一層層累積起來，形成你這個人的厚度。就算失敗，等級也會提升。你就是一直全力躲開這些加分關卡，走到現在這一步……那我走嘍，等級太低的勇者先生。」

少女這麼一說，就慢慢走向道路另一頭。

「等——」

當我想叫住她時，眼前已經空無一人。

啊……

接著雨又下了起來。

4

銀河莊二〇一號室。我在這扇門前站著不動。

換作平常，這個時間我已經走進室內，一邊抱怨太冷的空調一邊敲打筆記型電腦的鍵盤。然而現在的我卻像個不認命的推銷員站在原地，無謂地浪費時間。

乘組員身分被解除已經過了三天。這段期間，我每天都來這裡，期盼船長的心情變好，但事態完全不見好轉。我按下對講機，確定沒有回應，就只是愕然站在門前不動。

如果只是回到起點，那還算好。只是，現狀沒有那麼好應付，現在和暑假期間有個決定性的差異，那就是能夠縮短我和星乃距離的事件已經全都結束，我是跟她在同一個空間共處過後又被開除，狀況令人絕望。如果只是沒有機會認識也就罷了，認識後奉陪到這樣卻還被甩的男人不會再有機會出場。

重新認知現狀之後，就覺得無法相信這是現實，有種類似暈眩的感覺。我很希望這是白日夢一場，但這扇門不開，對講機也沒有回應，這些都殘酷地逼我正視這一切現實。我失敗了。我，就是失敗了。

「嗚嗚……」我的手撐到門上。暈眩蔓延到雙腳，讓我膝蓋一軟。臉貼到冰冷公寓這只有塗層很精美的門上，聞著像是藥味的漆料氣味。為什麼事情會弄成這樣，為什麼事情會弄成這樣，為什麼——這些得不出答案，但答案又再明白不過的疑問，不停在我腦中翻騰。是我自己不好，不然還有誰？

我把頭貼到門上，從和門一體成形的信箱滿出來的傳單就搔得臉頰癢癢的。精疲力盡的身體與焦慮的精神，產生一種突發性的煩躁，讓我一把將傳單拉了出來。傳單上寫著站前一家咖啡館的優惠活動，以豐富的色彩進行新商品的廣告。「今年最幸福的飲料！」這句文宣，現在看來甚至像在嘲笑我。

撕破的傳單一角還卡在門上的信箱，就像皺掉的鯉魚旗一樣隨風飄逸。這莫名讓我覺得非常不耐煩，伸手就要把剩下的紙片扯下時。

「啊，這個……」

焦糖閃亮瑪奇朵。

新商品有著這麼一個讓人會咬到舌頭的名稱。

——像今天的「這個」，我也是第一次喝，還挺好喝的。是前不久伊萬里在咖啡館喝的新款飲料。

忽然間有個東西在腦海中閃過。是那個時候伊萬里說過的台詞。『啊哈哈哈，平野，你在說什麼啊？』『我怎麼可能會有什麼鬼自信？』沒錯，當時伊萬里是這麼說的，說她沒有自信。

「自信……」

——但最後都會覺得「管他的！」就衝進去。

搞不好——

我發現了一件事。一個可能性閃過。而這個可能性，就像伸手不見五指的隧道前方透進來的黃金色光芒。

我沒有自信，不知道會不會順利，所以我沒辦法前進。可是伊萬里相反。就算沒有什麼自信，最後也會覺得「管他的」就衝進去。她就是這樣往前進，追逐夢想。

我不知道會不會順利。

正因為這樣——

我再次按下對講機，手指在發抖。我喉嚨乾渴，因為我沒有自信，因為我怎麼想都不覺得會順利。可是，就算這樣，現在我也別無他法。

「……星乃。」
我擠出聲音說。
「我有話想跟妳說——聽我說這最後一次就好。」
當我說到「最後」這兩字，這扇分不清是黑色還是藍色的厚重門板看起來好像漆黑的太空，而星乃就朝這太空伸出手飛了過去。
「真的，聽我說，最後一次就好，拜託。」就在我祈禱似的垂下頭時。

門慢慢打開了。

——！
——星乃的一雙大眼睛從門縫間露出，我正要說話——
「……什麼事？」
她的視線很冰冷。我不由得被震懾住，差點忍不住退開半步。
但我不能後退。就是因為我每次在這種時候都退後，才會失敗。
「可以讓我進去嗎？」我的聲音沙啞。
「不要。」
她不假辭色。

「我有話想跟妳說。」

「在這裡說。」

「……那我就說。恢復我的乘組員身分。」

「不要。」

「為什麼？」

「我才要問你。」星乃正視著我說：「為什麼要管我？」

「妳問我為什麼……」

我思考理由。為什麼？當然是為了救星乃。

「我想幫助妳。」

「我就是問你為什麼。」

「還問我為什麼……」

被她這麼一問，我就無從回答。我為什麼想救星乃，為什麼想幫助她，這根本沒有理由。

根本沒有——

「回去。」

星乃就要砰的一聲關上門，但門關不上。因為我的腳卡在門縫間。

「你的腳，閃開。」

「不要。」
「閃開。」
「我、不、要。」
我回得如此幼稚，連我自己都覺得不可思議。
「可、可惡，腳，給我閃開……！」
接下來好一陣子，我們就在門前僵持不下。然而星乃體格嬌小，基本上又很虛弱。這樣的對抗，我不可能會輸。
「……！」
星乃再次將門用力一關。我大喊「好痛！」身體彎成「く」字形，她就動如脫兔地趁機逃開。
「我是船長天野河星乃！開啟艙門！」
她喊出來的瞬間，艙門滑開。我忍著腳的疼痛，喊著「等、等一下！」鞋子隨便亂脫就跑進室內。我朝漸漸關上的艙門俯衝過去，身體被門猛力一夾，偵測器偵測到有異物，門再度開啟。我按著被狠狠壓迫過的側腹，用走路打結的腳踢開破銅爛鐵走進室內，星乃就消失到電腦桌的另一頭，我也追了過去。
「星乃——」
「不要過來！」

我繞過電腦桌，看到星乃癱坐在地上舉起了空氣槍。我停下腳步，低頭看著她說：

「我有話想跟妳說。」

「回去！」

「星乃。」

腳下發出啪的一聲。我反射性跳起來，但不後退。

沒錯。就是因為我每次都在這個時候後退，才會失敗。

「我說過要你別超過這邊吧？」

星乃舉著槍，以冰冷的視線牽制。那是一種明顯不愉快，充滿了敵意的眼神，一種讓我忍不住想後退的氣氛。

只要我再往前踏上一步，想必星乃會非常抗拒。大概會惹她不高興，也許會讓她再也不肯跟我說話。

可是——

——最後都會覺得「管他的！」就衝進去。該怎麼說，就是一種「跳」的感覺。

跳。

沒錯，現在的我需要的是——

我奮力蹬地，「跳」到星乃身前。然後就在星乃正前方，身體幾乎都要碰在一起的極近距離著地。星乃嚇了一跳，重新舉好槍，但距離實在太近，讓她有所遲疑。

「星乃。」

我慢慢在原地坐下，但地上滿是破銅爛鐵，空間不夠，所以變成跪坐。

「妳聽我說。」

「……什、什……」

星乃嚇到了。但她身後是牆壁與破銅爛鐵，沒有後退的餘地。

少女背靠著破銅爛鐵並舉槍瞄準，一名少年跪坐在少女身前。我任由這令人搞不清楚誰攻誰守的構圖維持不變，開口說：

「我要妳再採用我當乘組員。」

「為什麼？」

「不管為什麼。」

「這不成理由。」

我同時看著槍口與星乃的眼睛，回答：

「沒有理由。」

「……啥？」

我一邊回答一邊隱約——說來應該是出於本能地，已經漸漸發現該怎麼說才好。

——啊，我好像懂得平野的煩惱了。

那是我所欠缺的東西。

「我擔心。」

「……擔心？」

「我擔心妳。所以，我想當乘組員，待在妳身邊。」

「你為何要擔心我這種人？」接著星乃說出一貫的魔法咒語。「又不關你的事。」

「不關我的事，但我就是擔心。」

「這沒道理。」

「重要的不是道理！」我聲音變大了。「我擔心妳，所以擔心妳！」

——平野啊，就是太邏輯了。

不是邏輯，也不講道理。

我就只是——

「我就是擔心妳，有什麼不可以？」

「……」

少女茫然看著我。她的表情像是無法理解我對她說了什麼。這也難怪，因為連我也不懂自己在說什麼。我就只是吐露心聲，把自己的意願硬塞給她。

不知不覺間，那堵「牆壁」已經不見了。那條橫在我與星乃之間，分開電腦桌這一頭與另一頭的界線，那堵高聳而看不見的牆壁。

這個時候的我想起了「第一輪」時的事情。想起星乃第一次出飛行任務的前夕，打電話給我那時候的事情。那時候的我什麼話都說不出口，而星乃就這麼出發前往宇宙。我不知道該說什麼才好，而現在也一樣，但我又非得說些什麼才行。當時我必須奮力往前跳，就算不知道接下來會怎麼樣也沒關係，不用看出一切也無所謂。

所以，現在……

「我擔心妳。所以，讓我當乘組員，陪在妳身邊。」

「……」

她的眼睛眨了眨。神色是不解、是不安，還是嫌惡？我覺得自己朝著星乃這個行星上未開發的沙地踏出了過去絕對踏不出的一步。事情會變成怎樣呢？也許會走向破局。汗水流過腋下，每一秒鐘都讓我覺得好漫長。

過了一會兒。

「那麼，你為什麼要出賣我？」

「出賣妳？妳在說什麼？」

「平野同學，之前不是跟週刊娛樂的記者偷偷見面嗎？」

——咦？

我想了一瞬間，然後想到是怎麼回事。

「妳該不會是指，我在月見野車站跟宇野秋櫻見面的事？」

「對啊。」

「原來妳都看到了？」

「是我剛好去書店的時候。有做『不死鳥號』特輯的雜誌，郵購已經賣完，所以我就去車站的書店買，結果我看到你和記者說話。」

——原來是這麼回事啊。

「這是誤會。那是因為啊——」

我照實說出一連串事情的來龍去脈。等我將在投幣置物櫃收受貨物、「Europa候補」，以及那場「跟蹤」等等的情形都告訴星乃，她就瞪大了眼睛。

「對不起，我太晚跟妳解釋。」

我低頭道歉。我打算找個好機會才說，結果卻適得其反。我太小看她對媒體的不信任，這是我的疏忽。

「所以解任乘組員這件事——」

「也好。」

「咦？」

她乾脆得讓我有種撲空的感覺。

「……既然是這麼回事，那也沒辦法。」

她的表情少了嚴厲，宣告：「我就答應取消。」

「咦，啊。」

我驚呼出聲，接著忍不住狀況外地問起：「可以嗎？」

「有什麼辦法？反正就算我拒絕，你還是會每天跑來……而且那個，在筑波，也是承蒙你救了我。」

少女一次都不和我對看，說完這幾句話。

「那、那麼，乘組員……」

「我不是都說好了嗎？」

「……」

「雖然我隨時會開除你。」

「……」

我傻眼之餘，卻也感受到了某種事物。

我那麼害怕、遲疑，最後才跳過去，結果等著我的不是破局，也不是斷絕，就只是一條路。感覺跳到的地方不是通往地獄的深淵，而是地面。

一旦把話說開，就發現只是小小的誤會。一見了光，就像小小的冰塊一樣，輕而易舉地融化。

「平野同學，你讓人搞不懂在想什麼，所以……」她撇開視線這麼說了。「我有點不安。」

「對不起。」

「……哼。」

少女又撇開臉，然後瞪著我說：「你也差不多該讓一讓了吧。」

「啊……」

我雙腳發麻。我想站起卻失去平衡，撞到電腦桌。電腦桌一下子歪向另一邊，我趕緊伸手去扶。我用發麻的腳，帶著同樣發麻的心情，踩著搖搖晃晃的腳步，撥開破銅爛鐵走回去，滿心都是不可思議的感覺。事先多方調查，找出有望順利進行的方法，有得到會沒事的自信之後才總算起身而行——不同於這種方法的另一種做法。

——總之開始做下去就對了……就像我這樣，覺得「管他的！」就衝衝看。

我腦海中浮現伊萬里輕輕跳起的模樣。

5

心情很奇妙。

我坐在桌前，放下筆記型電腦。往身旁一看，少女一如往常待在電腦桌另一頭，一心一意面對電腦。星乃宣告開除我船員身分的這三天，我以為再也不會看見的光景現在就存在於眼前，就好像什麼事情都沒發生過。

昨天的我非常不像我。強行闖進房間就不用說了，甚至侵入星乃先前堅決不讓我越雷池一步的電腦桌另一側，在極近距離下高談闊論。用「我擔心妳」、「我擔心妳，所以擔心妳」這種根本說不通的邏輯強迫推銷自己的感情。這種不合邏輯又情緒化的行動產生意料之外的結果，讓我如願回歸乘組員身分，獲准進入太空船。我有種一度跌落谷底，繞了一圈後又回到上面的奇妙感覺。然而，正因為這行動很不像平常的我，我才會確切感受到一種和平常不一樣的把握。

時間靜靜地過去。

我再度展開這幾天來完全沒有心去進行的「調查」，努力在網路上收集情報。檢查過去收集到的情報，整理出可能會有用的部分，歸類到各個資料夾。

我不經意朝星乃一看，少女彎腰駝背坐在螢幕前，沒完沒了地反覆做著捲動、點選與敲打鍵盤的動作。看起來已經像是個寫好要做這種動作的人造人，但她不時又會想起什麼似的打噴嚏，讓她顯得很有人味。既然會冷，調高空調的溫度就好了，但她莫名地在毯子外又披上很厚的毛毯來對應，完全不合理。我嗶嗶嗶地按了幾下遙控器，拉高空調溫度後，就聽到對面也傳來嗶嗶嗶幾聲設定回去。雖然不知道為什麼房間裡會有好幾個遙控器，但這就是銀河莊的日常風景。

我繼續低調地進行重新展開的調查，結果就在這個時候。

畫面邊緣顯示出小小的對話泡泡。點出「一封新訊息」的記號後，看到那是我先前申請的新聞網站資料搜集服務。點開來看，裡頭列出了這項服務從我事先登記的關鍵字自動幫我收集的新聞網站與網路相關部落格、社群網站帳號等。「天野河星乃」、「惑井真理亞」、「ＪＡＸＡ」、「不死鳥號」、「彌彥流一」、「天野河詩緒梨」、「Europa」、「井田正樹」、「富樫正明」、「手槍」、「宇野秋櫻」、「Cyber Satellite」、「六星衛一」、「Jupiter公司」、「視網膜ＡＰＰ」——總之我把覺得可能有關的關鍵字全都打進去，把所有最近的新聞收集回來。這是因為星乃的「調查」嚴格說來有偏重於分析過往資料的傾向，所以我盡可能多檢查最新的新聞，希望能藉此在情報收集上提供一些助力。我在分析與洞察力方面無論如何都比不上她，所以至少希望能拉高天線，做出一些貢獻。

我讀著一條條列得琳瑯滿目的標題，查看新聞的概要。看到『ＪＡＸＡ對衛星相繼失蹤不知所措』、『Europa是怎樣的星球？外星生命體探測的最新資訊』、『Cyber Satellite公司，民間太空企業的自信與過信』等一連串報導。看來還是以失聯的人造衛星「不死鳥號」相關的報導居多。

忽然間，我發現其中有一條新聞令我在意。

【CyberTV徵求《ＮＥＷＳ Satellite》現場觀眾】

平成29年（2017年）10月11日（週三）16：00～17：00（15：00集合）
〔節目〕NEWS Satellite（每週三16點播出）
〔會場〕CyberTV 第三攝影棚
〔員額〕50人
〔對象〕高中生以上
〔當日來賓〕六星衛一（股份有限公司Cyber Satellite人造衛星負責人）
〔討論主題〕人造衛星相繼消失！現在太空發生了什麼狀況？

「六星衛一……」

這個名字停在我眼裡。他就是那個在人造衛星相繼消失事件下，從惑井真理亞手上搶走對策本部實權的戴著白銀單眼鏡的人。

雖然覺得現在哪是悠哉參加活動的時候，但「CyberTV」是近年很紅的網路電視台，就如名稱所示，出資者是Cyber Satellite公司。考慮到這可說是他們公司旗下的電視節目，也許算是小小的公關活動之一環。從這消息看來，似乎是拿最近的新聞當話題的觀眾參加形討論節目。

六星衛一對於這起事件會說些什麼，讓我有興趣知道。當然他應該不會在這樣的節目上洩漏機密情報，但我心中對於他在記者會上老神在在的模樣一直耿耿於懷。

「妳知道這消息嗎？」

我面向電腦畫面，對星乃說話。人造衛星「不死鳥號」的事情對這名少女來說，應該也在關心的範圍內。

「星乃……？」她不回答已經是家常便飯，但這次不太一樣。少女那邊傳來專心敲打鍵盤的聲音，顯得格外熱衷。她沒戴耳機。

——怎麼了？

我站起來，走到她所待的電腦桌那一邊。伸長脖子湊過去看，就從少女的黑色長髮上頭看到電腦螢幕，畫面上有著看慣的藍色小鳥LOGO。是社群網站。

星乃拚命打了一大串長文留言，不耐煩地按下送出鈕。看來倒也像是在對另一個帳號留言。

我想知道到底是對誰發送留言，於是看了看她留言的對象。

「啊……」這英文數字的字串讓我微微吃驚。

【@spacebaby2017】

——這……是假帳號？

是之前在催特上出現的「冒牌貨」星乃，也就是有人冒用星乃名義經營的假帳號。

仔細一看，就漸漸看出星乃熱衷寫下的留言是在說些什麼。

【你的意見不合邏輯，催特的規約中並未禁止一人多個帳號，但明確禁止冒用。而且既然你不是天野河星乃本人，那麼這個帳號就是冒用。也就是說你違反了使用規約，你應該刪除這個帳號。】

【我是天野河星乃！我是本人！】

【不要說謊，你明明就是冒牌貨吧。既然妳說妳是本人，就拿出證明來。】

【討厭～～好可怕～～】

【不要轉移焦點。】

【好可怕，所以我要封鎖你～～笨～～蛋笨～～蛋。】

「嘎……！」

星乃用奇怪的聲音叫喊，恨不得砸爛似的搥打鍵盤，接著回身一腳踹開畫面，螢幕立刻乒乓作響地歪斜。

「喂，別這樣。電腦是無辜的。」

我輕輕抓住她的肩膀，少女就全身一震，回過頭來。

「你、你幹嘛突然這樣！會害我嚇一跳啦！」她猛力睜開眼睛，表情像是真的嚇了一跳。

「被嚇一跳的是我。妳在發什麼飆啦。」「我沒發飆。」「根本發飆到不行。」

螢幕往旁倒下，被主人先前那毫不留情的一腳踢得液晶畫面出現裂痕。鍵盤有兩個鍵飛了。是要怎樣用蠻力打才會打成這樣啦？

「妳在跟那個假帳號吵架嗎？」「不是吵架。」「妳講什麼都從否定開始啊。」「沒有這回事。」「那妳剛剛在做什麼？」「跟你無關。」

少女用否定句回答完我所有問題，仍然滿臉通紅。似乎是對剛才的對罵非常生氣。

——原來她還是會在意啊。

我第一次提起的時候，星乃的態度像是對這假帳號毫無興趣。當時她只以一副冰冷到了極點的態度回答我：「因為地球人太愚蠢。」所以我萬萬沒想到她竟然會這麼奮力和假帳號吵。

「妳為了和假帳號接觸，還特地開了帳號喔？」

「等一下，不要自己跑來看。」

少女攤開雙手想遮住螢幕。壞掉的液晶螢幕歪曲，文字也像融化的奶油一樣歪斜。真的是白費了這麼高規格的機器。

「妳從幾時開始留言的？」「跟你無關。」「有對營運方提出刪除申請嗎？」「沒有必要。」「這是為什麼？」「反正就算刪掉，馬上又會出來。」

被她這樣刻不容緩地斷定，我不由得認為的確如此。只要按手續申請，多半能夠暫時凍結對方的帳號，但如果又有人開設類似的帳號就防不勝防，只會演變成打地鼠的情形。這點我已經從Europa事件中學到。

「就算是這樣，直接對假帳號說話也沒用吧？對方就是故意要讓妳不舒服。」

「這我也知道。」

「那為什麼？」

「……」

這時少女不說話，緊閉嘴脣。我從感覺發現我提及了她重視的事情。只有觀察星乃的表情這件事，我比地球上的任何人都更加擅長。星乃一副已經沒有話要說的樣子轉過身去，就像拔雜草那樣把線從螢幕上拔走，然後粗魯地朝牆邊一扔，走向更裡頭的大堆破銅爛鐵。她弄得四周一團亂，乒乒乓乓地翻找了一陣，多半是在找備用的螢幕吧。這個房間裡未使用的電腦零組件多得可以開店賣，所以遇到這種時候都不會缺。

我看著像在尋寶一樣「挖掘」的少女背影，歪頭思索，想解釋星乃這一連串的行為，但我一時想不出答案。

把視線轉向室內，看見壞掉的液晶螢幕把我的臉映得很扭曲。

6

幾天後，我在JR原宿站下了電車。

兩旁有著指標級的服飾店與內容切換得令人目不暇給的大型螢幕，當我以眼角餘光看著這些像是電視上看過的風景漸漸被拋在身後，道路就變得窄了些，走進有商店混在住宅區當中的區塊。走了一會兒，漸漸看見一棟要說是大樓又不怎麼高，一樓有著玻璃落地窗的近代新造建築物。

『CyberTV　原宿攝影棚』。

我經由網路申請參加現場錄影，沒想到很乾脆地就抽中了參加資格，的確是非常幸運。節目本身不是那麼受歡迎，加上我在申請郵件的備考欄寫上「我從以前就非常喜歡太空和人造衛星這些話題，也曾透過網路和太空人交談。我家和JAXA的現役人員全家都有來往，幾乎每天都會講到話」，這些或許也奏效了。相信以高中生而言，這樣的經歷是有點罕見的。雖然真要比這個，大概沒有誰的經歷比得過星乃。

我不惜特地用掉假日跑來攝影棚是有理由的。理由同樣是星乃，消失的「不死鳥號」與「大流星雨」——要說有什麼共通點，也就只有人造衛星都消失，但這段日子裡，我想起了一件事。

Cyber Satellite公司。他們同時也是在「大流星雨」發生後，與JAXA共同開發人造衛星復原第一號「鳳凰號」的公司。當然只憑這一點會缺乏決定性，但我一直推測這間民間太空企業可能和那起太空恐怖行動有所關聯。如果那起恐怖行動犯案手段是「入侵人造衛星」，那麼多半擁有這種能力的太空機構與太空相關企業就會是潛在的「嫌犯」。若要用地毯式搜索的方式來找嫌犯，Cyber Satellite公司無疑就是第一候補。我一邊排隊等候，一邊在心中整理自己該做的事情。

時間一到，看似工作人員的年輕男子就走出來，舉起寫著「ＮＥＷＳ Satellite報名現場觀眾請往這邊走」的告示牌。現場依序事先以郵件告知的報名號碼叫號，被叫到者提出身分證明文件——以我的情形來說就是高中學生證，就拿到一張記明現場觀眾身分，寫著節目名稱與日期的通行證。

所有人都檢查完畢後，我們通過一個像是後門的入口，被帶到一個相當大的等待間。我們在這裡又等了三十分鐘左右，然後聽取「接下來禁止攝影」、「請一定要關掉手機電源」等等的指示，然後在另一名女性工作人員的帶領下被帶進攝影棚內部。我們魚貫沿著通道往右彎、往左彎、上樓梯，最後到了一處排滿攝影機與麥克風等專業攝影器材的攝影棚。這比想像中更大的空間中，只有一部分布景格外搶眼，讓我想起自己也曾在電視節目上看過類似的攝影棚。

我們在指定的座位上坐好後，就有一名看似助導的女性以響亮的聲音對我們說明。這個節目是採討論形式，但請絕對不要貿然發言；麥克風感度很高，所以連清嗓子和打噴嚏都要小心；另外再次強調要關掉手機電源……聽完這些講得讓人煩的注意事項後，終於只等節目開始。左側可以看見的來賓席上已經有四位來賓就座，坐在最左邊的就是六星衛一。他還是一樣，右眼戴著白銀單眼鏡，身穿有點復古正裝風格的西裝。可以看到他面帶笑容，和身旁的女性來賓談笑，但聽不見他們在聊什麼。

接著錄影開始了。

還挺常在電視上看到的諧星出身的主持人和女主播你一句我一句，流暢地推動節目進行。首先是將廣受社會矚目的話題，根據網路點閱數做成排行榜來介紹，然後由主持人把話題帶到來賓身上，來賓再說出自己的看法。等這些像是暖場用的話題消化完畢，正面的螢幕上終於大大顯示出本日的主題——「人造衛星相繼消失！現在太空發生了什麼狀況？」首先用一段短片回顧這次衛星失聯事件的始末，然後主持人把話題帶到來賓身上。

「沒想到我們可以請到現在正當紅的六星先生來到我們節目耶～」

主持人有點親暱地對六星說話。而這陣子六星在各個社群網站也成了熱門的搜尋關鍵字，的確是大受矚目的「當紅人物」。

六星苦笑著，開始細心回答問題：

「這次的事件，讓各位觀眾非常擔心與困擾。我們Cyber Satellite公司正與ＪＡＸＡ合作，努力查明原因。今天之所以承蒙製作單位讓我參加這個節目……」

六星衛一談話的內容極為正常。從這次失聯的「不死鳥號」是什麼樣的衛星、人造衛星是什麼樣的東西等等最基本的事項，到衛星對我們的日常生活起了什麼樣的作用之類，做了淺顯易懂的說明，讓沒有基礎知識的人也聽得懂。感覺他對這樣的場合已經很熟練。

有時候主持人會對現場觀眾說話，接到麥克風的觀眾會提出一些問題。當一位年輕的女性問出「請問六星先生的眼鏡在哪裡買得到」這個問題後，現場立刻一陣沸騰。這個節目不太像是嚴肅的報導節目，娛樂色彩很強，反而會撥出更多時間給這種離題的話題。我也舉了幾次手，但很遺憾，主持人並未點到我。

開始出現異變是在開始後過了十分鐘左右。

「請問『不死鳥號』會不會和之前失聯的『瞳號』一樣，已經解體了？」對於這個提問，他是這麼回答的：

「關於這件事，讓各位觀眾擔心，我們真的非常過意不去。」六星以鄭重的聲調這麼宣告後，接著這麼說：「我個人對這次失聯的『不死鳥號』也非常有感情，所以覺得非常心痛。畢竟──」

這時他若無其事地宣告：

「『那是我親手設計的人造衛星』。」

下一瞬間。
會場內發出乒乒、幾聲大響。
男主持人嚇了一跳似的轉頭看去，然後發出「啊」的一聲。
觀眾席上有人站了起來。是比我前面一排，斜前方的位子。一名少女從椅子上站起，戴著連衣兜帽，凝視前方。
即使遮住臉，我也一眼就認了出來。
星乃……？
她為什麼會在這裡？我在等候室都沒發現。當然她一個嬌小的少女混在足足五十個陌生人裡，也許就是很難發現，但我萬萬沒想到連星乃都報名參加了……！
我還擺脫不了驚愕，注視著星乃。她打算做什麼？打算說出什麼話來？常識對她不管用，所以我猜不出她會有什麼行動。心臟愈跳愈快。
「…………」星乃默默舉起手。
喂，真的假的？我看著她。
「呃，那個，請、請問是要發問嗎？可以先請妳坐下來嗎？」
主持人客氣地提醒。他大概沒想到會有現場觀眾在錄影過程中突然站起來吧。
「…………」星乃不回答，就只是從瀏海下看著來賓席——大概就是在看著六星。

對此六星不為所動，面露柔和的微笑，看著這個沒禮貌的現場觀眾少女。

「有什麼關係呢？」

令人意外的是，這麼說的人是六星。

「難得的討論節目，我們也聽聽那位小姐的說法吧。」

「是、是喔……」

在六星的要求下，主持人瞪大了眼睛，先朝製作人看去，接著大概是看到了放行的手勢——

「那麼，這位觀眾朋友，請說。」麥克風送了過去。

星乃默默接下。她到此為止一句話都沒說，讓我不好的預感達到最高峰。攝影棚內飄散著一種異樣的緊張，我隱約想起暑假發生的事情。當時ＪＡＸＡ筑波太空中心舉辦真理亞的演講會，在提問時間第一個舉手的人就是星乃。記得當時她也露出這種冰冷的眼神。

「…………」少女握著麥克風，好一會兒都不說話。她就像在進行無言的抗議，又或者像是結了冰的女神雕像，在原地一動也不動地瞪著六星。我心跳加快，擔心接下來到底會發生什麼事情。

「請問怎麼了嗎？妳要問的問題是？」

儘管主持人這麼催促，星乃仍不開口。會場一片騷動，只有當事人六星露出與平常無異的微笑，只做了一次調整單眼鏡的動作。

集整個會場矚目於一身的少女似乎到這時才總算發現集中在自己身上的視線，就像結冰的身體終於開始融化，慢慢張開嘴脣。

「——請問是為什麼？」

這個疑問詞，就像是少女的口頭禪。

「請問你為什麼把一具明明不是你設計的衛星，吹噓成『你設計的』？」

吹噓這個字眼裡蘊含了惡意。

「咦、咦？」主持人搞不清楚狀況，回問：「妳、妳說什麼？」

「…………」

星乃又不說話了。她的不溝通已經澈底到令人絕望。

就在這個時候。

六星輕輕舉手要求，從工作人員手中接下麥克風後，代替主持人應對。

「——剛剛這個問題，應該是對我提出的吧？請問這是什麼意思呢？」

「…………」星乃瞪著六星好一會兒。她的眼神沒有一丁點客氣，非常不禮貌。在一旁看的我心跳已經完全亂了套，腋下更猛冒冷汗。

「『不死鳥號』——」

少女以不變的節奏淡淡地宣告：

「是彌彥流一投入他劃時代的技術，開發出來的多目的衛星。不是你設計的。」

「我不明白妳問這個問題的主旨。」

六星不為所動，不改臉上柔和的笑容，回答：

「這位小姐一定是有什麼誤會。人造衛星『不死鳥號』的確用上了許多彌彥流一先生的技術，但這是因為當時與彌彥先生進行共同研究的Cyber Satellite公司和他進行技術合作。也對，所以我的話可能說得不太完整。人造衛星『不死鳥號』，是敝公司與彌彥先生一同設計——」

「小偷。」

星乃毫不留情地一句話反駁回去。

「六星衛一，你是小偷。你竊取別人的功績，不但不以為恥，還想做出一場假的演示。」

「演示？」

「人造衛星失聯事件。」

專用術語飛來飛去。

「六星衛一，你明知人造衛星失去聯絡的原因，卻到現在都保持沉默，不是嗎？」

「妳在說什麼——」

「你透過就任本部長職位，企圖從惑井真理亞手中搶走恢復通訊時的功勞，還要賣人情給ＪＡＸＡ。證據就是你對『不死鳥號』與『鳳號』都並未試過所有應該嘗試的指令。彌彥流一為了危機管理上的需求，對於失去聯絡時的因應方案以及執行這些方案所需的備用系統，都做了很紮實的準備。然而詳細的內容，我和ＪＡＸＡ都不知道。Cyber Satellite公司至今仍然隱瞞這些，選擇不說，為的不是別的，就是要讓你獨占功勞，不是嗎？」

會場上一片譁然。參加者們面面相覷，看看六星，又看看星乃。現在眼前進行的這場「對決」所代表的意義，沒有一個人了解，就這麼像演戲似的進行下去。這和暑假期間在筑波發生的那起事件如出一轍，讓我的心臟益發跳動得不舒服。

「六星衛一，你——」

「那、那個，不好意思！」這時主持人強行介入。「我們進廣告！」

他就像個敲響鐘聲介入的裁判，對兩者間的對決潑了冷水。工作人員跑過來，放粗嗓子吼道：「這位小姐！妳不要太過分！」星乃還不放開麥克風，看著六星。六星同樣看著她，兩人之間還在持續較勁。

「這樣我們必須請妳離場。」

男性工作人員以嚴峻的表情警告她。

——不妙啊。

我站起來，說聲「借過」，從現場觀眾前走過。

「喂。」我從後抓住星乃的肩膀，結果這個之前都挺立在那兒的少女這才像是被攻其不備似的嚇了一跳。

「——！」她看見我，發出不成聲的短短慘叫。「你、你怎麼會在這裡？」

「這是我要說的話……來。」

我半強制從她手上搶過麥克風，然後低頭道歉說聲「對不起」，還給工作人員。

「我們回去了。」「啥？」「別說了。」我抓著少女的手臂，視線掃過周圍一圈。入口附近可以看見警衛的身影，許多工作人員都想弄清楚發生什麼狀況似的看過來。

「等等，放開我啦。」

「再鬧下去，他們真的會報警啊。」我抓住她的手想強拉她離開。但星乃抵死不從，搞得拉拉扯扯。

「不要礙事，我要把那個小偷——」當星乃這麼喊完，再度看向來賓席，她閉上了嘴。六星已經不在那兒，席上的名牌也已經抽換成別的名字。時間到了。

「……嘖！」

星乃刻意啐了一聲，又瞪了我一眼，踩著重重的腳步從觀眾席中間穿過去。我也連聲道歉，從後跟上。

就在我們出了攝影棚走在走廊上時——

有個人站在通道上。轉角的逆光讓我們起初認不出這個人是誰，但這個人臉上反光的銀色單眼鏡就讓我們認了出來。

六星衛一……！

「剛才我們才見過。」六星輕輕舉起手，一副女性觀眾多半會喜歡的甜美笑容。

「你……」星乃停下腳步，在狹窄的通道上和對方對峙。似乎是出於怒氣，讓她全身顫抖。

「剛才我們只談到一半，所以我想繼續談。」

他露出老奸巨猾的笑容，然後用低沉而鎮定的聲音說出這個名字。

「——天野河星乃小姐？」

我嚇了一跳，沒想到他早就知道。

「你是什麼人？」星乃毫不畏懼地問起。「也不想想你是竊取家父技術的Satellite公司員工，真虧你還好意思說得那麼大言不慚。」

「這位小姐妳誤會了。」「沒有誤會。」「請妳冷靜。」「我很冷靜。」

一陣對話過後。

「可是，被妳用槍口指著，實在不好說話呢。」

他苦笑著做出舉起雙手投降的姿勢。星乃的包包裡露出了空氣槍。

「可以請你也幫忙勸個幾句嗎，呃，平野同學？」

「……咦？」

這傢伙，連我的名字都知道……太奇怪了。星乃這個名人姑且不論，為什麼他會連我的名字都知道？

就在這個時候。

「你們兩個……！」工作人員朝我們大吼，接著幾名警衛也紅了眼地跑來。

「哎呀，這可有人來礙事了。剩下的——」

六星靜靜轉身，然後看向星乃，微微一笑。

「——就在不遠的未來再繼續。」

結果在那之後，我們被工作人員狠狠訓了一頓，當然也被禁止進入。

回家路上。

「你為什麼要礙我事？」「還不是因為妳先把事情鬧大？」「這機會很難得。」「反正時間不夠。」回程的電車上，我們進行著今天已經不知道是第幾次的對答。

後來，我們一起離開原宿。出了攝影棚後，星乃仍然像是快脹破的氣球氣呼呼的，所以我半用強拉地牽著她的手，一起搭上電車回家。她的背包裡除了空氣槍，還裝了別的武器，讓我傻眼地覺得這傢伙是要去攻擊電視台還是怎樣。

「那個小偷……」星乃還在嘀咕。

——還想做出一場假的演示。

她和六星的談話中跑出了令我相當在意的發言。回程的電車上，我要求星乃詳細解釋，但她用「跟你無關」這句魔法咒語反駁。我心想她今天的心情已經完全搞壞了，再問下去大概也是白問，於是專心轉搭電車回銀河莊，終於回到當地車站——

就在我們正要走出車站驗票閘口時。

「——啊，平野。」有人叫我。

我回頭一看，看見一名一頭金髮被風吹得飛起的高挑少女，左肩上揹著有點大的托特包。

「怎麼，是伊萬里啊。出來買東西嗎？」

「不是。你還記得我上次說過的打工吧？我週日有時間，就請對方幫我排了比較長的班。而且我也得學好英語、法語和荷蘭語，畢竟聽說比利時是個多語言國家。」

「是、是嗎？」伊萬里要在這一帶的餐館打工，這我本來就知道。說是在母親朋友開的店裡，她可以一邊讓外國來的留學生教她外語一邊工作。要為她的將來做準備，這樣的環境應該是再適合不過。只是，我會連帶想起涼介的事，慢慢湧起複雜的心情。

「平野，你現在有事要忙嗎？」

「不，事情都辦完了，只剩回家。」

「這樣啊。我也還有三十分鐘左右的時間，要不要在這附近喝個茶——」

就是在這個時候，伊萬里突然閉上嘴，然後表情轉為僵硬。

「……原來妳在啊。」

「咦？」

轉頭一看，黑髮少女就站在我背後。我本來在驗票閘口前等她去上廁所，看來她才剛回來。

「……」星乃盯著伊萬里看。

「外星人，妳幹嘛這樣一直盯著我看？」

「……」

「我臉上沾到什麼了嗎？」

「……」

「平野，你今天……」伊萬里有點難以啟齒似的問起。「是跟外星人出門？」

「嗯。有個電視節目開放參加現場錄影，攝影棚在原宿，我剛剛去完回來。碰到她是湊巧就是了。」

「這樣啊。」

「喂，星乃，妳應該認識吧？這是我們同班同學盛田。」

「不認識。」星乃做出太老實的回答，伊萬里的臉頰就抽動了幾下。

「妳喔，人家在筑波救過妳耶。還記得嗎？不是有一支手機砸到犯人的腦門嗎……那個就是伊萬里丟的。」

「啊，沒關係啦。當時我什麼也沒想，而且我丟手機也不是為了外星人，是為了救你。」

伊萬里這邊也若無其事地回了不太中聽的話。

「…………」「…………」不知不覺間，兩名少女已經無言地對峙起來。星乃從連衣兜帽下瞪著對方，伊萬里在金髮瀏海下瞪回去。怎麼了？為什麼變成這樣？

「那、那我差不多，要走了。」我拉著星乃的手臂，星乃用力甩開，撇開臉去，一個人走開。

「不好意思啊，伊萬里，她對誰都是那樣。」「對你也是？」「咦？」「啊，沒有，我什麼都沒說……啊，已經這麼晚了，改天見！」

伊萬里看看手錶，逃也似的離開了。她走過行人穿越道，在鬧區彎過轉角，再也看不見了。

——她是怎麼了？

伊萬里這麼心浮氣躁，讓我覺得有點不對勁，但還是拉回視線。現在就去追星乃吧——就在我這麼想的時候。

手機響了。

「啊……」看到顯示在畫面上的人物姓名，我有點緊張起來。

我按下通話鈕。「喂？我是平野。」

對方開口第一句話就這麼宣告：

『現在方便見面嗎？』

第四章　Mining

1

出了山手線車站，走了五分鐘左右的地方有棟住商混合大樓。

搭很窄的電梯上到最頂樓，一開門就看到一間咖啡館。店名是以相當潦草的筆記體書寫，除了「咖啡」以外的字都看不太懂。

我走進店內，對來應對的女服務生說：「我約了人。」視線一掃，就看到靠裡的一張桌旁坐著一名女性笑著對我招手。

「都十月了，還很熱耶。」

「就是啊。」

秋櫻拿起裝著冰咖啡的玻璃杯喝了一大口。她可能很早就來了，已經剩不到半杯。

——我有事要拜託妳。

從「投幣置物櫃」那次以來，我就重新認知到她的取材能力有多高，於是毅然提出「調查委託」。只是她做事實在太有效率，短短幾天就有了回音，讓我嚇了一跳。附帶一提，我沒特別跟星乃說，但這也是當「間諜」的一環。

「來，這就是我們講好的東西。」

她從包包拿出一個大信封，放到桌上。

「是要查六星衛一沒錯吧。」

過了十分鐘左右。在這間有著像是古典樂的旋律微微撫過耳邊的咖啡館裡，我一頁一頁地翻看這疊紙張。這份標題是「關於E・R的調查報告書」的報告裡記載了我事先委託宇野秋櫻進行的調查結果。

我看報告書的時候，她從包包拿出筆記型電腦，默默地工作消磨時間。途中一度說聲「不好意思，失陪一下」後離席，到外面打電話。

我花了大約三十分鐘看完報告，用雙尾夾重新把紙張夾整齊後，她也啪的一聲合上筆記型電腦。

「如何？」

「哪有什麼如何……妳查得好清楚啊。」

「不可以小看記者的情報網喔。」這位幹練的記者慧黠地微笑，用奇妙的語調說了。「有什麼要問的問題嗎？」

「呃，我有很多事想問，不過首先最想問的大概就是『Jupiter公司』了吧。」

「你知道這公司已經解散了吧？」

「知道。」

「我去查過之後也嚇了一跳……」秋櫻以鄭重中又帶著點找樂子似的態度宣告：

「『那兒』是一間令人愈挖愈費解的公司。」

「費解？」

「你知道『視網膜ＡＰＰ』嗎？」

我心臟撲通一跳，倒抽一口氣。

「聽過名字。」報告書上沒提到這個，所以我多少有種被突襲的感覺。

秋櫻一邊觀察我的反應，一邊不改原本的聲調繼續說明：

「這款ＡＰＰ前不久才以高中女生為中心爆炸性地流行起來，Jupiter公司就因此得到了莫大的利潤。雖然聽說是免費ＡＰＰ，但打開了一條活路，讓Jupiter公司的商店收益急速攀升。可是，就在他們要開始壯大的時候卻突然解散，這樣很奇怪吧？」

這些我也知道。Jupiter公司在業績正好的時候突然解散，即使在業界，當時都是個不解之謎。

「Jupiter公司裡最紅的ＡＰＰ部門，原原本本地讓渡給了別家公司。接收他們的就是你也知道的Cyber Satellite公司，也就是六星衛一現在待的公司。」

「可是，為什麼太空企業要買下APP部門？」

「併購本身不是什麼稀奇的事情。」秋櫻以平靜的聲調說下去。「就拿美國來說，日日夜夜都有人在進行這類併購。Amazoness、平果、谷哥尼爾、臉誌、小軟，也就是所謂『科技五大巨頭』，二〇〇〇年以後併購的企業就有六百家以上，併購額度高達二十兆圓。最近以讓大企業併購為目標而創業的年輕一輩經營者也已經不少見了。」

「妳是說六星也是這樣盤算的？」

「我想不是。」這位記者輕輕搖頭。「六星沒讓Jupiter公司的股票上市就直接賣掉了，這樣說不通。」

我心想：的確如此。如果目的是賺錢，說什麼都要讓股票上市，等到時價總額上漲到顛峰時再賣才是常見的手法。

「如果不是為了賺錢，是有什麼樣的意圖呢？」

「我也不知道。只是我想他現在所待的Satellite公司應該有某種圖謀。」

「圖謀？」

「不只是視網膜APP。」秋櫻說到這裡，音調變低。「Satellite公司啊，這幾年來併購了各式各樣的企業。不只是Jupiter公司，電機公司、醫療器材廠商、人壽保險公司，甚至連ATM的維修業者都併購了。這些乍看之下沒有一貫性，但查過之後，我就發現了一個共通點。」

「共通點？」

「生體認證系統。」

一張紙隨著這句話輕輕放到咖啡館的桌上。

上面寫著密密麻麻的企業名稱，主要業務與主力商品等資料也羅列其中，還用紅筆圈起重點。例如Jupiter公司是「視網膜APP」，電機公司則是「虹膜認證系統」。

「指紋、聲紋、虹膜、視網膜、DNA、靜脈分布圖……什麼都行，總之以『人體』作為『鑰匙』來識別個人的系統已經很普及了吧？Satellite公司這陣子併購的企業或事業部門，業務內容一定會包含這些生體認證。這是為什麼呢？」

「為什麼……例如要強化保全之類……？」

我自己說了都覺得發言欠缺說服力。即使要採用生體認證系統來保護企業機密，也只要委託專門業者就夠了，需要自己買下技術的必要性很薄弱。

「Cyber Satellite公司的併購攻勢正愈演愈烈，簡直和美國的科技五大巨頭一樣。視網膜APP反而可說只是這一連串策略的一環，我總覺得這些生體認證系統以及相關的樣本資料都急速集中在這間公司，這個狀況才是問題所在。就好像是在收集很多拼片，最終想拼出一整張拼圖。」

「……目的是什麼？」

「誰知道呢？」

她突然避而不答。

「可是，六星衛一主動把自己開發的王牌ＡＰＰ賣給了這樣的公司，自己也坐上董事的位子。會覺得他有所圖謀是很正常的吧？」

我心想：的確如此。如果是想拿到併購的錢，自己沒有必要進公司當董事。

——生體認證系統……

我一瞬間想起了銀河莊的保全系統。那是統合了指紋、聲紋、虹膜這三項認證，如果把Space Writer的視網膜掃描也包括進去，就是四種。

「那麼，開場白就說到這裡，關於六星個人——」

她改翹起另一隻腳，看著我的眼睛。以開場白來說，讓我震驚的事實相當多，我整理的速度跟不上。

「如果姑且先從已經求證過的範圍說起……」

記者一邊翻閱筆記本，一邊切入正題。

「我剛剛也說過，六星賣掉業績上好的王牌Jupiter公司，自己也坐上了Cyber Satellite公司董事的位子。我針對這點採訪過Jupiter公司的前員工。該怎麼說，他們的怨言可多了。這群員工和六星同甘共苦，把本來只是個小型ＡＰＰ商的Jupiter公司培養到那個地步，而他們都說『六星背叛了我們，出賣了我們』。」

「所以有幕後交易？六星拿ＡＰＰ部門作為代價，拿到Satellite公司的寶座。」

「就是這種構圖吧。」

我想起六星衛一那老神在在的表情，的確給我一種面面俱到，或說幹練的印象。

「——可是啊……」秋櫻的聲調變了。「到這一步都還是很常見的事情，接下來才是正題。」

不知不覺間，窗外的天空已經滿是雲層，看不到藍天，像是會下雨。

「這同樣是Jupiter公司的前員工說的。他們異口同聲說：『那個人是誰？』」

「……？」

「說剛剛在電視上開記者會的『六星衛一』，那個很會說話的型男，真的是六星衛一嗎？」

「咦？」

「根據這些員工的說法，長相和嗓音的確都一模一樣，但『個性』判若兩人。Jupiter時代的六星大概屬於沉默寡言，埋頭研究的類型吧。對APP的開發和程式撰寫非常拿手，但除此之外就完全沒轍，說起來不像幹練的經營者，比較像是個匠人。好幾個員工都提供了證言，說他不是那種能在人們面前滔滔不絕的傢伙。所以他們說：『上電視的那個人，到底是誰啊？』」

「有可能是另一個人嗎？」

「除非是在短期間內個性大變嘍。畢竟在這個業界，也常聽說有成功的人得意忘形，整個人都變了樣。可是所有員工都覺得毛骨悚然，說他那搞怪的『單眼鏡』以前也從沒看他戴過。」

六星衛一另有其人？

我完全沒想到這個可能性。只是我最近才知道六星這個人物，所以要說他個性大變，甚至另有其人，我也無從判斷起。

「你不覺得啊，會想起一種情形嗎？跟這次的事情很像。」

「很像？什麼很像？」

「就是假帳號啊。」

我又有了這種被領先的人從坡上扔石頭砸到的感覺。這個人到底知道多少？

「哎呀，有這麼意外嗎？你知道我在追查Europa事件吧？啊，為防萬一，我先問一下，應該不可能說那個帳號其實是她本人的吧？啊啊，太好了……不過不管怎麼說，既然要查Europa事件，跟身在漩渦中的天野河星乃相關的事情我差不多都會去查，你們參加今天在『CyberTV』的錄影這件事也不例外。」

「當時妳也在那攝影棚？」我又被嚇了一跳。

「這個嘛，你猜呢？」

她避而不答，結果這時她那邊傳來一些聲響。似乎是鬧鐘的鈴聲。

「不好意思啊，我行程有點緊，今天就到這裡。」

「請問，有關『人造衛星』……」報告書上並未特別提及六星與「人造衛星」的關係。「不死鳥號」的失聯事件也是和六星有關的事情當中我很想知道的情報之一。

「我拿到了很多應該會很有意思的情報，可是還沒求證過。像天野河星乃說的『演示』也是。」

「妳果然在場啊？」

「沒有沒有，我是看網路轉播。那是網路電視台，所以用手機就可以看了。」

——六星衛一，你是小偷。你竊取別人的功績，不但不以為恥，還想做出一場假的演示。

這是在「CyberTV」的錄影現場，星乃對六星撂下的話。

「那麼，Europa的情況怎麼樣了？我們跟蹤的那個在置物櫃收受貨品的人……」

「啊，那個落空了。」她聳了聳肩。「我後來也繼續盯梢，結果模型槍之類的東西被丟在他公寓的垃圾場。這個。」

她突然從包包裡拿出手槍。

「等等，妳拿過來幹嘛啦？」

「他都丟掉了，有什麼關係嘛。啊，糟糕。」

店員從附近走過，她趕緊把槍械藏進包包裡。

「難得拿到的玩具，可能玩膩了吧。」秋櫻說得有點輕佻。

「我看應該是怕了吧。換作是我就會怕。」

「你好沒膽。」

「這樣才好。」

「唉～～又得從頭來過啦～～算了，反正已經掌握了對方的手法，還拿到這樣的樣品。」

秋櫻又拿出手槍——模型槍。這個人似乎很喜歡這類東西。

「喔，仔細一看，連保險都有啊，這麼講究。」她說到這裡，不經意地扣下扳機。

下一瞬間。

砰的一聲響，有東西從槍口飛出去，打在咖啡館的地板上，讓那兒染成一片粉紅。

「啊……」秋櫻不為所動，盯著地板看。「油漆？」

「秋、秋櫻姊。」

我使了個眼色。「這位客人，請不要這樣。」露出僵硬笑容的女服務生已經站在餐桌前。仔細一看，她的圍裙上染出一大片粉紅。

「呃～～」

秋櫻盯著模型槍，更正，是漆彈槍的槍口。

「的確有過這樣的遊戲耶。」

她開心地笑了。

當然，之後我們就在辦公室被店裡的人狠狠訓了一頓，付了地板的清潔費。

2

「我泡好泡麵的話，妳要吃嗎？」「……………」「我放進冰箱的高麗菜呢？」「……………」「妳丟掉了嗎？」「……………」「豆芽菜也是？」「……………」「虧我想做蔬菜湯麵。」「不要放地球的蔬菜進去。」

這個討厭吃青菜的少女說著這種孩子氣的話，一臉正經地瞪我。先不講挑食，擅自丟掉食材實在不好。

「我不會硬逼妳吃，所以不要丟掉蔬菜。」「人類不吃蔬菜也活得下去。」「會營養不均衡吧？」「我會吃營養補給品來補。」「那種東西只能多少補一點吧。」「你有科學依據嗎？跟營養學比對會正確嗎？蔬菜的消化吸收率比營養補給品的成分要低這點呢？」「妳真是個高智商的笨蛋。」

我聽得傻眼之餘，把水注入小鍋子，開始燒開水。沒有配菜的泡麵雖然沒什麼意思，但這種時候也沒辦法。我後悔至少應該買些蛋來，但為時已晚。

我把兩人份的乾麵放進煮沸冒泡的熱水裡，稍等到麵條鬆開。我用另外煮開的一鍋熱水泡開放在大碗裡的調味粉後，稍微提早將麵條從熱水中撈起，放進泡好的湯裡。調味料就只有裝在原本包裝裡的七味粉。

「泡好啦。」

「……」

我把這兒當成拉麵店的吧檯座，將盛了泡麵的碗放到電腦桌上，少女就用指尖戳了戳，知道有點燙之後用外套的衣袖當成隔熱墊，端起碗。她的動作讓人很擔心會打翻，所以我一直看著，但看來拉麵總算平安在地板上降落。

「呼～～呼～～……哈呼！好燙！好……燙燙，燙！」

房間裡只聽見星乃的吹氣聲，以及連連喊燙的聲音。

過了一會兒，聽見豪邁的咀嚼聲，然後碗被她默默放到電腦桌上。

「冰箱裡有布丁，我可以吃一個嗎？」「不行。」「明明就有很多吧？」「不行。」「我之後會買來還妳。」「不行。」「妳喔……算了，沒事。」

我先嘆了一口氣，然後起身走到電腦桌前，看著碗底朝天的碗，嘴上說著：「把湯喝完對身體可不好啊。」卻暗自為星乃把我做的料理吃個精光覺得滿足。布丁我就偷偷吃，之後再買回來補上吧。這點下廚費是我應得的。

我洗完兩人份的碗，塞進乾燥用的碗盤架。然後就在我要從冰箱拿出布丁的時候。

「唔～～」

我聽見了某種聲音。

「星乃？」我嚇了一跳，以為想偷吃布丁被她發現，但她並未看著我。我一邊脫掉圍裙一邊走過去看看，發現少女還是一樣一直盯著電腦看。她姿勢有點前傾，發出短短的「嗚！」「啊！」之類的叫聲，顯得有點不甘心。

我心想她是不是在玩遊戲，湊過去一看，發現電腦螢幕上有著一排排文字不斷冒出。從星乃雙手的動作看出她多半是在打字。「你在說謊。」「回答我的問題。」「這和你剛才的發言矛盾。」一連串發言都像是在反駁。

總覺得以前也看過這樣的場面。記得那個時候是——

「真是的！」咚的一聲巨響，在星乃面前，螢幕就像倒下的大樹一般傾斜，拖著傳輸線倒到地板上。

「不要踢電腦。」

「可是——」她說到一半，跟我對看一眼，閉上了嘴。她的手指指著倒下的螢幕。

「妳又在網路上跟人開戰啦？」

「才沒有。」

「明明就有吧。」

我拿出自己的手機，從書籤連進那個網站。結果……

馬上跳出【@spacebaby2017】這個催特帳號，也就是所謂「假帳號」的網頁。

「妳最近一直都在留言吧？每次被封鎖就又弄個新帳號。」

「那才不是我。」

「妳為什麼撇開視線？」星乃真的很好懂。

往最新的留言欄一看，結果就看到「你在說謊」、「回答我的問題」、「這和你剛才的發言矛盾」這些和星乃剛才打上去的文字一模一樣的留言。這些都被假帳號一句【討厭～～這個人好可怕～～w】就反駁回去，這點也和上次一樣，而且應該說幾乎每次都這樣。

「每次都很明顯啊。就算換了帳號，還是會被認出是同一個人啦。」

「我知道。」星乃回答得很不耐煩。她想把踹開的電腦重新架好，但線打結讓她弄不好，無可奈何下我也去幫忙。她一臉不高興地瞪著我，但對我幫忙倒是不表示異議。

「……妳是有什麼意圖嗎？」

少女的臉頰突然抽動。星乃的臉是一種即使不說謊也會有所反應的測謊機。

「妳是想從假帳號套出什麼話柄嗎？」

我只是在一旁看著，不經意說出心裡想的念頭，然而……

「也沒有。」星乃的臉頰頻頻顫動。

——咦，真的是這樣喔？

她對套出話柄這句話有反應，連我自己都很意外。就算從假帳號套出什麼話柄，也沒有任何意義。因為話柄這種東西，只對重視信用或體面的對象有意義，但匿名帳號就不會有這種情形。

「抓住話柄要做什麼？找營運方申訴的時候用嗎？」

「……………」

她的表情沒有變化。螢幕總算恢復成縱向擺放。星乃立刻按下電源，便顯示出平常的畫面。還好液晶沒破。

「妳這樣一天到晚在踢，裡面的資料沒問題嗎？」

「我有備份。」

「我想也是啦——」

等等？

這時我忽然靈機一動。匿名帳號——留言——話柄——資料。

「妳該不會是在收集資料？透過跟假帳號吵架，讓對方說話。」

「——！」

星乃轉過頭去，一雙大眼睛睜得很大。賓果。

「資料……該不會是那個？妳說的個人的一貫性之類的——」

「文字探勘。」

星乃似乎認命了，主動告知答案。

「所以要收集資料？」「…………」「妳打算篩選出假帳號？」「…………」

原來是這樣啊……

這名平常就毫不遮掩藐視地球人的少女雖說是在網路上，卻會連日糾纏特定對象，一直讓我覺得很不可思議。要說是對假冒自己的帳號生氣，這理由是很充分，但我還是覺得這作風不像平常的她。果然是有理由的。

「可是，就算多少有些資料，要篩選出來還是很難吧？」

「你聽過肉搜嗎？」

「咦？」

「在網路上靠少許資料篩選出特定個人是家常便飯。例如從放在部落格的風景找出住址，或是從片斷的資訊篩選出個人。」

「肉搜……啊啊，妳是說人肉搜索啊？」

每當網路上發生事件或灌爆情形時，就有可能會有人開始進行一種篩選作業，企圖找出被視為「壞人」的人。匿名的網路使用者全力比對各式各樣的資訊與資料，有時績效會讓祕密警察和諜報機關都汗顏。當然了，這是一群人一起暴露特定個人的隱私，所以負面意味也很重。

「所以，不管是多麼小的情報，都無法否定有因此『篩選』成功的可能。文字探勘也是一樣。只要知道對方個人的一貫性——習慣、文體與愛用的說法等，和這些比對，就可以找出這個人在網路上的痕跡……應該。」

她說到這裡，聲調變低。大概是實際上不像她說的那麼順利吧。從她上次和假帳號對話時搞得一肚子氣的模樣就能輕易看出來。

「妳想多收集對方的文字資料，但沒辦法順利引對方多說話，忍不住發火而搞砸。我看差不多就是這樣吧？」

「我沒發火。」

「妳這個月都破壞三台螢幕了還說？」

「……」

星乃不甘心地瞪著我。這個少女本來就極端不擅長和人說話，像前幾天她和六星對話時那樣，單方面攻擊別人，她就很拿手，但只要遇到稍微需要溝通能力的情形，立刻就會變成廢物。這個少女和真理亞和解前，對她愛怎麼謾罵都說得出口，現在卻連跟她講電話的第一聲「喂？」都會舌頭打結。

現在正是我出場的時候。

「那麼，這件事讓我來。」

「咦？」

「之前不是說過我來當妳的『間諜』嗎?我那麼說的意思,不是專指在『外頭』進行調查活動,是說妳不拿手的事情都由我來幫妳做。」

星乃不適合應付網路上的「挑釁/被挑釁」。她本來脾氣就暴躁,而且又看不起地球人,所以一旦被對方挑釁,三兩下就會氣得失去理智。但換作是我,就能比星乃應付得更冷靜。

而且——

由我來做,我就能當星乃的「盾牌」。面對對方直接施加的「攻擊」,我就能變成緩衝,減輕星乃受到的傷害。不管是Europa事件,還是這次的假帳號事件,星乃都一直受到網路上不特定多數人的「惡意」洗禮。對此我也希望能站在「中間」,多少緩和這些惡意。

星乃還在考慮。她連連眨眼,一邊視線亂飄。

當她的視線移動到牆邊,看到那兒已經堆了好幾台壞掉的螢幕。是那些少女洩憤時破壞的液晶螢幕。

「…………」

接著少女看了我一眼,不太服氣地說:

「到下一台螢幕送來為止。」

她有條件地答應了。

3

「——太空板？」

「對。」

少女點點頭。現在她從平常待的電腦桌後跑出來，坐在我隔壁。似乎是因為距離近，微微感受得到體溫。

「是沒關係，但為什麼？」

我在星乃設置好的筆記型電腦敲著鍵盤，一邊叫出「太空板」。這是匿名布告欄「8ch」當中的討論串之一。就如名稱所示，主要是在談論與「太空」有關的話題。

「不去管假帳號，這樣好嗎？」

「不好。」

回答伴隨著呼氣聲從我身旁傳來。

「所以要從太空板下手。」

「……？」

我還搞不太清楚狀況，打開她要我開的討論串。「太空板」這個標題下有著一排排細小的文字，列出一個個討論串。「太空電影好像全都是傑作？」「【向日葵號】人造衛星總板【不死鳥號】」「關於外星生命探查計畫〈ＳＥＴＩ〉」「有人在ＪＡＸＡ上班嗎？」話題五花八門。

「這裡。」

星乃所指的是一個叫「不死鳥號跑哪兒去了？ＰＡＲＴ10」的討論串。

「點開。」

「好。」

我聽她的吩咐，點選討論串的文字。待機畫面出現一瞬間，隨即切換過去，跑出熟悉的「８ch」布告欄。

「真是色彩繽紛啊。」

布告欄的文字莫名以顏色區分。

「懶人包網站？」

「不是。」

星乃在我身旁說明。

「是我用顏色識別各個發言是不是同一人物。畢竟這個板不會顯示ＩＰ，也沒有人寫網路ＩＤ。」

「就是那種探勘？」

「對。」

「上面的數字呢？」大概是擋掉了，畫面右端並不存在廣告欄位，相對地，對每一則留言都列出數字。

「這是探勘的精度。抽出疑似同一人物的發言，照是不是同一人物的機率，由高到低依序顯示。」

「這會不會有點低？只有5%、10%耶。」

「樣本太少，精度就會下降，這終究只是方便判斷的基準。只是，出現在同一個主題、同一個討論串，又或者是連續發言的情形下，是同一個人物的可能性就會提高相當多。」

「原來如此啊……」這道理我很能理解。雖說是匿名布告欄，但會對同一個主題寫下多則留言的人只有極小一部分。事實上也有很多討論串是靠不到十個的人數在討論，所以大同小異的發言就很可能是同一個人所發。

「這邊附上『@』的是？」

「催特帳號。同樣是抽出疑似由同一人物所寫的部分。」

「精度挺高的嘛，都超過50%了。」

「催特上會有很多過去的發言，所以很好探勘。有些人推過幾萬篇文，最適合用來篩選出個人的一貫性。也因為同樣的理由，更新頻率很高的部落格也很好探勘。」

「總覺得好可怕啊。」

「網路就是這種地方。就像看一個人的日記就能掌握這個人的內在，網路上每個人都亮出自己的日記，不斷累積個人資訊。整個網路空間本身就是一份大數據，說起來就是個宇宙。」

宇宙這個比喻讓我覺得很有星乃的風格。

就在這時。

「啊，這個！」我忍不住叫了出來。捲動頁面時出現的「網路ＩＤ」，讓我看得目不轉睛。

【天野河星乃】

「這個，是假帳號？」

「不知道。」星乃淡淡地回答。「我拿來和假帳號『@spacebaby2017』比對過，但精度提升不了多少。資料太少了。」

「該不會……妳一直衝著假帳號去，就是在取得用來跟這個比對的資料？」

少女點點頭，一頭黑髮撫過桌面落下。

「假帳號雖然更新頻率很高，但都在反覆發一些大同小異的推文，幾乎都是從【我是天野河星乃！】開頭的樣版文，所以很缺樣本。還有，我很快就會被封鎖，所以對話進行不下去。」

我心想那是因為妳三兩下就會發脾氣，但並沒說出口。現在激得她理智斷線也只會讓我傷腦筋。

「那麼，我只要引這個『假帳號』說出能作為資料的發言就可以了吧？」

「就這麼回事。等風頭過去，就對剛才的假帳號也接觸看看。總之資料不嫌多。」

「了解。」

該做的事很清楚。說穿了，就是要讓對方多說話好抓住馬腳。就是這麼回事。

「呃，最新的是……」我把畫面捲到下面，就跑出最新的留言。

326【無名衛星】不死鳥號真的找不到了啊
327【無名衛星】真理亞妹子很快就會找出來
328【天野河星乃】那個女的不是被開除了嗎？
329【無名衛星】咦，是喔？
330【無名衛星】>>329　沒看新聞嗎？

這是針對「不死鳥號」失聯事件表達的感想。因為是最近人造衛星相關領域裡最大的新聞，討論串裡有半數以上都在談這個話題。

我意識著這個趨勢，試著簡單留個言。

331【無名衛星】>>328　不知道為什麼會突然換人耶

首先我對自稱「星乃」的帳號小小提問。我正覺得就算有回應可能也要等到明天，結果……

332【天野河星乃】因為她無能啊

我聽見鏗的一聲。是星乃打桌子的聲響。

「妳冷靜點。」「真理亞才不會無能。」「我知道。」「寫說你才無能。」「這樣會吵起來啦。」「這是戰爭。」少女眼角上揚，理智斷線。她氣真理亞被人嘲笑，這心情我懂，但這樣罵回去只會重蹈覆轍。

只是，馬上得到回應這點的確幸運。也就是說，對方現在正在看這個討論串。

「妳先看著吧。」

333【無名衛星】那個叫六星的人看起來挺有能的耶

「等等，你幹嘛不反駁？」

「反駁鄉民也不是辦法吧。」

「那也不必吹捧六星吧？」

「這種事情講究風向。不否定對方說的話，巧妙地附和話題。溝通不就是這麼回事嗎？」

「不合邏輯。」

「妳太講道理了。」

我就這樣安撫直嚷著要「反駁他」、「算了，我自己來」的星乃，繼續和【冒牌貨】談話。雖然只是在網路上鬆散的閒聊，但總之現在最優先的目標是讓對方多說話。

357【無名衛星】ＣＳ這公司，製造了不少衛星耶

358【天野河星乃】畢竟公司名稱就叫衛星（Satellite）嘛

359【無名衛星】衛星這種東西，民間也製造得出來啊

360【天野河星乃】只要懂得技術。問題是有沒有人出資

361【無名衛星】把自己設計的衛星發射到太空，好浪漫啊

不知不覺間，我和對方的回覆都已經將近二十則。這個討論串的留言速度本來不快，所以頻繁地對話也許會顯得有點突兀，但這種時候也別無他法。順便說一下，留言欄裡的「CS」，是Cyber Satellite公司的縮寫。想來官方網站上的公司LOGO就是這麼設計吧。

「這樣行嗎？」

「……」

星乃一直看著畫面，露出有點五味雜陳的表情。

「你還真有點讓人想不到的才能啊。」

「這種事情不叫才能。」

只在布告欄上留言就被誇有才能，我也很難回話。只是「察言觀色」這種行為是星乃最不擅長的領域，這我也很清楚。

「這傢伙，在其他板也寫了很多啊。」

我看了看右側的「文字探勘」篩選結果。這個人似乎以太空板為中心，在其他新聞板上也寫了很多留言，有時用星乃的名字，有時不用。一致率是「18％」。剛才還是「15％」，所以算是有點前進了吧。

「麻煩你繼續。還有其他網路ID也會冒用我的名字，你就照樣引他們多說話。」

「了解。」引對方說話，盡量把談話時間拉長。我一邊敲打鍵盤一邊心想：這簡直像是警匪片裡會看到的逆偵測。也因為成果似乎多少受到星乃肯定，我感覺到自己變得很有幹勁。星乃似乎也一樣受到鼓舞，進行到一半，她自己也把筆記型電腦拿過來，在我身旁的座位開始解析資料。我們兩個人並肩打著電腦的模樣，倒也有點像是留在辦公室加班。

我們就這樣一個討論串接著一個，持續「收集資料」，結果這個時候——

「——不對勁。」

星乃喃喃開了口。她的手完全停下。

「什麼不對勁？」

我湊過去看旁邊的電腦。平常她會罵我：「沒叫你看，不要亂看。」但今天不同。

「這個地球人。」

少女在網路上都稱別人為「地球人」，指著一則留言。

「不自然。」

「哪裡不自然？」

我仔細看留言。

117【雙子星的無名公主】那個太空寶寶現在在幹嘛

「這不是事實嗎？」

「照厚生勞動省的定義，尼特族是指扣除家庭主婦的非勞動人口，從這個定義來看，並未從事求職活動的我的確適用這個解釋，但我本來就有在高中註冊，身分是學生，從尼特族原本的定義『Not in Education, Employment or Training』來看——」

「沒想到妳對這種地方挺堅持的啊。」

附帶一提，不只是尼特族，叫她「繭居族」，她也一樣會猛烈反駁。例如提繭居族這個用語是多義詞；照厚生勞動省的定義云云；我只是憑自己的意思決定在宅云云。像現在她也開始從學術角度去深究「尼特族」的定義。

「——等等，重點不是這個。」

少女演說了半天，自己吐槽起來。

「不要打斷我的話。」

「妳自己講這麼多，還敢說。」

「總之，你看這個地球人的留言。很不自然吧？」

「哪裡？」我在她的催促下，跟著她的指尖看去。「雙子星的無名公主」是不輸入網路ＩＤ時會顯示的名稱，實際上就是匿名帳號。

275【雙子星的無名公主】ＣＳ抄襲了彌彥的技術？
280【雙子星的無名公主】>>275　只是技術合作過
311【雙子星的無名公主】彌彥為什麼後來會跟ＣＳ合作？
326【雙子星的無名公主】>>311　因為被ＪＡＸＡ架空
429【雙子星的無名公主】彌彥為什麼會死？
432【雙子星的無名公主】>>429　因為惑井真理亞管制失誤了

「……？」

我順著推文看，並未看到特別不自然的地方。彌彥流一並不是被ＪＡＸＡ架空，彌彥的死也不是因為真理亞失誤，但哪個地方沒有嘴賤的網民呢？

「這怎麼了嗎？」

「不自然。」星野重複同樣形容。「一牽扯到爸爸，這個人就莫名會立刻跑來。」

「聽妳這麼一說……」的確，這個人對彌彥流一相關的話題似乎非常有興趣。但這些留言未必都來自同一個人。星乃的文字探勘判定也顯示「41％」，只能說比其他部分略高。

「不只是這裡。」

星乃點選右側的探勘結果，切換畫面。緊接著就列出了一整排判定為同一人物的留言。

「啊……」這時我也發現了。

「太拚命了。」

「的、的確……」

如果只是這個討論串也還罷了，但同樣的文章發在至少幾十個討論串裡，這一週左右的留言篇數超過一千篇。由於每一篇留言都是匿名，乍看之下不容易分辨，但這個量是得每天從早到晚一直盯著布告欄不放才辦得到的。

「這是在網路上帶風向。」

「就是這個人？」

「對。」

星乃用力點頭。

我一邊查看她篩選出來的留言一邊反問：「妳說帶風向是怎麼說？」

「不會只是拚命寫上自己的主張而已嗎？」

「這樣解釋不了。例如這裡。」

星乃操作滑鼠，抽出幾篇留言。

823【無名牛郎星】2017/10/10 16:22:11
那個不死鳥號是為什麼會消失啊？
825【無名牛郎星】2017/10/10 16:25:38
>>823　因為JAXA不照CS的手冊操作

519【無名無妻氏】2017/10/10 16:24:26
彌彥那些用在不死鳥號上的技術現在是屬於誰？JAXA？他女兒？
525【無名無妻氏】2017/10/10 16:25:43
>>519　屬於先申請專利的CS

「咦……？」
我也發現了。重點是留言的投稿時間。
「幾乎同時發的？」
「對，只差五秒鐘。」
「那不就表示不是同一個人？」

「當然有這個可能。可是，在同一個布告欄站的同一個板上，類似話題的討論串裡，對『不死鳥號』同時投稿。如果這是兩個完全不同人格的人巧合之下形成的一致，這巧合的程度差不多就等於湊巧搭上同一班電車的人物，湊巧『只晚了五秒鐘』幾乎同時用手機聊起同一個話題。」

「我懂了，所以妳才說『不自然』？」

「就是這麼回事。用巧合來交代反而會不自然。從中以邏輯上的必然性得出的推測就是——同一人物從多個ＩＰ位址同時投稿留言。就像現在的我們這樣，把幾台電腦一字排開。」

「為什麼要這麼大費周章？」

不管在網路上議論得多熱衷，會特地用不同台電腦來留言嗎？

「如果這是個人行為，就不自然。可是，對有著某種特定『動機』的人物來說，這樣的行動就有可能是必然。」

「這話怎麼說？」

「從結論說起。」

少女靜靜地卻又斬釘截鐵地敘述：

「這裡提到的ＣＳ公司，也就是Cyber Satellite公司，『為了引導輿論而在網路上帶風向』。」

「真的假的？」

「我一直在想——」

星乃一邊進行作業一邊繼續解釋。她的手毫不間斷地敲打鍵盤，彷彿是一組獨立於她這個人的機械，繼續在畫面上進行「解析」。

「這七年來，我一次都不曾在公開場面現身，為什麼會有地球人這麼死纏爛打地對我展開『攻擊』？」

少女說到「一次都不曾」這幾個字時稍微加重了語氣，描述她的推理。

「我個人沒有價值。」

「咦？」

「雖然過去曾有一陣子被吹捧為太空寶寶，但之後的各國研究，就從醫學上證明了我自己只是個智商稍高的正常人。」

我不明白她提這些是打算說什麼。

「所以，比起我個人，真正有意義的是我所擁有的『財產』，說得更精確一點，就是『遺產』。」

「遺產。」

「爸爸和媽媽的遺產。」

星乃的雙親——也就是太空人兼天才工程師彌彥流一，以及被譽為鐵定可以拿到諾貝爾獎的天才醫學家天野河詩緒梨。

他們的遺產。

「爸爸憑他天才級的技術，媽媽憑她天才級的研究，完成了很多項發明。這些發明當中，也有不少是世界各國政府與研究機關都想要的劃時代發明。只要能夠實用化、商業化，就能創造出莫大的財富。但這些技術除了用在JAXA的太空開發這個公益目的以外，不曾用在其他方面。而扣掉現在由JAXA管理的技術，大部分的權利都由他們唯一的血親，也就是我天野河星乃繼承。」

「喂，慢著。這麼說來，妳在網路上受到攻擊的理由不就……」

「即使不是全部，但其中之一就和我所繼承的專利、發明、研究，這些東西的資產價值有關。」

這是我第一次聽說的事情。而經她這麼一說，就覺得一點也不錯。

兩名天才的諸多發明。而這個世界上繼承了這些資產的，就只有一名少女。

「Europa事件當中，除了我以外，真理亞也被盯上。我一直覺得理由不只是出在過去週刊雜誌上那篇不倫報導。我和真理亞兩個人都被盯上的理由，就是真理亞是我的監護人。」

她瞪視般的眼神隔著螢幕看著我。

「我未成年，法律上有權處置我財產的人，在這世上就只有真理亞一個人。而在J

ＡＸＡ內，她也是最強硬反對讓爸爸跟媽媽的技術流出的人物，對那些想得到我繼承的財產的地球人而言，是最大的障礙。」

聽到這裡，我也想通了。

「喂，這麼說來，真理亞伯母會被換掉，是因為——」

「Cyber Satellite公司……」

少女加重了語氣。

「盯上了我繼承的財產——爸爸和媽媽留下的發明與研究的智慧財產權。」

「等等。」我指出她這番推理的漏洞。「如果是這樣，選擇『攻擊』就很奇怪。既然想要妳的財產，跟妳還有真理亞伯母好好相處才划算吧。」

「我絕對不會賣給任何人，真理亞也尊重我的意思。所以，既然判斷我們兩個人絕對不會賣出權利，接下來要採取的手段就只有一種。」

她低聲宣告。

「抹殺。」

「喂，這種事……」為了財產而殺人，這是電視劇裡的世界才會發生的事。

「媽媽住院時就被盯上，我和真理亞也被盯上過。」

「可、可是啊——」我猶豫著說出這句話。「就算殺、殺了妳和真理亞伯母，也得不到遺產吧？」

「沒錯，所以這是威脅。」

「威脅……」

「又或者是警告，再不然說是牽制也行吧。他們打算製造出讓我和真理亞不方便主張權利的狀況，就結果而言，就可以確保他們的利益。例如Satellite公司現在也為了爸爸的發明，正就法律權利關係和JAXA進行訴訟。損害賠償金額保守估計就有數十億圓。這是在日本國內，所以金額比較低，但如果加上爸爸個人在美國註冊的專利，就會往上跳一兩位數。要是把這些專利將來能夠產生的莫大利益考慮進去，那根本是未知數。」

數十億圓，還會往上跳一兩位數。我聽了都快要有點頭昏眼花。

「可是，法律權利這種東西，不是透過訴訟來界定的嗎？就算威脅妳，最終會變成怎樣也……」

「只要我不積極提起訴訟，已經將技術實用化的Cyber Satellite公司就等於在實質上保有這些權利。所以，他們要製造出讓我不方便提起訴訟的狀況，就像網路上的留言那樣，說我是尼特族、缺錢、真理亞搞不倫，還曾經因為管制失誤而造成死亡意外……他們希望像這樣，在將來我或真理亞提起訴訟時，能夠製造出『她們是想要錢』、『是問題人物』的輿論。灌爆這件事本身不會創造出金錢，但如果透過灌爆來封住對方的行動，就能夠規避損失。」

「簡直是政治宣傳戰啊。」

為了貶低政敵，特意散播虛偽的風評，削減敵人的政治力，抹殺對方的社會生命。這種手法很經典，但對於不擇手段的人來說很有吸引力。

「不用背負風險就可以擊潰對方的方法，那就是在網路上帶風向。」

這名有半輩子都受到全世界「地球人」抨擊的少女述說著。

「攻擊我的地球人當中，Cyber Satellite公司到了某個局面、某個階段，就一定會介入。問題在於這介入的程度，以及處在具有多少主導性的定位。查出這一點，就是這個任務的目的。」任務——少女說到這個字眼時眼神發亮，簡直就像飛行員在太空領受任務時一樣。

「可是，既然知道是這麼回事，就沒必要只挨打不還手。」

我還沒問她想怎麼做，她就宣告了方針。

「『把對方釣出來』。」

4

「真的好嗎？」

「別問那麼多。」

我照著少女的吩咐，在留言欄輸入文字。

「這個，有什麼意義啊？」

「晚點再跟你解釋。」

她推了我肩膀一把，我在這一推的催促下，點選送出鈕。過了一會兒，布告欄的留言欄上顯示出我打的文章。

715【雙子星的無名公主】我是從CS辭職的人，有什麼問題想問嗎？

「做這種事情，要不要緊啊？」「我好歹換過IP。」「答話要怎麼套？」

「也對……」星乃思索了一瞬間，將說法告訴我。我搞不太清楚她的意圖，微微「調整」她要我打的台詞，輸入進去。畫面上顯示出新的留言。順便說一下，我現在留言的地方是「【向日葵號】人造衛星總板【不死鳥號】」。

716【雙子星的無名公主】>>715　幹嘛要辭？

「為什麼打『為什麼辭職』就不行？」

「憑感覺。看著整個討論串的趨勢，就覺得這樣比較自然。」

「我完全無法理解。」

「妳的確對這種事情很不拿手啊。」星乃最不會觀察場上的氣氛。她能夠照字面意思去對應對方丟過來的話，但完全不懂得除此以外的應對方式。說穿了就是欠缺跟人說話的經驗值。

「接下來要怎麼辦？」我還搞不太清楚情形，照著輸入留言。我用不會顯得突兀的口氣將星乃吩咐我要說的話寫在布告欄裡。

717【雙子星的無名公主】原因很複雜

之後我們就在網路上繼續對話。劇本完全由星乃構思，我只調整說話口氣。

718【雙子星的無名公主】CS怎麼樣？黑心嗎？

719【雙子星的無名公主】>>718　我想不會。只是薪水不怎麼高

720【雙子星的無名公主】你沒工作？

721【雙子星的無名公主】>>720　看我都這時間留言就該猜到啦

722【雙子星的無名公主】結果幹嘛辭職？

723【雙子星的無名公主】>>722　因為經營團隊換人，覺得職場愈來愈不好待了

經營團隊換人是我從真理亞和秋櫻那邊聽來的消息。星乃拿來活用，讓我覺得自己派上了用場，有點開心。

「那麼，差不多該告訴我了吧，這場『自導自演』有什麼樣的意義？」

「你不懂嗎？——就是釣魚啊。」

「釣魚？」

少女點點頭。「現在我們正放下釣鉤。從之前的傾向來看，只要是跟CS扯上關係的話題，就一定——」

724【雙子星的無名公主】>>723　員工證放上來看看

「看吧，馬上跑來了。」

「真的假的？」布告欄上，有我們兩個以外的「第三者」留言了。「這真的是CS的人嗎？」

「終究只是可能性。」星乃用手指指向文字探勘的判定結果。上面顯示「——%」，現在還無法測定。大概是因為留言太短了吧？

「怎麼辦？對方要看員工證。」

「交給你處理。麻煩用最有可能取得『資料』的方法。」

「明白。」

「交給你處理」這句話讓我按下按鈕的手也變得輕快了些，這是為什麼呢？

725【雙子星的無名公主】饒了我吧，我怕被查出是誰
726【雙子星的無名公主】原來是假貨啊
727【雙子星的無名公主】我是真貨好嗎
728【雙子星的無名公主】反正一定是你太無能才會被開除吧
729【雙子星的無名公主】你怎麼知道？
730【雙子星的無名公主】幾時辭職的？
731【雙子星的無名公主】經營團隊換人的時候
732【雙子星的無名公主】所以就問你這是幾時啊

「你為什麼不生氣？對方都說你無能了。」

「不就是廉價的挑釁嗎？」

「你的修養比我想像的好啊。我光是在一旁看著都覺得不爽。」

「妳最好多學點無視技能。」

我們談話之餘，布告欄上的留言繼續增加。對方緊緊逼問，想篩選出我的身分，但我隨口敷衍過去。四兩撥千斤這種事情，我意外地拿手。

752【雙子星的無名公主】你幾時進公司的？

753【雙子星的無名公主】就待了一陣子

754【雙子星的無名公主】所以，幾時進的？

「想篩選出我的身分啊。」

「而且很露骨。」

星乃也在身旁繼續解析資料。起初是由星乃想著要說什麼話，但現在已經完全分工合作了。

「妳那邊怎麼樣？」

「正在解析。」

少女的手指在鍵盤上飛快跳動。文字探勘的數值是「20.2%」。好幾個討論串裡開始列出了疑似由同一個人寫下的留言。仔細一看，差不多都是和ＣＳ公司、人造衛星，以及星乃與她父母相關的事情。很多留言都露骨地擁護ＣＳ公司，貶低ＪＡＸＡ與星乃。雖然不確定是不是CS公司的網軍，但看來肯定是擁護派。

「篇數愈來愈多了啊。」

「似乎是有人來支援了啊。」

771【雙子星的無名公主】我只是一個小兵
772【雙子星的無名公主】>>771　垃圾別說謊
773【雙子星的無名公主】>>771　很會演
774【雙子星的無名公主】>>771　又是騙人的，搞什麼
775【雙子星的無名公主】>>771　我報警了
776【雙子星的無名公主】>>771　告訴你，這可是不折不扣的妨礙營業

「你被圍毆啦。」「妳開心什麼？」「誰叫你都一臉風涼樣。」「這句話真的是女生對我的評語啊……」「評語？」「沒什麼。」

我微微受到打擊，但仍然附上表情文字，輸入「馬麻相信我……」

「什麼馬麻啦。哇，好噁。」

「不要連妳也來圍毆我。」

我背上中箭，但仍一步步拉長對話。文字探勘的數值上升到「28.5％」。很順

利。

結果這個時候。

「——啊。」星乃發出這麼一聲。

「怎麼啦？」

「這個……」她把自己用的筆記型電腦畫面微微轉過來朝向我。畫面上滿滿列出了疑似這個人過去所寫的留言。

「超過80％了。」

「咦？哪個？」

「這個地球人。」

星乃指著螢幕。

776【雙子星的無名公主】>>771　告訴你，這可是不折不扣的妨礙營業

「就是這傢伙超過80？」

「對。」

「呃～～這樣看來，跟過去的哪個發言一致？」

「這個呢……」

星乃難得吞吞吐吐，又敲了一次鍵盤。

「是這傢伙。」

「啊……」

顯示出來的討論串，我並不陌生。

【天野河詩緒梨在本來應該崇高的太空人任務中，避開管制室的目光，惡用ＩＳＳ內的個人艙房，勾引男人，不但有性行為，甚至還懷孕，是個不檢點的女人。對這樣的人，沒有一丁點必要花稅金繼續幫她做延命處置。所以我要去破壞天野河詩緒梨的生命維持裝置，在此執行正義。】

我想忘也忘不了的Europa的犯罪預告。

「這個，是Europa嗎？」

「不是。說得精確點，是這個。」她指向犯罪聲明「前面一些」的地方。吆喝著「神啊。」「天誅！」「審判的時候到了！」的一批留言。慫恿Europa，透過網路培養犯意的「片面教唆犯」。以前她用「紅色」辨識Europa時，用「藍色」辨別的那個人物。

「藍字留言……」

「現在，超過90%了。」星乃以溫度很低的聲音喃喃說道。

「『主謀』出場了。」

5

776【雙子星的無名公主】>>771　告訴你，這可是不折不扣的妨礙營業

在討論的趨勢中，若無其事寫下的留言。

我覺得這則留言在畫面上似乎與周遭格格不入。這種突兀的感覺，就好像全都用同一種字體寫下的文章裡，突然摻進了不同字體的文字。

「這傢伙……就是主謀？」

「有這個可能性就是了。」星乃始終說得慎重。

主謀。也就是過去煽動Europa，慫恿人犯罪的「片面教唆犯」。是個促使實行犯在無意識中形成犯意的人物。

「跟第二Europa事件也一致？」「這還沒確定。」「跟假帳號呢？」「這也還沒確

定。這邊的資料不夠。」星乃並不停下敲打鍵盤的手，回答我剛解析出來的結果。他對兩個問題的答案都是「還不確定」，這點就讓我多少看出少女的推測。

「怎、怎麼辦？」突然出現的主謀——也許是主謀，讓我掩飾不住自己的不知所措。如果對方真的就是Europa事件的主謀，就表示這個人引發了那麼讓社會震撼的重大事件，卻仍未被逮捕，依然逍遙法外。最重要的，就是這傢伙長年來一直折磨星乃，懷抱惡意將她暴露在抨擊的風暴當中。

就是這傢伙。

「跟他說話。」「咦？」「這是好機會。獵物都咬上釣針了。」

星乃淡淡地宣告。她的側臉和平常一樣沒有表情，看起來倒比我冷靜。這表示長年來暴露在不特定多數人惡意之下的她，在這種時候才更沉得住氣？

「啊……這樣可能不太妙啊。」

我在留言開頭打了「>>776」，後來改變了主意。這樣大概太露骨了吧。

783【雙子星的無名公主】

>>772

>>773

>>774

>>775
>>776
大家不要欺負我嘛

「這樣可以嗎？」
「交給你處理。」
我得到同意，於是送出留言。過了一會兒，又有零星的回覆。差不多都是責難。
「這次是『789』。」
「嗯……」
我一邊緊張地回答一邊看留言。

789【雙子星的無名公主】>>783　還不是因為你假冒

「看來這人說什麼都要把我們說成冒牌貨啊。」
「就真的是冒牌貨吧。」
是我們自己冒稱CS公司的前員工。
「大概是因為如果我們不是冒牌貨，對方就會傷腦筋。」

「為什麼？」

「內情被真正的前社員寫上來就會傷腦筋，才會一直講得很強勢，像是要告名譽毀損或報警之類。」

「施壓啊？」

「對。」

我繼續留言。「我才不是冒牌貨～～」一做出這樣的回覆，「主謀」又回應了。

795【雙子星的無名公主】>>791　就叫你員工證拿出來看看

「始終想篩選出是誰啊。」「篩選出來要做什麼？」「應該是直接施壓吧。」「什麼內情都還沒洩漏耶。」「苗要趁還小時就摘，火要趁還小時就滅。這是危機管理的鐵則。」接下來好一陣子，我一邊和星乃商議一邊繼續和「主謀」對話。我堅稱自己是CS公司的前員工，對方反駁說我說謊。

過了一會兒，事態有了變化。畫面右側的「文字探勘」結果欄，數字行數一口氣增加。

「上升了。」少女繼續解析一邊說話。「到這邊的討論串來。」

「這邊不用管嗎？」

「主謀同時還在其他討論串上留言。與其在這裡應付很多人，不如去可以『一對一』對抗的場合方便。」

「這樣不會被懷疑嗎？」

「我有妙計。」

星乃低聲宣告。她表情不變，所以我搞不太清楚，但總之我轉移了「戰場」。

「大家一起閒聊薩加索」——通稱閒聊板，是所有太空相關話題都能聊的討論串。

118【無名流星拳】衛星板有現役職員跑來耶

124【無名流星拳】>>118　那是冒牌貨，別理他

看來對方在巡的討論串非常多，在這裡也急著「滅火」。大概真的很怕被爆料吧。

「那妳的『妙計』是要怎麼做？」「一砲轟進去。」「轟進去？」

我這麼一問，星乃就若無其事地說出她驚人的「妙計」。

「這釣針會不會太大？」

「我有事想弄清楚。」

「……好。」我在之前都空著沒填的ＩＤ欄打上了這個名字。

138【Europa】你好

「…………」

當這則留言顯示在布告欄上，我就覺得心情有點複雜。真沒想到會有這麼一天，我會自稱Europa。

「再來呢？」

「交給你，總之說話要像Europa。」

「妳這麼說我也……」

「一般而言，在網路上會填ＩＤ來發言的人物，自我顯示欲或認同欲很強。過去的兩個Europa也是這樣。」

「認同欲……」

「只是這種類型的人自尊心很強，不喜歡被看出這一點。到頭來，就會擺出一副玩世不恭的態度。」

「啊～～的確有這樣的人啊。」

「就像平常的你那樣。」

「妳是在找我吵架嗎？」

我想了想，寫出下一則留言。

145【Europa】這世界上真的都是些笨蛋

「還挺像，真有你的。」

「我好糾結。」

我打進下一句台詞。這討論串的進展很快，所以每次回話的號碼就會空出挺多號。

148【Europa】在匿名布告欄假冒別人，根本蠢到極點

159【Europa】想也知道就只是無能被開除然後在嚷嚷吧

162【Europa】無聊

「不錯啊，這名字換成【平野大地】也不突兀。」「我可不會說這種話。」「可是說風涼話的感覺一模一樣。」被她說很像Europa，未免覺得冤枉。

「可是，要更黏人一點。最好打很長一段講歪理的文章，還要狗眼看人低。」

「這樣嗎？」我隨便抓一則留言，回覆看看。

183【無名流星拳】不過太空開發總難免會失敗

189【Europa】>>183　你知道發射一具衛星要花多少錢嗎？考慮到這龐大的費用，不是講一句對不起就沒事，這你應該懂吧？你賠得起好幾百億的損失嗎？如果賠不起，你最好還是閉嘴

「好厲害，你真是天才。超像Europa。」我可不開心。

就在我一邊這麼想一邊構思下一句話時。

193【無名流星拳】>>189　就是這樣

「「來啦！」」

我們不由得異口同聲喊出來。「主謀」對我的「Europa」回覆了。

接著是——

194【無名流星拳】大家太小看人造衛星了。這可是事關國運的一大計畫啊

「要寫什麼？」

「照剛剛那樣。」

「ＯＫ。」

我繼續扮演Europa。

197【Europa】都沒有發生什麼更好玩的事情嗎？每天都好無聊，而且都在陪一堆笨蛋乾耗，累

等了一會兒，「主謀」又有了回覆。對方果然很在意「Europa」這個ＩＤ嗎？

205【無名流星拳】>>197　想要有趣的事，你來引發就行

我想了一會兒後。

211【Europa】>>205　例如呢？

214【無名流星拳】>>211　讓社會大眾嚇傻眼

讓社會大眾嚇傻眼。Europa事件的主謀這麼說，聽起來就非常危險。這個人真的是這麼打算嗎？

我們繼續互相回文。

220【Europa】>>214　你這麼說我也沒有頭緒啊

229【無名流星拳】>>220　你不想當英雄嗎？

235【Europa】>>229　英雄？

238【無名流星拳】>>235　是

242【Europa】>>238　例如什麼樣的英雄？

247【無名流星拳】>>242　你應該知道的。不是嗎？·Europa神

250【Europa】>>247　原來我是神嗎……

255【無名流星拳】>>250　傳說將會復活

「這……」

「是啊。」星乃雙眼映出方形的畫面回答我。「是教唆犯罪的現場。」

「可是具體的事情什麼都不說啊。」

「因為說了就會被報警了。」我略為遲疑，但最後毅然打出這樣的話。

266【Europa】>>255　我也能做出一番事情嗎？

下一瞬間，「事情」發生了。

270【無名流星拳】>>266　你辦得到
271【無名流星拳】>>266　不用怕
274【無名流星拳】>>266　試試看不就好了？
276【無名流星拳】>>266　去了就知道！
277【無名流星拳】>>266　做什麼都可以吧？
280【無名流星拳】>>266　不覺得聽起來很有趣嗎
283【無名流星拳】>>266　（喔，開慶典了嗎？）
284【無名流星拳】>>266　大 家 一 起 High 起 來 啦

「哇。」

「冒出來啦。」

我和星乃兩個人面面相覷。

也不知道從哪兒來的，網路上突然出現一批一齊鼓勵「Europa」的留言。

「這些，是剛剛那些人？」

「根據解析結果，這個可能性很高。」

「對他可真友善。」

「之前為了打垮前員工而聚眾霸凌的一群人，現在卻相反，對自稱Europa的人慫恿再慫恿，成了一群為了煽動他而成立的啦啦隊。」

「原來是這麼回事啊……」我覺得有點想通了。我想起第二個Europa遭到逮捕後，供稱「布告欄上的大家都支持我」。

「像這樣一口氣被誇獎，還真有點飄飄然耶。」

「這就是對方的目的。」星乃以溫度很低的聲調宣告。「一群人一起吹捧目標，滿足他的認同欲。這樣一來，目標又會來到同一個布告欄，用同一個ＩＤ留言。然後繼續對這個人吹捧，反覆這樣的過程。即使第一人不順利，只要反覆對第二人、第三人這樣做，有個人『爆發』就行。」

「可是，在網路上煽動犯罪，不是會留下證據嗎？」

「只靠這麼幾句話，要把這些人當成刑法所規定的教唆犯逮捕，基本上辦不到。而且哪個人的哪句話形成了犯意，也無法判別。」

「如果偵辦機關請網路業者提供公開資料呢？」

「這種事情從一開始就在意料之中。多半是用報廢的電腦留言，ＩＰ也偽裝過，不會留下證據。」

「這樣不會太迂迴嗎？」

「所以才不會拆穿。」星乃立刻做出回答。也許她對於這種手法的惡質之處已經有了痛切的體認。再也沒有哪種東西比網路上形成的不特定多數惡意更令人束手無策了。

「繼續。」「好。」我繼續扮演Europa。

330【Europa】大家好High啊w

331【Europa】我愈想愈覺得自己也能做出一番事情來了

我這麼寫完後，忽然想到似的又寫上一句。

334【Europa】要不要大家辦個網聚？

這是個小小的圈套，說不定可以引出對方。

但下一瞬間。

「咦……？」就像潮水退去，就像加熱的鐵冷下來。

剛才那麼熱絡的布告欄，再也沒有人回覆了。

「發生什麼事了？」「對方起戒心了。」「為什麼？」「網聚。」星乃並不顯得驚訝，冷靜地宣告。「我想他們就是對這個詞起了戒心。因為一旦在現實中見面，就會失去透過網路教唆的意義了。」

「好小心啊。」

「我們這邊太快咬餌，我想大概也是理由之一。因為進行得太順利，反而也會讓對方懷疑是自導自演或滲透調查。」

「這樣啊……」我有點沮喪，這也就表示是我太急於表現而搞砸了。

「可是，我們拿到了資料，你演得相當好。」

「謝啦。」

星乃難得誇獎我。我覺得像是被她安慰，又像是她對我客氣，感覺很奇妙。總覺得身體漸漸放鬆下來。

可是，這齣戲還沒完。

——咦？

這個時候，電腦畫面發出了聲音。畫面角落跑出一個對話泡泡，是新聞網站的資料收集服務。打開來一看，從新聞網站、部落格、社群網站等等，根據我事先設定的關鍵字而抽出的相關網頁列得琳瑯滿目。

「啊……」

【天野河星乃（@spacebaby2017）】催特帳號

我從這項服務抽出的社群網站之一找到了這段文字。

我一瞬間看向星乃，發現她也一起看著畫面。我隱約覺得她跟我看的是同一個地方，於是先點選這個「假帳號」再說。

點開連結一看。

「什麼……？」我忍不住驚呼出聲。

——我想他們就是對這個詞起了戒心。因為一旦在現實中見面，就會失去透過網路教唆的意義了。

這段發言的內容，就像在推翻剛才星乃所說的話。

上面是這麼寫的。

【第一屆「天野河星乃見面會」開辦！

10／15（日）open 14：30／start 15：00

免費入場　需點一杯飲料　in香樹新宿西口店／出租會議室203】

第五章　太空墳場

1

十月十四日。

星期六上午的課一如往常，有點慵懶地漸漸過去。古文教師反芻著咒語般的古文，聽到一半我就得忍著不打呵欠。預報說最近會有颱風，但現在還絲毫看不出這樣的徵兆，外面是一整片的藍天。

放眼往教室內看去，就看到有很多座位都空著。前面不遠處的涼介座位空著，靠近走廊的伊萬里座位也空著，身後靠近門的黑井座位也一樣。伊萬里和黑井到昨天都還有來，所以今天應該只是剛好請假，但涼介則是長期持續缺席。

——第一屆「天野河星乃見面會」開辦！

兩天前看到的公告內容實在太荒唐了。一個冒牌貨，不但在網路上冒充真貨，還宣告要在現實中辦網友聚會。看在星乃本人眼裡，再也沒有什麼事能如此挑釁。見面會的宣傳不限於催特，還擴大到臉誌、Instantgram等其他社群網站，留言數已經超過一千。

我雖然心想這種聚會到底會有誰去參加，但看到留言欄裡說要參加的人怎麼說，就看得出有不少人認為這是星乃本人所辦。其中甚至有留言說是網路新聞站要來採訪，可說形成了一股盛況，實在令人惱火。

舉辦日是十月十五日，也就是明天。

星乃似乎不會出席。她彷彿要強調「誰要去這種可疑的網聚」，用力收起筆記型電腦，不高興地撤回她的大本營——電腦桌的另一頭。

相對地，我則有所猶豫。由假帳號辦的網聚——聚會上會做些什麼事情，讓我很有興趣知道。如果假帳號「裡面的人」會到會場，那就是揭穿對方真面目的大好機會。然而，也不能否定這有可能是圈套的風險，反而會覺得參加實在有勇無謀。總之，時機實在太巧。我在布告欄上跟「主謀」對話，一提起網聚，對方就撤收，緊接著這個假帳號就宣告要辦網聚。要說巧合也未免太巧。

從結論說起，我採取了「妥協方案」。

考慮到當天的情形會在網路上「直播」，我們決定收看直播。另外我們也從關注假帳號的人當中，挑選出看來比較會積極分享活動實況或上傳影片的人，關注他們以便收集情報。而且從Europa事件的來龍去脈來看，也猜得出即使有人來，終究也是「手腳」，「主謀」多半不會現身。既然如此，就覺得我們也透過網路看直播比較妥當吧。

這些念頭想著想著，今天的最後一堂課就上完了。同班同學收拾東西時，我用手機查看狀況。假帳號還是一樣，繼續在宣傳網聚。

就在這時。

「——平野同學。」

有人叫我。抬頭一看，眼前是個綁辮子的眼鏡少女。

「怎麼啦，宇宙？」「可以跟你講一下話嗎？」「嗯，可以啊。」換作是平常，她應該已經讓眼鏡亮出反光，說道：「我說過別用這個綽號叫我吧？」今天卻沒有任何反應。而且她的表情為什麼這麼僵硬？

「你有聽說什麼姊姊的消息嗎？」

「秋櫻姊？」

「怎麼說，最近完全聯絡不上。我就想說平野同學會不會知道些什麼？」

「不，我也不知道。我有打電話給她，但完全沒回應。」

「這樣啊……」

宇野帶著沮喪的表情說下去：

「姊姊她隨時都為了採訪，到處跑來跑去，所以本來就常會聯絡不上。上次我們約好一起去看電影，她還放我鴿子。過去她會臨時取消，但至少都會有聯絡，所以我就擔心是不是出了什麼事情。」

「有問過其他可以聯絡的——」

我正想詳細問下去時——

校內廣播的鐘聲響起。

『2年A班山科涼介同學，請立刻到辦公室。』

涼介……？我從椅子上站起，說聲：「抱歉，宇野，我們改天聊！」就跑了出去。

——涼介來上學了！

級任導師當然也知道他長期缺席。這也就表示，剛剛的廣播是以涼介來到學校為前提。我覺得說得通。

我衝出教室，彎過走廊，辦公室就近在眼前。

我打開門衝進去，首先就去找級任導師的座位。記得是在靠走廊的位子。

「金城老師！」我這麼一喊，這位年約半百的教師就抬起頭。

「喔，是平野啊。怎麼啦？」

「呃，那個……涼介——山科涼介，還沒來學校嗎？」

「還沒來啊。」

「他做了什麼事嗎？」

「也不是做了什麼……是缺了些文件。」

「文件……」我的目光停在導師桌上的一個薄信封。「老師，這該不會……是他的退學申請？」

「怎麼，原來你知道？」

年約半百的教師拿起信封，摸了摸白鬍鬚。

「對喔，你們經常混在一起啊。我說啊，平野，這種事問學生也不太對，但你對山科要輟學的理由，知不知道些什麼？」

「不……詳情我也不清楚。」

我不知道該怎麼回答才好，只好含糊帶過。

「老師，請問，可以讓我在這裡等他嗎？」

「好啊。來，七月老師的座位現在空著，坐下來喝個茶吧。」

老師拉出旁邊的椅子，要我坐下。「失禮了。」我坐下來，在靠背很鬆的椅子上度過了一段靜不下來的時間。

結果涼介並未現身。

老師說了聲「如果他來，我會要他跟你聯絡」，然後就叫我回家了。

○

回家路上。

我懷著沮喪的心情，走在傍晚的路上。

剛才我去過涼介家，但按門鈴也沒有人出來。我還繞到房子後頭看，但也沒看見那台銀色的機車，看來涼介出去了。我還不死心，在附近的樹蔭下等他回家，結果等到夕陽都西下了。

涼介……

雖說我早有覺悟，但知道他提出退學申請還是讓我很震撼。既覺得該來的一天來了，同時又恨自己如此無力，完全沒能為打破僵局做出任何貢獻，只有後悔在丹田翻騰。我踩著沉重的腳步，彎過轉角，看到這條路燈很少的路伸手不見五指。就像在象徵我的未來，讓我踏出的腳步更加沉重。

就在我要走過行人穿越道時。

我正發著呆，被突然響起的喇叭聲嚇得愣住。有車從我眼前開過，讓我發現到行人用的燈號已經變成紅色。我差點就沒命了。我拍打臉頰提醒自己不能這樣，但心情還是好不起來。

就在這個時候。

也不知道是不是命運的惡作劇。

一輛機車從眼前掠過。車身在我眼底留下銀色的殘像，往道路遠方騎走。雖然只是一瞬間，但我覺得那車身並不陌生。

——涼介……？

不知不覺間，我的腳已經在步道上飛奔。我不知道剛才騎在那輛機車上的人是否真的就是涼介。只是，機車的種類和安全帽的顏色都一模一樣，讓我從中看到了涼介留在我記憶中的身影。

當燈號變成紅燈，機車在車道前方停下，我更是拚命奔跑。我喘著大氣。就在快到的時候，綠燈無情地亮起，機車又往前行駛。但我只要還有一口氣，就繼續奔跑。

連我自己都覺得是在做傻事。我不可能追上機車，即使追上，也未必就是涼介的機車。而且即使真是涼介，我又講得出什麼足以說服他的話嗎？

但我還是往前跑。我心想：今天再不做點什麼，一切就會太遲。今天涼介提出了退學申請。我覺得這就是他和我的命運還有交錯的最後一個分歧點。

機車已經不見了。即使遇到紅燈，也只有汽車停下。我手撐著兩邊膝蓋，喘著大氣，滿身大汗，但還是再度往前奔跑。

或許是上天一直看著我這種不認命的掙扎吧。

「啊……」

彎過轉角處，停著一輛機車。騎士把機車靠在路肩，在看手機。接著又把手機收好，準備再往前騎。

「涼介……！」

我大喊。

結果騎士轉過來看我，然後脫下了安全帽。

「大……大地同學？」

他震驚地睜大眼睛。太好了，果然是涼介。

「怎麼啦？而且你滿臉都是汗耶。」

「涼介。」

我用快打結的雙腳走近他。膝蓋已經在發抖。

「你，今天，去提退學申請……」

「啊～～你已經知道啦？」他說得輕鬆。「嗯，我去交了。」

「你……」我該說什麼才好？我想起了以前在涼介家門前，他對我說過的話。說已經夠了。

「涼介，我說啊——」

「大地同學，你想說什麼我懂。」

被他搶先了。

「可是，我已經決定了。」

「涼介……」我說不出話來。涼介的表情很平靜，卻有著覺悟。換作是前不久的我，在這一步就會退開。我會看現場氣氛，不會踏進有可能惹對方不高興的領域。涼介現在顯得很見外，目光一對到就會從我臉上撇開，就和之前對我宣告「大地同學，已經夠了」的時候一樣。氣氛沉重得像是有一道看不見的膜擋在我們兩人之間。

我一直在逃避這樣的氣氛。二十五年來，一直在逃避。可是現在，我已經發現這樣不行。我握緊拳頭。其實我很怕，怕被他問起：「你自己又怎樣？」可是，一定不是只有我會怕。

——都會覺得「管他的！」——

當伊萬里的面孔從腦海中掠過，我覺得她在我背上輕輕推了一把。

「我不希望你輟學。」

我看著他的眼睛，清楚地告訴他。

「我不希望你輟學。」

「大地同學，謝謝你。可是我，已經——」

「不要退學。」不管要說幾次，我都繼續說。「我不想要你輟學。我想跟你一起上學，一起畢業。」

「大地同學……」

他震驚地瞪大眼睛。相信他很意外，意外我這個平常都不會干涉對方隱私的人會像這樣干涉他。

我沒有自信會順利，就只是吐露真心。這樣就只是把自己的感情硬塞給對方。

而現實果然沒這麼簡單。

「對不起，大地同學。」他戴上安全帽。「你的好意我心領了……那我走了。」

引擎聲響起。

「不要輟學！」

我不知道他是否聽見我的呼喊。涼介騎著機車離開，銀色的軌跡被吸進街角。

當我放開不知不覺間握緊的拳頭，指甲已經在手掌上掐出一個個眉月形的痕跡。

2

二〇一七年十月十五日，下午兩點四十五分。

那場「見面會」即將開始時，我在星乃的房間待命。

不知道是什麼樣的因緣際會，ＪＡＸＡ也幾乎在同一時間舉辦記者會。我開著筆記型電腦等見面會直播，同時也用手機查看記者會的情形。記者會上並沒有什麼特別大的進展，只看到六星衛一以得意的表情回答記者的提問。

星乃還是老樣子。她靜靜坐在自己愛用的電腦前，盯著畫面看。我朝她瞥了一眼，不知該不該說果然，畫面上顯示的是即將從本日三點開始播放的見面會直播。

螢幕上已經拍到開場前的會場。大部分座位都已經坐了人，看過去大概可以收容一百人左右，前方有講台與大型螢幕。根據事先告知的資訊，會場是大型連鎖咖啡店「香榭」的新宿西口店。這系列連鎖店還兼營出租會議室，一查地圖，看來是位於鬧區一棟住商混合大樓的二樓。是附近的上班族會用來開會或談生意的去處。

接著時間到了。

『第一屆天野河星乃網友見面會，正式開始。』

會場上聽見有點動畫風的生硬廣播。大概是用音效合成軟體弄出來的吧。會場上響起掌聲，螢幕上顯示出「第一屆天野河星乃網友見面會」的文字。這幅光景與其說是見面會，更像是影片欣賞會。我往身旁一瞥，看見星乃以前傾的姿勢盯著螢幕看。

拉回視線一看，直播——嚴格說來是會場內的螢幕，暫時變成全黑。到底會有什麼事情開始呢？搞不好，畫面上會出現「星乃」的冒牌貨？例如讓一個長得很像的人物登場，又或者是拿廉價的ＣＧ敷衍帶過——

可是，我的預測全都落空了。

畫面突然亮起。

——怎麼回事？

螢幕上顯示出一幅「風景」。大概是從下拍樹木，樹葉間灑落的陽光將畫面照得發白，接著就像拍外景似的轉動鏡頭，照出不同的景色。那裡是個斜坡上有樹木林立的地方，開墾過的一塊空地上可以看見許多灰色的石塊。

墓地？

墓地內有著成排有點老舊的卒塔婆，讓人感受到這裡的歷史。有用新石材砌成的石碑，也有已經風化而長青苔的石碑，讓我想起鄉下歷代祖先的墓地。隱約看得出這裡是相當大的寺院。

——這是怎樣……？

會場開始有了一片交頭接耳的聲浪。號稱見面會，開場卻是沒有任何解釋，就一直放墓地的影片給人看，當然會讓人一頭霧水。即使是為了墊檔撐到下一個節目開始而放的風景影片，也不可能選擇墓地。

然而儘管會場上繼續交頭接耳，影片仍繼續播放。走了一會兒，攝影者總算停下腳步。攝影機慢慢旋轉，將一塊墓碑捕捉在畫面正中央。

——唔！

刻在墓碑上的姓氏讓我暗自驚呼。

天野河家之墓。

我聽見喀噹一聲。星乃站起來，凝視著畫面。她似乎注意到我的動靜，轉頭看我。一瞬間，我們對看一眼，然後又一起拉回畫面。星乃的眼睛睜得不能再開。

畫面上聽到叩的一聲響。先前因為手震而晃動的攝影機停住了。攝影機的位置稍微調整了兩三次後，就將墓碑固定在畫面正中央。想來應該是用三腳架之類的東西固定住了攝影機。

「啊……」接著攝影師現身了。

攝影師的模樣實在太莫名，頭上戴著某種頭盔，全身穿著白色防護服似的衣服。雖然一眼就看得出很廉價，不是真貨，即使如此，我還有在我身旁看著的少女仍然看得出這服裝意味著什麼。

「太空人」。

滿是Cosplay味的太空裝。穿著這衣服的人物在鏡頭前揮著手。這到底是什麼演出呢？還是說這個人現在就會脫掉頭盔，讓一個英姿煥發的黑髮美少女「天野河星乃」現身？但就算這樣，也不用找墓地——我正想著這樣的念頭，這個Cosplay太空人做出了我完全想像不到的行動。

「太空人」慢慢遠離墓碑，走到畫面上拍不到的位置後，隔了一陣子。接著聽見一陣喀嚓喀嚓的聲響，畫面上只看到墓碑。

然後——

一聲清脆的聲響。下一瞬間，就好像潑出油漆一樣——不，實際上真的就是油漆吧——畫面上的墓碑染成了粉紅色。「天野河家之墓」這行字當中的「天野」部分被油漆潑得看不出是什麼字。

又傳來聲響。這次是「河」字染成粉紅色，油漆像血漿一樣流下墓碑。我想起了宇野秋櫻的「漆彈槍」。

這個人是在槍擊墓碑——用漆彈槍。

為什麼要做這種事？有什麼意義？這個人無視這些疑問，繼續「槍擊」。墓碑不斷染上油漆，漸漸化為不一樣的物體。等不知道射完第幾顆「子彈」後，又聽到喀嚓喀嚓幾聲彈匣落地的聲響，然後開始一陣槍擊。短短兩三分鐘，墓碑已經一片粉紅，看不出上面的字，粉紅油漆停留不住，像黏液般流到墓地上。

我戰戰兢兢地往旁一看，星乃小小的背影連連發抖。不知道是驚愕還是憤怒，總之已經蓄積了極為高壓的情緒。小小的身體默默顫抖的模樣感覺就像快要爆炸的炸彈，非常可怕。

接著炸彈爆炸的時候到了。

Cosplay太空人——不，這個人已經無疑是器物毀損的「嫌犯」——一共發射了二十發左右的子彈後，又出現在畫面中。接著右手唰唰幾聲卸下一個罐子般的東西，站到墓碑前。這油漆可能是快乾漆，只見這個人也沒有確認油漆乾了沒，發出咻咻幾聲噴氣聲，開始進行某種作業。幾秒鐘後，嫌犯往旁挪開一步，就看到墓碑上用深紅色噴漆寫上了幾個字。

天誅——上面寫著這兩個大字。

這顯然是對星乃以及星乃父母的「冒瀆」。用油漆塗在埋著已故之人的墓碑上就已經天理難容，更別說還在墓碑上寫下令人聯想起Europa事件的塗鴉，是一種把快要治好的傷口瘡疤揭開，扯得血肉模糊的非人行徑。我實在太生氣，差點忍不住就要一拳搥在電腦上，但累積了更多怒氣的少女就在這個時候理智斷線了。

下一瞬間。

一聲難以形容的轟然巨響響起。聲響簡直像巨大的建築物倒塌，我嚇了一跳，看見螢幕散出火花飛上天。當我理解到是星乃一拳打得筆記型電腦飛起時，少女已經提起手上的空氣槍，朝著落到地上還勉強發光的螢幕啪啪啪地連續射擊。這陣像是要給快斷氣的目標最後一擊的槍擊中，我一直低下頭，躲避如雨下的BB彈跳彈。過了一會兒，可憐的電腦沒有動靜之後，少女喘著大氣，提著空氣槍，還不放過液晶完全遭到粉碎的畫面，光著腳丫繼續踹。這名少女沸點很低，動不動就發脾氣，但包括「第一輪」在內，這也許還是我第一次看到她氣到這個地步。她就是如此凶狠，一臉殺氣，甚至連我都以為自己會被她一股腦兒地殺了。

「……星乃？」

我戰戰兢兢地輕輕叫了她一聲。

她精光暴現的視線看過來，瞪了我一眼，然後將空氣槍朝我用力一扔。「危險啊！」我低頭避開，少女接著就以幾乎要咬碎臼齒的力道咬緊牙關，把房間裡堆的破銅爛鐵當足球似的踢開。H—II火箭的模型在牆上撞得粉碎。

「妳、妳冷靜點，好不好？」「放開我！」「慢著慢著，先深呼吸！慢慢來！」

「那個地球人，我要宰了他！宰了他！」「別說那麼多了，妳先冷靜！」

我從後架住不斷發脾氣的少女，她仍繼續掙扎，讓我腹部與下巴挨了兩三記拐子，就這麼手忙腳亂地扭在一起幾分鐘。等這煙火彈似的少女總算平息下來，我還小心地問：「還好嗎？我要放手嘍？妳可別又鬧起來喔。」然後輕輕放開手。少女回過頭狠狠瞪著我，但再度踢開地上的郵購空紙箱後就踩著重重的腳步，回到自己的領域去了。

——這脾氣也發得太誇張了吧……

我想歸想，同時卻也覺得無可厚非。

對星乃而言，父母是不容他人侵犯的「聖域」。對這名敢公開表示自己討厭地球人的少女而言，這世上就只有父母是她可以無條件寄託心靈的對象。而這個人就是用那樣的方式侮辱了她的父母，也難怪她會盛怒如狂。我拚命阻止星乃，注意力都集中在她身上，但現在回想起來就覺得一股怒氣熊熊燃燒。如果嫌犯出現在眼前，或許我也會和星乃一樣，用空氣槍把這個人打成蜂窩。

桌上的筆記型電腦還在繼續播放「見面會」的情形。想到星乃氣成那樣，我對於該不該繼續收看也有點猶豫，結果就在這時——

門鈴響了。

我朝星乃一瞥，看出她完全無意去應門，於是起身走到艙門前，從設置在那兒的訪客監視器查看。

「——！」

我說不出話來。

接著急忙打開艙門，只穿著襪子就直接跳過玄關，打開大門。一名嬌小的少女就靠在玄關旁的牆邊，倒在地上。

「葉月……！」

我跑向穿著粉紅色上衣的少女身旁，盡快但小心翼翼地將她抱起。少女的頸子往後一倒，看得出完全沒有意識。

「星乃……！」

「我知道。」門一開，星乃一手拿著我的手機出來。她將手機交給我，說道：「月見野市三丁目2—6銀河莊。」手機已經打通一一九，傳來「請問是火災還是要叫救護車？」的發問，我大喊：「救護車！」

——為什麼葉月會……

幾分鐘後，我聽著救護車的警笛聲，一直看著懷裡這個十二歲的小小兒時玩伴那蒼白的臉孔。

星乃默不作聲，低頭看著葉月。

忽然間，我想起了葉月和星乃是沒有血緣的姊妹這個理所當然的事實。

3

「葉月……！」

真理亞趕來醫院是在葉月被送醫大約兩小時後。她大概真的是急著趕來，一頭銀色頭髮都翹起來了。

「啊，媽。」葉月在醫院的病床上，連連眨著眼睛回答。看來母親拚了命的模樣讓她有點吃驚。

「妳、妳起來不要緊嗎？」

「嗯，不要緊。我去找大哥哥，結果突然頭昏。」

女兒一這麼回答，真理亞就重重吐出一口氣。「醫生說是輕微的腦震盪，檢查結果沒有任何問題。」我補充說明。

「真是的……妳這孩子，不要讓媽媽這麼擔心～」

「嘻嘻。」

「還嘻嘻呢。」

女兒就像漫畫似的扮個鬼臉，真理亞傻眼地告誡。

大致的情形我已經在郵件中提過，所以幾乎沒有什麼事情需要解釋。葉月在銀河莊昏倒，被救護車送來站前的醫院。她在醫師診療過程中醒來，但還是做了檢查，結果沒有異狀。為防萬一，今天就在醫院住一晚。

「……那我差不多要先走了。」

時刻已經到了下午六點出頭。

「大地，不好意思啊，你真的幫了大忙。今天我會留在這裡過夜，你回去好好休息吧。」真理亞對我深深一鞠躬。

「不，這沒什麼……那星乃，我們走嘍。」

我對坐在房間最裡面的嬌小少女這麼說。

「星乃，也謝謝妳喔。」真理亞這麼一說，星乃就有點不知所措，小聲回答：

「嗯、嗯。」

把星乃帶來醫院的是我。她本來不太想來，我拜託她：「來幫我。」於是一起搭救護車來到醫院。真正的理由是因為發生過見面會那件事，讓情緒不穩定的她獨自留在房間裡會讓我很不安。

「星乃姊。」

我們臨走之際，葉月開了口。

「非常謝謝妳。」

「……」

星乃什麼也不說，默默點頭致意。

我們走出醫院後，立刻招了計程車到銀河莊。真理亞給我們的計程車費相當多，我一邊心想明天得去把找的錢還給她，一邊走進銀河莊前院。

這時手機響了。

【宇野宙海】

看到來電畫面，我心想還真稀奇。平常宇野幾乎從來不會打我的手機。

我想說可能是和宇野秋櫻聯絡上了，於是接起電話。

「喂？」

『平、平野同學。』

——怎麼了？

她聲調不對勁。

「喂，是宇野嗎？」『嗯、嗯，是我。』「怎麼了？」『呃、呃，是姊姊，可是，那個……她、她……』宇野焦急地連說了好幾次「她」。

「喂，宇野，妳冷靜點。慢慢說就好，秋櫻姊怎麼了？」

『她昏倒了。』宇野這才總算吐出這幾個字。

「昏倒？」

『聽說是在都內，呃，在中野區倒在地上。醫院聯絡我，說她頭部出血……』

——什麼？

頭部出血？

我正要問是不是被人攻擊，但考慮到宇野現在的情形，就不免猶豫。

「妳現在人在哪？」『在、在醫院。』「傷勢呢？」『不知道。醫師在看診，然後說要動緊急手術……』

宇野說到這裡語帶哽咽，我一邊安撫她一邊問出情形。

大約兩小時前，都內的一間醫院打電話到宇野家，說是秋櫻被緊急送醫，正準備動手術，所以希望她過去一趟。現在她與秋櫻的母親也都已經趕來，現在在等手術。她打電話給我的理由，是秋櫻身上的手機留有很多打給我的通話紀錄。

——秋櫻遭到攻擊？

我讓宇野鎮定下來，關掉手機。到底發生了什麼事？我的理解跟不上狀況。繼葉月之後，連秋櫻也送醫了。當然葉月並不是遭到攻擊，秋櫻也未必是，但一天之內有兩個認識的人住院，不是那麼容易發生的事情。

發生什麼狀況了……

一股難以名狀的不安輕輕從背上撫過。

接著沒過多久，我的預感就命中了。就在我走進二〇一號室去上洗手間的時候。

「星乃，差不多該吃晚飯——」

我話說到一半，看向屋內時。

她不在。

「星乃……？」換作是平時，這名少女應該會從電腦桌另一頭用狐疑的視線看我，現在她卻不在房裡。

我背脊竄過一陣惡寒。

「喂，星乃！星乃……！」

我懷著祈禱般的心情查看浴室與儲藏室，敲過廁所的門之後打開，但哪兒都找不到少女。為防萬一，我連櫥櫃都打開來看過，這一整戶裡就再也沒有地方可以躲了。

是去買晚餐嗎？不對……不可能吧。

星乃是重度繭居族，沒有天大的理由，她不會出門，而且買東西也都從郵購買。若說她有什麼出門的理由，也只有展出父母照片的「大ＩＳＳ展」與「太空人展」之類說什麼也想去看的活動。還有就是像前幾天去買那本刊登六星訪談的雜誌那樣，有東西讓她等不及郵購再度進貨，說什麼也想拿到。不管怎麼說，都難以想像會需要在這個時段外出。

該不會……

綁票？

我想起宇野秋櫻受到攻擊的事件，心臟突然撲通撲通跳了起來。不會吧，不可能會有這種事。銀河莊是銅牆鐵壁的避難所，除非星乃從裡頭開門，不然這門絕對打不開，而且這艙門防彈又防火，想要不鬧得有人報警就闖入是不可能的。

對了！

我撥開大堆破銅爛鐵，查看設置在艙門旁的螢幕。星乃重度的厭世傾向影響下，不只是玄關前，整個銀河莊周遭都有防盜攝影機在錄影。只要看錄影畫面，應該就知道有沒有入侵者。

我回溯到大約十五分鐘前，開始播放。

【18：00】沒有異狀。這陣子有幾名行人、幾輛車、一輛自行車經過。看不到什麼明顯的異狀。

【18：10】我們回來。我和星乃兩個人回到銀河莊，緊接著我進了廁所。

【18：11】就是在這個時候。「啊！」畫面上，二〇一號室的門開了。接著黑髮少女猛然衝了出去。她揹著小小的背包，手上也拿著東西。我按停畫面，放大來看。錯不了，是星乃。

——怎麼了？這麼晚了，她要去哪裡？

星乃跑下樓梯，衝進事先叫好的計程車——不對，是我們搭回來的那輛計程車，而星乃讓司機在原地等候。

得知星乃並非遭到綁票或攻擊，讓我先鬆了一口氣。但那個繭居族少女會迫切地衝出家門，這件事本身就絕非尋常。

她現在有可能去的地方……

我試著想，但什麼地方都想不到。畢竟星乃幾乎沒有所謂常去的地方，想不到也是當然。照這樣子看來，大概也不是去見真理亞。再來就是——

——那個地球人，我要宰了他！宰了他！

「啊……」我不由得用手摀住嘴。

我想到了。

星乃可能會去的地方。

4

「不用找了！」

我把萬圓鈔丟給計程車司機，從車門衝了出去。

光秒寺——天野河家歷代祖先的墓所在的寺廟，從月見野市搭計程車約三十分鐘，一整片開墾出來的空地上有著大量的墓碑密集林立，我在「第一輪」的世界裡也曾數次陪星乃來掃墓。

停了大約二十輛汽車的停車場，如今在夜色當中，像是一片伸手不見五指的海。只有斜坡上零星幾盞路燈，整片墓地幾乎都沒有燈光。就像拼布一樣不斷擴大而巨大化的墓地，令人聯想起增殖的細胞。

事到如今我才想到，早知道就該帶手電筒來。我一邊凝神觀察一邊按照模糊的記憶尋找天野河家的墓。我穿過停車場進入墓地後，就有一整群飛蟲撲面而來，我粗暴地揮趕開來。

——那個地球人，我要宰了他！宰了他！

我來這裡，當然是為了找星乃。那場見面會的直播，她父母的墓碑遭到汙損，受到再嚴重不過的侮辱。星乃激怒如狂，非常有可能會不顧後果地跑來這裡。

——星乃……！

我就像被人追趕似的，急忙到處尋找星乃。

這本來不是應該一個人來的地方。三更半夜，在杳無人煙的深山裡撥開草叢前進，去找天野河家的墓。那個來歷不明的Cosplay太空人像那樣用油漆在墓碑上亂塗一通，挑釁了星乃，這點無庸置疑。若是如此，那也就可以輕易想像到這是一個圈套。為防萬一，我從星乃家帶了金屬球棒，裝在藍色塑膠袋裡，但我不知道這種東西能派上多少用場。即使如此，我還是來到了這裡。理由很單純，因為我不可能放星乃一個人去危險地帶，卻置之不理。

我舉著球棒，微微蹲低，慢慢走向我要找的地方。我盡可能讓自己不醒目，走迂迴路線，躲在路燈照不到的暗處行進。

我在黑暗中獨自前進，心跳愈來愈快。心中閃過應該要通知涼介和伊萬里的想法，但立刻就打消了這樣的念頭。我不能把他們牽連進來。女兒葉月才剛倒地的真理亞也是一樣。只是話說回來，現階段即使想報警，只不過是墓碑被人用油漆弄髒，警察到底願意採取多少行動也令人很有疑問。我搭計程車時不抱期望地打了一一〇試著說明情形。可是，經過「油漆？」「墓碑被人塗鴉？」「算是器物毀損吧。」「朋友失蹤？」「是喔，三十分鐘前……」「不，我們不能馬上趕去……」這些不會有結果的問答，我耐不住性子，喊說：「搞清楚，是有高中女生受到攻擊啊！」然後訊號就斷了。等抵達目的地，付了錢後，計程車司機用摻雜好奇與狐疑的眼神看我，但現在我沒空理這種事。

我沒辦法等警察抵達。現在這一瞬間，星乃可能就已經遇到危險。

——記得是半山腰，微微靠右側……

我靠著記憶，尋找星乃老家的墓所在之處。設置在山坡上的墓地就像梯田一樣，一段段往上延伸。

我在有如亡靈招手的灰色墓碑間穿梭。先通過最前面一段墓地，爬上樓梯，踏入下一段墓地後，我往右彎，繼續走。斜坡右側是一處聳立的斷崖，設有防止摔落的柵欄。我先走到柵欄邊，然後微微往上前進，就找到了這塊墓碑。

天野河家之墓。

——咦？

不對勁。

見面會的現場直播中，我們看到的那段影片裡，有個做太空人打扮的人物對那塊墓碑發射「漆彈」，還塗鴉了「天誅」兩字。照理說是這樣，但眼前的墓碑卻完好如初，「天野河家之墓」這幾個字清清楚楚。既沒有任何汙損的情形，也沒有用紅色噴漆寫上的「天誅」兩字。

怎、怎麼回事？我腦子裡一團亂。在影片裡，墓碑確實被塗鴉了。而那些油漆，現在都消失得無影無蹤。塗鴉弄得那麼一塌糊塗，實在不覺得有那麼容易就清理乾淨。那麼這到底是……？

這個疑問立刻得到了解決。

我聽見唰的一聲。是踏上小石子的聲響。

回頭一看，有東西動了。

墓地一片漆黑。無數墓碑就像浮現在太空汪洋裡的死去的星星，在那當中有個人影慢慢接近。明明幾乎沒有月光，卻像幽靈般出現的人物。這個人全身穿著白色防護服似的衣服，只有頭部又圓又大——不對，那不是人的頭，是頭盔——

太空人。

當我認知到這一點的瞬間，有東西爆開了。

白色粉塵飛起，我前不遠的墓碑發出了聲響。我反射性地蹲低。「剛剛那是什麼」的念頭只浮現了一瞬間，腦袋立刻認知到事態。

槍擊。

我背靠著天野河家的墓碑躲起的瞬間，第二槍命中了。墓碑旁的小石子噴飛，在黑暗中就像白色的煙火一樣濺出火花。不是漆彈，是不折不扣的實彈。

這讓我不得不認知到那場直播是陷阱。那是個釣餌，透過對墓碑塗鴉激怒星乃，把我們引來。

槍聲又響起了。槍聲迴盪在深山中，被厚實的夜晚空氣吸收。我動如脫兔地壓低身體飛奔而出，拿墓碑群當盾牌拚命逃走。頭上傳來聲響。我不知道是子彈削過墓碑的聲響，還是打穿卒塔婆的聲響。我毫不回頭，朝墓地更裡頭前進，急忙跑向最近的階梯。石階上濺出火花，但我仍然全力逃跑再逃跑，連滾帶爬地躲到墓碑後。不知不覺間，金屬球棒已經不在手邊。是我被槍擊嚇到，不小心放手了。

該死，果然啊——恐懼與後悔在腦子裡翻騰。

我拿墓碑當遮蔽物逃跑，子彈的炸裂聲也從背後追來。我兩階併作一階，沿著階梯往上跑，逃到更上段的墓地。我早發現自己正被往上驅趕，但也別無他法。這裡的墓地是將山坡地開墾成梯田狀，而且愈往下愈窄，也就是往上呈扇形展開，左邊是峭壁，右邊是懸崖。要離開這裡，就非得往下坡走，往最底下的墓地入口前進不可。但這麼一來，就難保不會在毫無遮蔽物的停車場被打成蜂窩。

對方早已算計過。在開槍也不會被發現的深山，這種手法就像把獵物關進籠子裡。在墓地自掘墳墓而死，未免太諷刺了。

也不知道對方是在節省彈藥還是老神在在，只見犯人慢慢爬著樓梯上來。太空人拿著手槍走在墓地，這光景非常超現實，感覺就像在作惡夢。

不知不覺間，我已經來到最上面。防止土石崩塌的水泥牆就像堤防似的擋住去路，讓我再也無路可逃。我躲在墓碑後，喘著大氣，滿身大汗，拚命動著不靈光的腦筋。要得救，唯一的方法就只有下山嗎？而且還要躲過對方的槍擊，從對方身旁穿過。這賭注的勝率很低，但如果繼續待在原地，等於坐以待斃。然而，我真的辦得到嗎？我毫髮無傷地從犯人身邊跑過，會不會想得太美？

該死……

我會被殺。十之八九會。愈想冷靜，心情就愈是絕望。拿出手機一看，果然沒有訊號。相信這也早在對方意料之中吧。

過了一會兒，我聽見這個白衣惡魔慢慢爬著樓梯上來的聲響。鞋子喀喀作響，頭盔露了出來，太空人特有的那種軀幹臃腫的形體慢慢地，但老神在在地爬上來。恆星般的手電筒在一片漆黑的墓地裡發光。

犯人掃視四周。由於墓碑排列得頗為整齊，能躲的地方看似很多，其實很少。犯人從下往上，依序察看第一排、第二排墓碑的後頭，要把獵物逼得無路可逃。就算想逃，樓梯也只有一處。既然我這邊的逃脫路線已經被對方看穿，也就無法動彈。手電筒就像探照燈，慢慢照亮一塊塊墓碑。對方是在找，找我，找要殺的目標。

怎麼辦？怎麼辦？我冷汗直流，肚子覺得很沉重。明明停住，呼吸卻仍然紊亂。腦海中莫名閃過恐怖片的場面。夜晚的校舍裡，主角躲進廁所隔間，然後其他隔間的門一間又一間地被打開，殺人魔逼得他無路可逃的那種場面。這種停住呼吸，只能坐以待斃的情形，就和現在的我一模一樣。

手放上最後一扇門。犯人慢慢繞過我所在的墓碑。明明處在壓倒性的有利狀況，卻還小心翼翼地拉開距離。這樣一來，連要奮不顧身地衝鋒也很難辦到。

慢慢移動的手電筒光線就像探照燈，眼看就要捕捉到躲在墓碑後的我。

這一瞬間。

「——哈啾！」

聽見了這麼一聲。是誰打了噴嚏？

犯人停下腳步，然後慢慢轉身，走向噴嚏聲傳來的方向。

——難不成……

我從墓碑後悄悄探頭。Cosplay成太空人的人物背對著我走遠，走了幾步後停下。槍口忽然朝一塊墓碑一指，黑暗中濺出火花。下一瞬間，墓碑後有個人影就像被追捕的兔子一樣衝出來。即使在夜色中，仍看得出這個人的一頭黑色長髮以及雪白的手腳。

我全身汗毛直豎。既覺得她果然來了，也覺得為什麼要跑來。沒錯，我來到這裡就是要找她，而她也真的早就來了。星乃在我來之前就已經先遇到了這個「太空人」，躲到墓地深處。

——星乃！

少女就和先前的我一樣，拿墓碑當盾牌躲避槍彈。犯人毫不留情地射出子彈，開了好幾槍，削過好幾塊墓碑朝她發射。這樣下去她會中彈。

「星乃會被殺」。

當我目睹這個事實的瞬間，心中有東西燃燒起來。剛剛我還躲在墓碑後面擔心受怕，現在雙腳不再發抖，我站起來，踏上毫無遮蔽物的道路。

「喂……！」我喊出的話在山坡上迴盪。「我在這邊……！」

不知不覺間，月光已經從雲層間灑下。被朦朧的月光照亮的墓地裡，我的身影、犯人的身影，在通道間連成一直線。犯人轉過來，看不出那胡鬧的太空人頭盔裡有著什麼樣的表情。但我確定了一件事，那就是對方的殺意確實轉移到了我身上。不是星乃，是我。但這樣最好。

「怎麼啦！我在這兒啊！」

手槍立刻指了過來。我彈跳似的衝了出去，緊接著腳下砂石飛揚。以粗魯動作射出的槍彈讓墓碑濺出火花，有強烈的風壓掠過身旁。我不覺得自己做得過火，挑釁過度。總之我得把對方的注意力吸引過來，這樣一來，星乃就有空檔逃走。為此不論冒什麼樣的危險都無所謂。

因為我就是為了這個目的，才會存在於這個世界。

槍擊停歇，犯人停下腳步，左右轉頭尋找我。只要他稍有會轉往星乃所在方向的跡象，我立刻就喊：

「來啊，這邊啊！怎麼啦！打不中啦！」

但這個行為果然太無謀了。

短短幾分鐘，我已經被逼到墓地的邊緣。我還想逃，但腳下受到狙擊，槍彈打出的石子碎片重重打在我的球鞋上。當我驚呼出聲，地面已經接近，讓我倒栽蔥地翻倒。泥巴的味道跑進嘴裡，我勉力想拉起上身時，犯人已經出現在我面前。

「嗚……」

玩完了嗎？我抬頭看著槍口，吐出泥土。大概是跌倒時嘴脣被砂石割破，下巴被有鐵鏽味的液體弄得又濕又滑。

不知道星乃逃出去了沒有。我不經意朝樓梯的方向看去。雖然只有幾分鐘，但我爭取到了時間，相信她一定逃得出去。我這麼期盼、祈禱、相信。我能做的也只剩下這件事了。

戴著頭盔的人物到最後都不發一語。對方用槍口牽制我，不讓我有任何一點動作，但堅決不拉近距離，多半是因為怕我情急之下整個人撲上去吧。對方小心翼翼到了可恨的地步。槍口指向我的額頭。

我會死在這裡嗎？我瞪著對方。興奮、昂揚以及身體的熱度壓過了恐懼。我總覺得不太有現實感，就和我來到這個世界所度過的三個月很像。

槍聲響起。

但發生了意外的事。這槍聲是從遠方傳來。我尚未認知到發生什麼事，犯人已經嚇得縮起身體。

「啊啊啊啊！」

我嚇了一跳。有人從遠方呼喊著跑過來。這名一邊呼喊一邊飛奔的少女拿著像是槍械的東西——是空氣槍——一邊灑出ＢＢ彈一邊朝犯人「衝鋒」。

——那個笨蛋！

犯人的槍口指向星乃。這一瞬間，星乃往旁一跳，槍彈打在地上。犯人順勢去追趕星乃。我站起來，追向犯人。星乃的黑髮在月光中搖曳，犯人身體微微往前栽。看來太空裝終究不方便行動，導致動作變得緩慢。但這次對方轉身朝向我，開了一槍。我往旁一跳，再度躲到墓碑後。為了重整態勢，我壓低姿勢移動，繞到一塊墓碑後。

結果……

「「啊……」」

背與背在墓碑後頭貼在一起。那兒有一名喘著大氣的黑髮少女，和同樣喘著大氣的我對看了一眼。

（你白痴嗎！）星乃以空氣外洩似的小聲對我這麼喊。

（啥！）我也小聲喊回去。

（你那樣會死掉好不好！）（妳這是對救命恩人說的話嗎！）（我才是你的救命恩人吧！）（開什麼玩笑！）我們小聲互嗆一陣，就聽到砰的一聲槍響，像是在喝叱我們。我們互相聳了聳肩。總之現在的先決目標是想辦法擺脫這個逆境。

（…………）

星乃默默遞出一個物體。是手槍——仿手槍造型的空氣槍。

（這個……）

（赤手空拳沒辦法打仗吧。）

（可是妳……）

（我有這個。）

星乃舉起飛碟型的空氣槍。是之前讓我挨了不知道多少發的那一把。

（我們瘋狂開槍，爭取時間，想辦法讓對方子彈用完，怎麼樣？）

（了解。）

計畫很單純。我檢查手槍子彈，喀啦一聲裝好彈匣。哪怕只是這種玩具槍，也是聊勝於無。

墓碑又濺出了火花。我們再度縮起身體，然後鼓起勇氣，只把空氣槍的槍口探出墓碑，瞎指著扣下扳機。ＢＢ彈以讓人嚇一跳的勢頭灑出，打在墓碑與卒塔婆而彈開。星乃也同樣開始掃射，ＢＢ彈在犯人身上打個正著。也許是覺得二對一太不利，犯人也拿墓碑當掩護躲了起來。星乃的空氣槍經過改造，打中硬是有點痛，而且多少能指望有延緩對方動作的效果。當我方的槍擊停下，就換對方展開槍擊。我們就這樣互相開火。我握緊空氣槍，心想這簡直像是西部片。

我再次查看手機，還是沒有訊號。記得搭計程車來的時候，在寺廟的入口處還有訊號，所以要報警，唯一的方法還是逃出墓地。

「你為什麼跑來！」星乃在墓碑前縮起身體問我。

「因為我覺得妳在這裡！」我一邊用空氣槍「反擊」一邊回答。

「你這個人每次都這樣！」她開了一槍。

「我怎樣！」這次換我縮起來。

「不要命！」星乃裝子彈。

「我們半斤八兩吧！」我不斷開火。

「我又不像你赤手空拳！」星乃像個狙擊手那樣狙擊。

「一般人哪會帶空氣槍來！」我換彈匣。

——不妙啊。

我和星乃交互開火之餘，開始發現不對。我發現犯人已經慢慢接近我們。

從某種角度來說，這是理所當然，畢竟雙方火力完全不一樣。我方只要挨到一發就會受到致命傷，相對地，對方不管挨幾發都不會死。對方Cosplay，穿戴上頭盔和太空裝，形成了防護，就算中槍會痛，終究只是BB彈。對方從一塊墓碑移到下一塊墓碑，就像在戰壕中移動，慢慢但確實地朝我們逼近。

（這樣下去只會愈來愈糟！）（我知道！）（要怎麼辦！）（我正在想計畫！你安靜一下！）

談話之餘，我的「計畫」早已定案。剛才我一邊逃走一邊想起了一件事。沒錯，記得懸崖邊——

（星乃，妳聽我說。）（說什麼？）

我為避免被對方聽見，壓低音量，並湊到她耳邊說話。

（我來當誘餌，妳逃走。）

（啥？我哪可能這麼做？）

（不是，是要妳去求救。只要去到墓地入口，手機就會有訊號，妳就打手機報警。不用擔心我，我還撐得住。反而是再拖下去，我們可都會完蛋啊。）

（…………）

星乃在思考。對方已經接近到只差五塊墓碑，沒有時間猶豫了。

（只要聽見警車的警笛，犯人也會死心。日本的警察很優秀，五分鐘就會趕到，我也會撐五分鐘。妳有其他策略嗎？）

（…………）

敵人已經接近到只差四塊墓碑。

（……知道了。）

她總算答應。

（可是，我不單獨逃走。）

（星乃。）

（我們一起跑，不然我就不聽你的。）

（……實在是。）

這次換我妥協了。

（好，就這麼辦。）

我們最後「商議」了兩三句話，決定最後的計畫。

（……妳聽好了，我從崖邊的道路下去，妳直線往出口跑。）

（崖邊的道路？有這種東西？）

（有。我之前來就實際走過，路會沿著山脊延續到山下。我們兵分兩路，沒被犯人追的那一個就用手機打一一〇。可以吧？）

星乃點點頭。

（那我們同時衝出去。三、二、一……GO！）

我們兩人同時猛灑子彈。這一瞬間，星乃衝了出去。犯人發現她，正要追趕，「想得美！」我也從旁猛射BB彈。BB彈不斷打中犯人手上的槍，對方轉過來朝向我。

——這樣就對了。

星乃開始跑著樓梯下去。她跑過了最容易被狙擊的地方，一路往下跑。犯人朝我追來。看對方毫不焦急，多半是有把握在解決我之後還追上她吧。星乃是繭居族，腳程慢，體力也差。

槍聲響起。一陣熱風似的東西從旁掠過，將我手上的空氣槍打飛。「咿！」我按住右手，一度腳步踉蹌，但仍一心一意地跑。這不是我第一次被人開槍，但右手一陣滾燙，衝擊更讓手發麻。但我沒有時間包紮，只能一心一意往前跑。崖邊的路出現在眼前。就快到了。只要跑進小路，就有許多樹叢，對方應該就更難瞄準我。沒錯，只剩一點點就跑得掉——

本來應該是這樣。

「啊……」

我來到懸崖邊，一陣愕然。

沒有路。

以前來的時候，記得這邊確實有幾條鋪了柏油的小路——

——啊啊……！

這時我想起來了。「以前」我來的時候——沒錯，這是天大的誤會——所謂的「以前」，是「二〇二五年」的我留下的記憶，也就是說，從這個時代來看，是「未來」的事。我現在所處的「二〇一七年」，崖邊的道路尚未開通。由於進行過Space Write，讓我腦中的記憶錯亂了。

這時槍聲響起，彷彿要懲罰我記錯。

「嗚啊……！」

槍彈再次打在腳邊，濺起的石頭打在我的腳脛上，讓我忍不住往前栽。我大大跌了一跤後，雖然想立刻站起，但腳上劇痛，一跑又再度跌倒。褲子的腳脛部位已經割破，腳腫得通紅。

犯人逼近了。對方慢慢地踏穩腳下的砂石，以太空人的身影，頭盔就像變形的滿月一樣，從夜色中浮現出來。

就在這個時候。

「嗚……」

一種滾燙的東西從右眼流下。

血淚。

——現在……？

我有種不可思議的感覺，既覺得為時已晚，又覺得早就在等這一刻。從右眼流下的血液流過臉頰，一部分被嘴脣吸走，弄得被割破的嘴脣刺痛，同時也覺得血的滋味有些懷念。

我知道接下來會發生什麼事。

——是分歧。

之前我也經歷過，所以知道。

死。

在第二Europa事件也發生過一樣的現象，但當時周圍還有別人在。有伊萬里擲出手機，有涼介撲上去扭打。現在是在深山裡，不會有任何人來救我。一旦上了通往死亡的軌道，就再也沒有任何手段可以轉換軌道。

我聽到遠方傳來引擎聲。是汽車跑在山路上，還是警車終於來了呢？不管怎樣，都來不及了。在變得非常慢動作的世界裡，犯人朝著我，舉起槍的時候——

世界變了樣。

深紅色的視野裡，忽然有東西撲向犯人所在的位置。這個物體就像巨大的鐵鎚，往犯人身上一撞，一路衝向墓碑，撞個正著。

「……咦？」

我一臉茫然。

衝向墓碑的，是一大塊銀色的金屬——是機車。犯人發生了名符其實的車禍，被機車壓在下面，一動也不動。太空人的頭盔與機車，這個組合硬是顯得十分搭調。

接著……

「痛死啦……」

有人從機車撞上的墓碑旁出聲了。

這個慢慢站起的人物脫下機車用安全帽，朝我看過來。

「啊……」

我懷疑起自己的眼睛。這個用機車撞倒犯人的人，是我的——

好朋友。

「大地同學，你還好嗎？你滿臉都是紅色的耶！」

涼介跑過來。警車的警笛聲迴盪著。

為什麼涼介會在這裡？他怎麼知道這個地方？好幾個疑問一瞬間湧上心頭，但在問這些之前，我先大喊：「趴下！」「咦？」「犯人還沒——」我發現了。發現涼介背後，被壓在機車下的犯人耐命把手伸向手槍。

「涼介……！」

我呼喊著推開眼前的朋友。腳受傷的我別無其他手段。

接著——

就在涼介倒地，眼前空出來的瞬間，聽到砰的一聲響。胸口傳來一陣滾燙的衝擊，世界迅速轉為慢動作，有著一些像是深紅色球體的東西在眼前濺開，我聽見有人哀號，接著我……

倒下了。

視野旋轉著雜亂晃動，世界擠壓變形，但我仍然看見涼介喊了一聲：「混帳東西！」朝犯人猛踢一腳。犯人手槍脫手，這次真的在機車下面無力地倒下，再也不動了。這時我聽見一陣地動般的警車警笛聲，警察趕來，制住了犯人。

「大——嗯……！」

不知不覺間，我已經被涼介抱起上身。

「——不——死……！——嗚——」

涼介拚命呼喊。但我的頭蓋骨被搖得像鐘塔似的，視野晃動，讓我連他在說些什麼、現在是什麼情形，都搞不清楚。

我只是覺得一陣火熱的感覺從胸口蔓延開來，這時有一隻手——拚命地，啊啊，這是……涼介的手嗎——我搞清楚了他是在幫我止血。

「——同學，振作啊！」耳鳴總算消退。

「涼……」

我勉強叫出朋友的名字。當變形的視野總算正常了些，我看見星乃瞪大眼睛，不知道在喊著什麼——啊啊，她沒事，太好了。真的——接著我看見更遠處有穿著制服的警察在把犯人上手銬。「緊急緊急，文王町二丁目，光秒寺的墓地內，發生槍擊事件，有兩人重傷——」重傷——對喔，我也是啊——

「涼……介……」「大地同學，不、不可以說話啦。」「你，醫、醫……」

「一？」「醫生……」

「啊啊，醫生我已經叫了，馬上就會來。所以，別說話了，好不好？」

涼介一臉要哭的表情，按住我的胸口。不知不覺間，還多了一隻手，原來星乃也眼眶含淚，用她的小手按住我的胸口止血。

我事不關己地心想：這手好溫暖啊。

「你、要……」在死前。「當、當……醫生。」

「咦？」

「你、呃，哇……」血從嘴裡滿出來，讓我話說不清楚。不可思議的是，我不覺得痛，就只是滾燙，非常燙。「你，要當……醫生……」

「大地同學，你在說什麼——」

「你、你……將、來……」我伸出手，從上面握住涼介幫我止血的手。他的手已經沾滿了血。「會……是個，好……醫生……」

「大……」他叫我的這一聲，讓我覺得好憐惜。沒錯，在八年後的未來，涼介當上醫生，而我無業，但那是他努力抓住的未來。

而我將這未來……

「當個，好……」像咒語似的。「醫生……」

涼介臉一皺，星乃拚命按住我的胸口。

熱流停不下來。

「啊啊——」

右眼染紅，就好像星星眨眼的夜空有東西閃閃發光，我不知道那真的是星星，還是叫作超光子（迅子）的東西，腦子裡浮現出我是為了什麼而生，為了什麼而死這類問題，而我覺得眼前的星乃，還有涼介，他們火熱的手掌就是答案。

「大地同學——」

最後，我覺得星乃叫了我的名字而不是姓氏，但不知道是不是錯覺。

少女水汪汪的眼睛就像星星似的眨動，但很快地——

消失了。

【recollection】

「啥？」

是夢，還是現實？又或者，是人死之際會看到的走馬燈？

我想起了懷念的事情。

那是「第一輪」的世界裡，高中二年級的秋天，放學回家路上。

「要我教你怎麼念書？」

我一這麼反問，涼介就點頭說：「對、對啊。」不同於平常的輕浮樣，他的表情顯得有點害臊。

「你是吃壞肚子了嗎？」

「別鬧了，我是認真在問你。」

儘管口氣一點也不正經，但他那五味雜陳的表情讓我覺得和平常的他不一樣。

「怎麼，你快留級了嗎？」

「這也是原因之一啦。」

染頭髮的少年就像做了什麼壞事，小聲宣告：

「我，想當醫生。」

「啥？」

「真是的，不要連大地同學都做出和駱駝蹄一樣的反應好不好？」

涼介不滿地噘起嘴。「呃，一般都會這樣吧？你是在開玩笑吧？」我反問。

「不是，我不是開玩笑，是說正經的。」

「真的假的？」

「真的真的，再真不過了。」

他說得一派輕浮，所以我也好一陣子不相信。但不管反問幾次，涼介的回答都一樣，讓我漸漸不能不相信。

「為什麼突然這樣？」

這是當然要問的問題。我知道涼介的父親是醫生，但從他的成績來看，別說是醫學系，連明年會不會留級都很難說。

「那個……伊萬里她啊……」他說得有點難受。「暑假，不是出了車禍嗎？」

「是啊。」

「結果她現在，在我老爸當部長的醫院做復健。」

這我也聽說了。伊萬里在暑假期間出了車禍，右腳複雜性骨折，聽醫生宣告一輩子都不能正常走路後，她有好一陣子都自暴自棄。而她最近開始復健的消息，我也是聽涼介說的。

「我後來有去探望過。伊萬里每次都在復健，連那個叫物理什麼師的人沒來的日子，她也一直在活動腳，或是用步行器走路。」

「這樣啊。」

「我一跟她說話，她就狠狠瞪我，簡直像受傷的野獸，叫我滾回去，不要妨礙她復健，還罵我是笨蛋，說得有夠難聽。可是，她雖然咒罵，卻每天每天都拚了命，一副般若的表情在復健……這讓我覺得……」

涼介抬起頭，像在仰望遠方的天空。

「好心動。」

「你喜歡上她啦？」

「簡單說就是這樣……啊，沒有沒有，不是這樣。不要害我不小心說出真心話啦。這不是正題。大地同學你好死相喔。」

「話可是你自己說的。」

我傻眼之餘，拉回正題問：「那考醫學系這件事是從哪裡冒出來的？」

「你也知道，我爸是醫生。可是，他從以前就整天囉唆著要我念書，讓我都討厭起念書了。啊，你這表情是要說我本來就討厭念書吧？呃〜〜是沒錯啦，本來就討厭啦……可是啊，看著伊萬里那樣，就覺得，怎麼說，覺得這樣很遜。覺得我明明想幫助她，可是好無力，又沒有任何知識。」

「你想治好伊萬里的腳？她那傷勢，不是醫生都放棄了嗎？」

「所以才要啊。」涼介說得一臉正經。「被醫生勸說放棄，該怎麼說，不是很傷人嗎？我老爸是醫生，我從小就看過各式各樣的病患……所以，我想要自己當醫生來鼓勵伊萬里。也許這樣可以讓她打起精神，而且不管我有沒有喜歡上她，她對我們來說也都是認識很久的好朋友……」

「這樣啊……」

「你果然也覺得我考不上？」

想也知道考不上吧？你有沒有看過自己的成績單啊？這幾句話幾乎就要脫口而出，但這個時候我沒說出口。這也不太算是擔心他聽了難受，而是談到這種敏感話題時避免衝突本來就是我的處世之道。

只是這個時候，涼介極少讓人看見的正經表情，讓我莫名從中感受到了某種和平常不一樣的——我也不太會形容，但我就是有了某種「預感」似的感覺。

仔細一看，涼介的口袋裡塞了某種文件。剛好可以瞥見的幾個字寫著「偏差值30照樣考上醫學系！」這種很有文宣標題感的句子。他發現了我的視線，難為情地從口袋裡拿出來。

「我很笨，不知道怎麼念書，也只能看這種東西。可是，我還是搞不懂，所以才來拜託你……」

他是認真的吧……

我重新看看他，發現他臉上有著前所未見的正經表情，同時卻又是一張束手無策的少年面孔。「這個，上面寫說先記住一千個英文單字，可是一千個，怎麼說，就算一天記十個，也要花上三年吧？」首先心算就已經算錯，但他沒有在胡鬧的跡象，一頁頁翻著，說：「醫學系有夠難搞啊。」書上貼著密密麻麻的標籤貼，數目實在太多，搞得像是蜈蚣的腳。

看在別人眼裡，多半會笑他。我也是直到剛剛都沒當真。

也許很傻，也許不自量力。

可是我這個時候變得非常想支持他。

涼介難為情地搔著臉頰說：

「大地同學。」

「怎麼？」

「是不是終究太難了？我連這本書上寫的漢字都看不太懂，而且像我這樣的傢伙突然正經起來，是不是會被班上那些人笑？」

他外表浮誇，膽子卻似乎很小，只見他說得很沒自信。

這樣的他，看在我眼裡卻顯得好耀眼。

「被笑也無所謂啊。」

這句話自然而然說了出口。

「因為這不就是你的『夢想』嗎？」

說出夢想這個字眼，讓我自己都嚇了一跳。

這是我幾乎不會說出口的字眼。

不知道是沒聽見還是覺得意外，只見涼介身體前傾地反問。這時我也不知道是怎麼回事，明明覺得這不是自己的作風，但仍在他背上用力——

拍了一記。

「咳！」他大大地嗆到了。

「儘管考考看啊，醫學系，既然是你的夢想。」

「夢想——」涼介聽到這個字眼，露出意外的表情。「想當醫生，這樣，算是『夢想』嗎？」
「別問我啊。可是，將來想當什麼，說穿了不就是夢想嗎？」
「對喔……」
他就像剛學到這個詞一樣，複誦了一次。他的表情漸漸改變，手上彷彿抓住了某種事物。
「我的……夢想……」
這個時候，涼介的表情確實變得和以往都不一樣，該怎麼說，變成一種像是做出覺悟，打起精神的表情。
但這表情立刻又變得像平常那樣放鬆。
「啊，可是我連怎麼念書都完全不懂。」
他搔了搔頭。
我嘆了一口氣。
「如果你想學我平常準備大考的方法，我是可以教你啦。」
我輕鬆地宣告。
「太棒啦！不愧是大地同學！你是神！是蓋亞！」
「別黏著我，熱死了。」
我把涼介推開，他就以非常開心的表情捲起袖子，大喊：「好耶～～！」

「啊，我可沒說要免費教啊。」「真的假的？你要收錢？」「陽陽軒的大碗蔬菜麵。」「那沒問題。」「還要附煎餃跟白飯。」「這樣超過一千圓了吧？」

我為什麼會想起這種事情呢？模糊的意識裡，「第一輪」的我們朝著夕陽走去。想必是因為當時涼介朝著通往「夢想」的路踏出了腳步，而我從遠方看著他。

可是——不，正因為這樣——

終　章　永劫回歸

我覺得聽見有人說話，但也許是還在作夢？

當我違抗重力，將黏住的眼瞼緩緩睜開，就看見像是白色牆壁的景象。能夠理解這是醫院的天花板，是因為我把視線往旁挪動，看見了掛在那兒的點滴。

——我……

我在夢中和涼介說話，這和我最後中槍被涼介抱在懷裡時的記憶摻雜在一起。我還活著。我試著勉力活動右手，但只覺得一陣麻，正想叫人而往旁一看，看見一個染了咖啡色頭髮的少年正在打瞌睡。

「涼介。」

我叫了一聲，少年頭先垂下一次，然後「……嗯唔？」了一聲，微微睜開眼睛。

接著喃喃說著「不妙，睡著了」之類的話，大大打了個呵欠。

我們視線交會。

「大地同學……！」

他一臉嚇一跳的表情從椅子上起身。

「你還好嗎！還活著嗎！」

「好不好是不知道，不過我還活著。」

我輕鬆地這麼回答，涼介就重重坐回椅子上，發出「啦……」這麼一聲。大概是想說「太好啦」，但前半段跟椅子的聲響混在一起，讓我聽不清楚。

「星乃呢？」「她沒事。到剛剛她都還在，不過好像先回去了。」「犯人呢？」「被逮捕了，正在偵訊。聽說這次是個年輕人。」經過這麼一段對話後，我發現口非常渴，於是請涼介幫我倒水。他說沒問題，站了起來，然後立刻用杯子裝了水來。涼介轉動把手，床的上半部抬起，變成靠背。我總算坐起身，從窗外的景色看出這裡是涼介的父親服務的醫院。而我會住單人病房，不知道是傷勢太重還是對朋友的優惠。纏在胸口的厚實繃帶讓我覺得十分誇張。

「我真的得救了啊。」

「是啊……大地同學，過程可辛苦了。手術啦、輸血啦，真的……我家老爸，雖然是個The暴君，但只有醫術真的很好。」

「是令尊幫我動的手術？」

「因為他剛好在醫院。」

「這樣啊……」我想起最後那一瞬間，手按胸前的繃帶。坦白說，自己還活著的事實讓我覺得不可思議。

「啊，老爸說——」他從床邊的邊桌拿出一個東西交給我。
「似乎是你胸前口袋放了這個，讓子彈偏開，不然當場就斃命了。」
「啊……」
這個沾上血腥痕跡的零件是火箭的「尾翼」。是以前星乃在JAXA的兒童班發射的那管火箭上頭的零件，側面竄出裂痕，還開了洞。我收進口袋後就再也沒拿出來了。
——就是這個讓子彈偏開了……？
仔細一摸，發現尾翼儘管受到損傷，仍有著充分的強度。記得之前星乃跟我解釋過這是鈦合金，而鈦合金這種材料還會用在製造戰鬥機與防彈上，所以靠這個撿回一命，就讓我覺得像是「第一輪」的星乃送給我的禮物，讓我感慨萬千。就像以前星乃的火箭撞在JAXA的實機展示火箭上，而這顆子彈超越時空，打在星乃的火箭上，總讓我覺得有點奇妙，像是一種命運匯集而成的巧合。
我還有一個疑問很想問。
「你怎麼會知道我在那個墓地？」
「沒有啦，該怎麼說，其實是碰巧啦。」
涼介搔著後腦杓說。
「前不久，你不是叫我『不要輟學』嗎？那次講完，這句話就一直在我腦子裡轉啊轉的，我一直在想著你。然後，那天我也騎機車出門，可是昨天的那句話一直離不開腦袋，我就覺得還是該跟你好好再談一次，結果打電話你也沒接，我就想說你一定是在美少女那邊，就跑去那間公寓。」

涼介說出來的情形是這樣的。他想跟我談談，於是騎機車來到銀河莊前面。結果我正好臉色大變地搭上計程車，於是他就騎機車一路跟著我到了那個墓地。

「我在山上跟到一半，是跟丟了一次啦。但是後來我跟計程車會車，就叫住他，問地方在哪，他就說是在墓地，我想說不妙，到那裡一看，結果美少女就待在入口，喊著大地同學會被殺……總之我先趕過去一看，發現真的有個傢伙拿著手槍，所以就試著Attack看看。」

「Attack咧……你喔……」

涼介說話的方式讓我苦笑，但我胸口確實有一股熱流往上衝。涼介趕來了，趕到那個地方來救我。我好高興，真的，一不小心就會忍不住流出眼淚。

接下來好一會兒，我感慨萬千，任由時間經過。其實我應該找護理師來，也應該通知星乃，但現在我想多和涼介聊一會兒。

我把視線落在放到白色床單上的零件上，輕輕切入正題。

「你確定要輟學嗎？」

「……」

經過些許停頓後，他回了一句：「對啊。」回話聲音很小。

「醫學系呢？」

「大地同學，這我之前也說過了吧？」

涼介以無力的聲音回答，視線隱約看著我的胸口。那裡有著他父親為我動緊急手術留下的治療痕跡。

「我沒有毅力，而且都這個時候了，我也沒辦法從金字塔最底層開始努力。」

——就像在馬拉松大賽，不就有些傢伙會拖泥帶水地跑在後面嗎？這些人傻笑著，一副嫌累的樣子。那種情形啊，就是無意識地在強調，如果認真跑還跑最後一名會很遜，但我還沒認真所以沒辦法。

我想起了之前他對我說過的這番話。

「你那麼討厭馬拉松嗎？」「咦？馬拉松？」「吊車尾還拚命跑就那麼丟臉嗎？」

「啊……」他大概聽懂了，臉色轉為黯淡。

「我沒辦法啦，都什麼時候了。」

「為什麼？」

「我不是說過嗎？我沒有那種毅力。之前對那麼多事情都混過去，事到如今才拚命衝刺……我做不出這麼丟臉的事情。」

涼介很難受地說了。相信這就是他的真心話吧。

換作是平常的我，在這個時候就會不敢繼續深入，會想趕走這種低沉的氣氛，就說些玩笑話讓氣氛融洽點，若無其事地換個話題。這些年來，我都是這樣處理，不去面對重要的事情。

但現在……

——最後都會覺得「管他的！」——

「被笑也無所謂啊。」

「咦？」

「既然這就是你的『夢想』，被誰笑都無所謂。」我靜靜地，但真心地說下去。「跑馬拉松，如果想得冠軍，那就算跑得慢，跑得狼狽，只要跑下去就對了。」

我想起我跟涼介之間的事。高一時的那場馬拉松大賽，我們的確傻笑著，跑在隊伍後面。我是以CP值為理由，認為只要最後稍微衝刺一下，拉高幾名就好；涼介也同樣懶洋洋地跑著。班上體重最重的中村即使跑在最後一名，還是滿身大汗地跑完了，卻被很多人在背地裡嘲笑；而我和涼介跑在比最後一名高了幾名的名次，老神在在地跑完，就沒有任何人嘲笑我們。

現在我懂，懂得那種事情沒有任何意義，懂得這和即使吊車尾也全力跑完的人所付出的努力，根本比都沒得比。

「可是啊——」涼介以泫然欲泣的聲調告解。「我還是好怕，怕被笑。去年的馬拉松大賽，呃，對，就像胖子中村那樣，全力去跑，最後一個跑到終點，然後被大家嘲笑，我真的好怕那樣。」

他由衷說得很害怕。這種心情我有痛切的體認。

就是會怕。我們不習慣「格格不入」，對「引人注目」沒有抵抗力。在棒打出頭釘的氣氛下，被別人白眼相向、背地裡說壞話，被排擠，這些都讓我們再害怕不過。一旦被伙伴們排擠，甚至受到攻擊，這種時候，我們真的會覺得空氣變得稀薄，變得無法呼吸。我們會本能地採取避免讓自己處在那種狀況的行動，已經內化成了一種習慣。這是生存本能。

但是，這樣不行。涼介將來會當個好醫生，會變成一個能懂得病患痛苦的善良又可靠的醫生，他的這雙手會救活很多人。明明有這樣的將來等著他，他不可以在這種地方原地踏步。

「而且……我又很笨。」涼介雙手遮住臉，難受地宣告。「要考醫學系，不知道要重考多少年，而且最壞的情形下，萬一還是沒考上該怎麼辦？我腦子裡盡是會跑出這些念頭，總覺得，真的已經……」

他垂頭喪氣，痛苦與不安在在浮現於臉上。

我該告訴他什麼話才好呢？要如何才能鼓勵他呢？我不懂。雖然不懂，但我知道，想必說什麼都沒關係。我需要的，而他想要的，不是言語——

——如果他是我的好朋友或男朋友……我可能會在他背上用力拍個一記吧。

「你聽過史懷哲博士吧？」

「史懷……誰啊？」

「阿爾伯特・史懷哲，得過諾貝爾和平獎，一個很知名的醫生，大概是全世界最有名的醫生之一。那你知道史懷哲是幾歲上醫學系的嗎？」

「咦？還能是幾歲？差不多就十八歲左右吧？」

「三十歲。」

「咦？」

「然後，他當上醫生是三十八歲。」

「你唬我的吧？」

「是真的，你去搜尋一下就會跑出來……那些成功的人，歷史上的偉人，大家起初都是從零開始的。你才十七歲，從零開始也一點都不晚。」

「可是，這種偉人從一開始腦筋就很好吧？我腦筋又不好……一定會搞得很難看，會被大家笑。」

——問題果然出在這裡啊。

「不用擔心。」我看著他的眼睛，告訴他。「如果有人嘲笑你的努力——」

由衷告訴他。

「我也陪你一起被笑。」

「咦？」

「我剛剛不也說了嗎？如果你要努力跑馬拉松，我也會陪你從最後面一起跑。如果要念書，連重考我也奉陪。下次，我們就在班上一起念書吧。被嘲笑的時候，我們一起被笑。」

「是啊。」

「大地同學……」他的眼睛晃了晃。「你是說正經的？」

「會連你都一起丟臉的。」

「不行嗎？」

「可是，這樣我會過意不去啦。」

「無所謂啊。」

「可是我腦筋很差，就算請大地同學教我，我的學力也完全沒有長進。」

「念到有長進就好了。」

「我也沒有毅力……」

「不用擔心，因為這次是你想做的事。」這樣的話不像是我會說的。這我很清楚，但話一出口就停不下來。「你可以的，你是個努力去做就會辦到的傢伙。你一定會考上，當上醫生。我保證。」

我說著伸出手。

「那個時候啊……」我握緊涼介的手。「你用你的這隻手按住我出血的胸口……我就想到——啊啊，這是醫生的手，是救人的手。」

「醫生的手……」

他看著自己那被我握住的手。

就像抓住什麼東西似的，將這隻手慢慢握住後……

「今天的大地同學，有點怪。」

他撇開視線，靦腆地多眨了幾次眼睛。

「總覺得太會誇我，太看得起我了。簡直像在跟女孩子求愛。」

接著他看著我胸口的繃帶，忽然很懷念似的說了：

「那個臭老爸，雖然是個THE掌權者……但只有醫術真的很好。前陣子甚至有病患看中老爸的醫術，從沖繩跑來，然後手術也成功，病患笑著出院了，還對老爸鞠躬好多次，對他道謝。可是這種時候，老爸也會笑得很開心。也不想想他在家裡根本不曾露出那樣的笑容，感覺好像愛病患勝過愛家人。」

「你很尊敬你爸爸吧。」

「終究是當成醫生來尊敬啦。」

儘管嘴上這麼說，但做兒子的他讚美父親的醫術時，臉上的表情絕對不難看。

「唉唉唉，今天被大地同學求愛了。」

他開玩笑地這麼說著，重新坐到椅子上。到剛剛都還握著的手，彼此握住的部分都變得有點紅，還發熱。

「你一定會考上，當上醫生。我保證……是嗎？我對你真是甘拜下風啊。」

他看著醫院的窗戶，有些靦腆——

卻又開心地說了：

「說得簡直像是你看過未來一樣。」

○

這一連串事件的始末，有些很清楚，也有些環節不明朗。而這些事情的大半，我都在出院前的病房裡聽說了。

在墓地攻擊我們的「太空人」當場被警方制住，以殺人未遂與違反刀械管制條例的現行犯遭到逮捕。他名叫「川井裕一」，是住在東京都內的二十三歲無業男性。從東京大學畢業後，應屆畢業進了ＩＴ新創企業，做了一年多就辭職，在職業仲介所找工作的期間犯案。

偵訊結果，他供稱「我之所以不順利，是現在的社會不對勁」、「這是匡正社會的一環」。他說辭去工作，待在自己家的期間，對一連串的「Europa事件」產生興趣，愈陷愈深。還在偵訊過程中，以開朗的表情供稱「網路上的大家都鼓勵我，讓我覺得自己找到了目標」，讓負責偵訊的警察不知所措。關於「手槍」與「頭盔」，則說是有人用宅配寄給他，還說這是促使他決心犯案的導火線。

媒體將案件稱為「東大菁英槍擊案」而鬧得沸沸揚揚，但後來他在網路上以Europa名義做出的犯案聲明文也被找了出來，轉而被稱為「第三Europa事件」也是很自然的情形。至於手槍與頭盔是誰寄的，則尚未查明。

被送去醫院的宇野秋櫻在隔天恢復了意識。她受到頭部縫了五針的重傷，但根據去探望她的宇宙，也就是宇野宙海所說，她待在病房時也每天更新部落格，瘋狂從事記者工作，讓這個堂妹都相當傻眼。另外她似乎還說想來採訪我，讓我也只能苦笑，想說這個人還真是學不乖。後來，根據秋櫻的證言，以及從車站投幣置物櫃採到的指紋，斷定下手的犯人就是東大畢業生川井裕一，讓警方對他追加了新的嫌疑。警方做出結論，認為犯案動機是他發現秋櫻「跟蹤」，覺得一直在自己身邊查探的她礙事。

失去聯絡的人造衛星「不死鳥號」及「鳳號」之後很乾脆地找到了。六星衛一還是老樣子，面帶微笑地召開記者會，說恢復聯絡的理由正在調查中，詳細調查報告將在後日發表。這一來，六星就成了發現衛星的功臣，有傳聞說這樣他在Cyber Satellite公司內部就會繼續升官，可能近期內會升上總經理。照真理亞的說法，是有些衛星的「指令」

只有Cyber Satellite公司才知道，所以推論他們可能就是執行了這些指令。「彌彥流一為了危機管理上的需求，對於失去聯絡時的因應方案，以及執行這些方案所需的備用系統，都做了很紮實的準備」——可以說事態就是證實了星乃指出的這一點。

至於那個「假帳號」，後來完全停止了活動。現在還不知道這個人有沒有打算再次活動。

而我住院住了一週。

醫師准許我暫時出院。那「尾翼」奇蹟般彈開了槍彈，讓我能以破例的速度出院。儘管從胸口到脅下留下了一道刀傷似的長傷痕，但當成救了星乃和涼介性命的代價來看，甚至還太便宜了。

○

好久沒有進銀河莊，迎接我的仍然是冰涼的空氣。

「嗨，最近過得好嗎？」

我這麼打招呼，在艙門裡等著的少女就像看到殭屍似的睜圓了眼睛。

「……嗯、嗯。」

她回得很簡短。我明明事先聯絡過，但星乃顯得有點心浮氣躁，時而看看我的臉，時而又撇開視線。

「……？我臉上沾到什麼了嗎？」

「也、也沒有。」少女不知所措地撇開臉。

照涼介的說法，我被送進醫院當天，她一直在走廊上等，之後也偶爾會瞥見她出現在病房的走廊上。伊萬里傻眼地覺得：「那女生是怎樣？」但我認為這非常像是星乃會做的事情。一定是因為涼介和伊萬里在場，讓她覺得難為情，不知道該說什麼才好。至於我，光是星乃擔心我而來看我，就讓我心滿意足。聽說她手上提著看似探病禮物的塑膠袋，但沒有人知道裡面到底裝了什麼。

「太涼了啦。」大概是因為住院一陣子，覺得房間比平常更冷。醫院的空調管理得很好，即使穿睡衣也很舒適，所以這即使到了秋天還冷得像冰過的玻璃杯一樣的室內就讓我有點吃不消。

「我把溫度調高一點喔。」

嗶嗶嗶嗶幾聲，我用遙控器調高溫度。

我心想反正星乃馬上又會默默地「嗶嗶嗶嗶」幾聲把溫度調回去，但始終沒聽見這些聲響。

「這樣好嗎？」我朝電腦桌另一邊探頭，星乃就看了我一眼，然後又把視線拉回螢幕上。沒有回答就是她的回答。

接著少女背向我，偷偷摸摸地動著。仔細一看，她在手掌上一次又一次地寫著某種像是文字的東西，她手上的動作讓我隱約看出她是在畫「☆」號。是星乃用來讓自己不緊張的小小魔咒。我想到她之前來醫院探望我的時候，多半也事先做了這樣的動作，就覺得很好笑。

少女似乎下定了決心，迅速站起。然後撥開地板上波浪般起伏的破銅爛鐵之海，從我身前經過，打開冰箱的門。

「…………」少女靜靜地把一個東西放到我面前。

是個稍微大了點的布丁。

「這什麼？」「布丁。」「看也知道。」「…………」

少女沉默了一會兒，喃喃說出：「……探、探、探……」然後又在手掌上畫☆號。

「探？」

「探病禮物……」

探病禮物。聽到這句話，我想起來了。想起這名在醫院被目擊的少女手上拿的塑膠袋裡裝了什麼。

我想到這個可能，站了起來，走到冰箱前面。打開門一看，我嚇了一跳。裡頭雜亂地堆了十個以上的布丁，簡直成了便利商店的甜點區。

「這些，全都是買來探病要給我的？」「…………」「該不會，妳每天都提著這些來醫院？」

「…………」「既然來了就放了再走啊。」

「囉唆。」總算有回應了。「因為每次去，都有地球人在。」

「啊～」

我莫名能夠認同。這陣子，總覺得包括涼介和伊萬里，總是有人來醫院看我。

我注視著冰涼的布丁，問道：「可以吃嗎？」少女的頭往下一動。

「那我不客氣了。」我用腳撥開破銅爛鐵，坐在平常坐的桌子前。把有著花瓣形狀的容器蓋掀開，底下便出現了彈晃的黃色布丁。用小匙子舀起一口吃吃看，就覺得牙齒都凍得痛了。

星乃一直看著我吃。就像打地鼠遊戲的地鼠一樣，從電腦桌上探出一顆黑色的腦袋，露出一雙大眼睛。

等我吃了一會兒布丁，漸漸看到最底下的咖啡色焦糖層。

「我……」星乃那邊傳來說話聲。「我可是很擔心你喔。」

抬頭一看，少女靦腆地瞪著我，然後又撇開臉。

「嗶。」

我聽見了只有一聲的遙控器的聲音。

○

我回去上學，過了一陣子。

「平野你等一下！」教室前面，金髮少女臉色大變地跑過來。「涼介是怎麼了？」

「什麼怎麼了？」

伊萬里一副天塌下來似的驚愕表情，宣告事實。

「涼、涼介在念書！」

我露出「咦」的表情，她就連連指向教室。

「剛才我在教室看到涼介，發現他面對桌子在寫東西。本來還想說一定又是在畫很色的塗鴉，沒想到他是在預習今天要上的課，咦，這是怎樣，怎麼回事？他發燒了嗎？吃壞肚子了嗎？」

說得好難聽啊。不過考慮到涼介平常是什麼樣子，倒也無可厚非啦。

「我看是因為第一學期成績太差，才趕快想衝吧？」

「就算是這樣，要知道是那個涼介在念書耶，是那個在期末考前一天還打電話找人去玩的白痴耶。」

「這的確很白痴啊。」

伊萬里顯得尚未從震驚中平復。我聽著她的報告，沉浸在某種像是感慨的心情。

就在我出院前後，涼介收回了退學申請，又開始來上學。雖然他的出席日數已經瀕臨留級邊緣，但聽說因為他被牽連進槍擊案，校方也給出了一定的救濟措施。他來上學之後也經常若有所思，而到了今天，看來他終於得出結論了。

——這樣啊……涼介在念書……

「這樣啊……嗯，這樣啊，嗯。」

「等等，平野，你一個人在那邊想通個什麼鬼?莫名其妙。」

「有什麼關係呢，他念書總比去泡妞來得天下太平吧?」

「話是這麼說沒錯啦……」

伊萬里還一副不服氣的表情。

這時說人人到，他從教室走了出來。

「大地同學~~!」

「哇，你沒頭沒腦做什麼!」

涼介將手伸到我的肩膀上，跟我勾肩搭背。「我好想你啊，甜心。」「誰是你甜心?」「你在醫院不是那麼熱烈地對我求愛嗎?」

涼介開開心心地搭著我的肩膀搖我。他的反應就像一隻搖著尾巴的小狗，但被一個咖啡色長髮輕浮男勾肩搭背，總會讓我覺得好像在鬧區的餐飲店前面，被惡質的皮條客纏上。

「等等，你們兩個黏那麼緊幹嘛？超噁的耶。」

「哼，所以我才說女人不懂。這是友情，男人的友情。」

涼介搭在我身上的手臂更加用力了。雖然胸口的傷已經不會痛，卻有種癢癢的感覺，這是為什麼呢？

「我要拚啦～～大地同學，我已經脫胎換骨了。從今天起，我就是山科涼介MarkⅡ，又叫Super山科涼介。」涼介粗重地哼了一聲，以一副打起精神的感覺擺出握拳姿勢。「拚啦～～我要拚啦～～」

他把頭帶纏在頭上，綁起頭髮，面向書桌。翻開的課本上已經貼了一大堆標籤貼，筆記上也看得到預習的痕跡。

「他們兩個是怎樣？」「說是要考醫學系？」「白痴喔，哪有可能考上？」聽得見班上有人發出看不起人的笑聲，但我們已經不去理會這些。

「哦～～我是不知道吹什麼風啦。」

伊萬里一臉像是看著噁心事物的表情看著涼介念書。她顯得傻眼，但不是背地裡說壞話，而是當面直說，這就是她的優點了。

「明天不要下紅雨就好了。」

「哼，隨妳愛怎麼講，我可是有大地同學掛的應屆合格保證。史懷哲博士都是三十八歲才當上醫生。」

「你在說什麼啊？」

她朝我看過來，所以我微微聳了聳肩。也罷，不必特地說明，我也不認為我有保證他會應屆就考上。而且史懷哲博士從幼年就很有才能，其實他二十幾歲就當上大學講師了。可是這些就別說出來吧，因為重要的不是這些。

真正重要的是——

涼介心無旁騖地開始翻看課本。他頭上綁著的紅色頭帶就像以前考生會綁的那種，讓我覺得有點好笑。

「伊萬里，這都多虧了妳。」

「啥？我？」伊萬里發出驚訝的疑問聲。「我做了什麼嗎？」

「有啊。」

我點點頭。

——最後都會覺得「管他的！」就衝進去。

「妳真的很厲害。」

「是、是嗎？」

伊萬里歪頭納悶，同時有點靦腆地搔了搔臉頰。這動作總讓我覺得跟涼介有點像。

結果──

「大地同學～～！這邊我不懂，來教我嘛～～！」

涼介的座位上傳來露骨的喪氣話。

我重重嘆了一口氣。「如果你想學我平常準備大考的方法，是可以教你啦。」就像之前某次那樣去幫他一把。

「太棒啦！不愧是大地同學！你是神！是蓋亞！」「我可沒說免費教啊。」

「真的假的？你要收錢？」

於是我就和第一輪的那一天一樣──

「陽陽軒的大碗蔬菜麵！」

在涼介背上重重拍了一記，讓他「咳」的一聲嗆到。

（完）

【Replay】

病房的床上，少女看著搖曳的窗簾。

母親去買飲料，現在只有她一個人。窗外可以看到一名少年帶著一名少女，走出醫院的前院。

十二歲的少女，看著玻璃窗上依稀映出的年幼臉孔，然後就像要確定自己的存在，摸摸臉頰，視線落到自己的手掌。她從眼瞼上輕輕按住右眼，以剩下的左眼看著窗外，用銀鈴一般——有如純潔靈魂之表露的美麗嗓音……

「總算，能夠見到你了——」

靜靜地說了這句話。

「——『學長』？」

（續）

後記

非常感謝各位讀者拿起《在流星雨中逝去的妳》第二集。能夠順利將書送到各位的手上，讓我鬆了一口氣。

本作以夢想與太空為主題，但在第一集得到的迴響超乎想像，讓我非常驚訝。尤其對於「夢想」，收到了許多讀者送來的感想，讓我深深感受到讀了本作的讀者們都拿自己的人生與夢想來印證，願意接受這部作品。

第二集發售紀念的「書腰評語大獎」上也收到了許多應徵的投稿。應徵的評語我全都看過，其中又以國高中生等正面臨志願選擇的年輕世代送來了許多熱情的訊息，讓我慶幸自己寫了這本小說的同時，卻也深深感受到責任之重。另外，已經成為社會人士以及和我同輩的讀者也送來了許多感想，談到他們從青春期就懷抱的夢想、現在進行式的夢想，以及忍痛放手的夢想等，透過對作品的感想，讓我能夠知道各位的想望。本來我開始寫本作是想寫給和大地與星乃他們同年齡層的讀者，但能夠讓其他年齡層的讀者也送來這麼多的感想，讓我在震驚之餘也覺得非常感謝。《在流星雨中逝去的妳》也有著回顧自己半生而寫的一面，能和廣大年齡層的讀者透過作品來針對人生與夢想思考，對我來說是非常新鮮而且寶貴的體驗。

第二集也同樣是靠許多人的努力才得以問世。

責任編輯I氏，繼第一集後也繼續給予多方協助，承蒙您陪我改稿到最後，真的令我非常惶恐。

插畫師珈琲貴族老師，繼第一集之後又給了本書許多超棒的插畫。接連收到的許多可愛又表情豐富的人物，讓我每天努力改稿之餘看得愛不釋手。相信也有許多讀者是因為看到珈琲貴族老師的插畫才會拿起本作，讓我對您不勝感激。

對於作中的設定與台詞等等，承蒙某所現役員工B氏協助取材。在您百忙之中，又是在這種大熱天打擾，真的非常感謝您的協助。

對於參與本作製作、販賣、通路等各個環節的所有相關人士，我要借這個機會鄭重對各位道謝。

而現在拿起本書的各位讀者，非常感謝大家繼第一集之後繼續捧場。本作將會持續描寫星乃與大地，以及他們兩人周遭的朋友們所懷抱的夢想與太空的種種，今後還請各位繼續給予支持與愛護。

二〇一八年九月　終於開始轉涼的夏日　松山剛

Babel 1~2 待續

Kadokawa Fantastic Novels

作者：古宮九時　插畫：森沢晴行

超過400萬人深受感動，
超人氣網路小說終於出版！

水瀨雫撿起怪異書本，回過神來就到了異世界。唯一的幸運之處是「語言相通」。雫與魔法士埃利克一同踏上尋找歸鄉之路的旅程。大陸上因為兩種怪病——孩童的語言障礙與連綿細雨所帶來的疾病，陷入極度混亂。異世界隱藏的衝擊性真相即將揭曉！

各 **NT$240/HK$75**

P.S.致對謊言微笑的妳 1~3（完）

Kadokawa Fantastic Novels

作者：田辺屋敷　插畫：美和野らぐ

遙香突然出現在正樹的學校，
不僅失去記憶，連本性也消失了？

遙香為什麼會出現在我的學校？又為什麼失去了與我之間的記憶？更重要的是，為何「遙香的本性消失了」──？為了尋找解決的方法，我試著接近變得莫名溫柔的遙香，在暖意與突兀感中度過每一天。但是在聖誕節當天，遙香說出了令人難以置信的話──

各 **NT$200~220/HK$65~75**

三角的距離無限趨近零 1~2 待續

Kadokawa Fantastic Novels

作者：岬鷺宮　插畫：Hiten

我愛上的那個女孩體內住著兩個靈魂——
與雙重人格少女譜出的三角戀愛故事。

我和秋玻變成情侶，春珂則成了我的好朋友。在這樣幸福的某一天，朋友須藤伊津佳說她被同為我們朋友的廣尾修司告白了。為了撮合他們，我們開始四處奔走……可是當時的我還沒發現這件事將大幅改變秋玻與春珂，以及我們尚不穩定的關係。

各 **NT$220/HK$73**

喜歡本大爺的竟然就妳一個？ 1~8 待續

Kadokawa Fantastic Novels

作者：駱駝　插畫：ブリキ

「勝利的女神」以活潑公主的樣子出現？
棒球少年與自由奔放少女一起度過了夏天……

「勝利的女神」這種東西，會突然從體育館後面的樹上掉下來耶，還會不客氣地一腳踩進我的內心世界。投手和球隊經理漸漸縮短了彼此之間的距離……應該是這樣，可是有一天，公主突然對我說「再見」，然後就消失了。就先聽我說說這個故事吧。

各 **NT$200~250/HK$60~83**

國家圖書館出版品預行編目資料

在流星雨中逝去的妳 / 松山剛作 / 珈琲貴族插畫；
邱鍾仁譯 -- 初版 -- 臺北市：臺灣角川，2020.04
冊；　公分．-- (Kadokawa fantastic novels)
譯自：君死にたもう流星群
ISBN 978-957-743-694-8(第2冊：平裝)

861.57　　109001889

Kadokawa
Fantastic
Novels

在流星雨中逝去的妳 2

（原著名：君死にたもう流星群 2）

2020年4月23日　初版第1刷發行

作　　者：松山剛
插　　畫：珈琲貴族
譯　　者：邱鍾仁

發 行 人：岩崎剛人
總 經 理：楊淑媄
資深總監：許嘉鴻
總 編 輯：蔡佩芬
編　　輯：孫千棻
美術設計：李思穎
印　　務：李明修（主任）、張加恩（主任）、張凱棋

發 行 所：台灣角川股份有限公司
地　　址：105台北市光復北路11巷44號5樓
電　　話：（02）2747-2433
傳　　真：（02）2747-2558
網　　址：http://www.kadokawa.com.tw
劃撥帳戶：台灣角川股份有限公司
劃撥帳號：19487412
法律顧問：有澤法律事務所
製　　版：尚騰印刷事業有限公司
ISBN：978-957-743-694-8